명시

명시

초판 1쇄 발행 2019년 12월 22일

지은이 안재성
펴낸이 강일우
본부장 박신규
책임편집 이하나 박문수
디자인 최윤창
조판 이주니

펴낸곳 ㈜미디어창비
등록 2009년 5월 14일
주소 04004 서울 마포구 월드컵로12길 7 창비서교빌딩
전화 02) 6949-0966 팩시밀리 0505-995-4000
홈페이지 http://books.mediachangbi.com
전자우편 mcb@changbi.com

명시

안재성 장편소설

ᄡᅡ창비
Media Changbi

차례

1. 레닌의 나라

썰매를 끄는 개인지 늑대인지 알 수 없는 회색 짐승 서너 마리가 눈의 바다를 헤매고 있었다. 지평선에 깔린 농무 위로 떠오른 해가 끝없는 흰 들판에 금가루를 뿌리는 시간이었다. 들판 곳곳에 무리 지어 자라난 상록수림 위에 쌓인 눈덩이가 보석함을 쏟는 듯 반짝이며 부서져 내리고, 군락을 이룬 자작나무의 앙상한 가지 위에 앉은 까치와 까마귀들은 매서운 바람에 밀리지 않으려고 꼬리를 흔들거리며 버티고 있었다.

블라디보스토크에서 모스크바까지 가는 시베리아 횡단열차의 일등 객실, 4인용 침대칸이었다. 가운데 붙박이 탁자를 두고 양편에 2층 침대가 놓였는데, 1층 침대는 무릎 높이로 고정되어 의자처럼 쓸 수 있었고 옆으로는 이웃 침대칸과 공동으로 사용하는 세면실로 들어가는 문이 달렸다. 세면실 쪽 1층 침대는 뚱뚱한 러시아 중년 여인이, 나머지 세 침대는 자그마한 체구의 조선 여자들이 차지했는데, 오른편 2층 침대의 김명시만 홀로 깨어 책을 읽고 있을 뿐, 다른 여자들은 담요를 뒤집어쓴 채 옆으로 웅크려 자고 있었다.

아침의 문을 두드리듯, 증기기관차가 잇달아 날카로운 기적 소리를 냈다. 도시가 다가오고 있다는 신호였다. 김명시는 읽던 책을 놓고 창밖을 내다보았다. 가장자리는 성에가 낀 채 가운데만 거울처럼 녹아내린 유리창 너머로 말이 끄는 썰매가 짐을 잔뜩 싣고서 달리고 있었다. 그 뒤편 들판 가운데에는 눈을 흠뻑 뒤집어쓴 외딴집 한 채가 보였다. 굴뚝에서는 흰 연기가 피어올라 바람에 흩어지는데 사람은 보이지 않았다.

언제 깨었는지 맞은편 침대에 누운 김조이가 담요 속에서 고개를 내밀고 말했다.

"오늘도 지평선뿐이야? 어쩌면 조선하고 이리 다를까? 저 춥고 광막한 들판에서 어찌 살아?"

김조이는 조선반도의 남쪽 끝, 김명시의 고향 마산의 아랫동네인 창원 출신이었다. 올해 스물두 살로, 이미 결혼한 몸이었다.

"왜요, 언니? 나는 러시아가 좋아요. 저 넓은 들판에서 말 타고 달리면 얼마나 좋겠어요? 하얀 말을 타고 몇날 며칠을 달려보고 싶어."

김명시는 담요를 젖히고 일어나 흰 저고리 소매로 유리창을 닦아냈다. 둥글납작하니 통통한 얼굴에 고운 피부, 눈꼬리가 약간 치켜 올라간 눈매와 살포시 웃음을 띤 듯한 입술이 매력적인 열아홉 살 처녀였다. 머리칼만큼이나 까만 눈동자에 흰 눈에 반사되어 들어온 햇살이 일렁였다.

기차는 침엽수림 사이로 들어서고 있었다. 김명시는 손가락으로 밖을 가리키며 감탄했다.

"언니들! 어서 일어나서 바깥을 좀 봐요. 나무들이 눈을 뒤집어쓴 모양이 어찌 저리 천태만상이우? 저건 독수리 날개 같고, 저건 새끼 염소 주둥이 같지 않아요?"

커다란 산양이 아이들이 탄 썰매를 끌고 가는 모습이 보였다. 누런 말이 끄는 썰매를 탄 백인 부부가 뒤따랐는데, 아이나 어른이나 모두 털옷에 러시아식 털모자를 쓰고 긴 장화를 신었다. 두 대의 썰매 뒤로는 새끼 곰만 한 검정 개 두 마리가 털을 흩날리며 쫓아가고 있었다.

철로 변의 농가들이 점점 늘어나면서 기적 소리는 차츰 잦아들었다. 시베리아의 농가들은 집집마다 한쪽에 젖소를 키우는 외양간과 건초 창고를 갖추고 있었다. 대강 눈을 치워낸 건초 창고와 외양간 사이로 우유통을 들고 분주히 오가는 여자들과 건초를 나르는 남자들의 모습이 보였다. 목조 가옥의 창문마다 분홍빛이며 보랏빛 꽃이 피어 있는 화분이 놓였는데, 창문턱까지 쌓인 눈 때문에 마치 눈 위에 꽃이 핀 것처럼 보였다. 2층 침대에서 일어난 고명자가 탄성을 질렀다.

"어머나, 꽃이 피었어! 이 엄동설한에 꽃이라니! 러시아 사람들은 이 광대한 땅에 살면서도 어찌 저리 섬세할까?"

김조이가 옷을 껴입으며 퉁명스레 말했다.

"왜놈들은 집집마다 화초를 키우지만 사람만 잘 죽이더라."

김조이는 솜을 누벼 만든 치마저고리에 광택이 나는 짙은 보라색 조끼 차림이었다. 세 여자 중 서양 옷을 입은 이는 고명자뿐이었다. 검정 외투에 수달피 모자를 쓰고 발목을 덮는 가죽신을 신은 그녀는 아래 침대에 앉자마자 상아로 만든 작은 담뱃대를 꺼내 궐련을 꽂았다. 김조이와 동갑이지만 희고 고운 피부가 앳돼 보였다. 고명자가 담배 연기를 길게 뿜어내며 말했다.

"아이, 배고파! 오늘은 무어가 나올까? 마늘 듬뿍 넣은 김치가 먹고 싶다."

김명시도 맞장구쳤다.

"언니, 나는 자꾸만 고추장 비빔밥이 생각나."

세 여자는 러시아 음식에 지쳐 있었다. 일주일째 끼니마다 나오는 연어알절임과 연어튀김은 물린 지 오래였고, 딱딱하고도 거친 빵은 넌덜머리가 나서 귀퉁이만 뜯어 먹다 말곤 했다. 세 여자가 남긴 음식은 동행한 러시아 여자 알료샤가 다 먹어치웠다. 알료샤는 혁명가들을 뒷수발하는 기구인 블라디보스토크 모프르에서 세 여자를 모스크바까지 데려다주도록 파견한 소련공산당 하급 간부였다. 몸집이 비대한 데다 줄담배를 즐기는 그녀는 대화가 안 통하는 조선 여자들 앞에서는 뚱한 표정이다가도 같은 러시아인을 만나면 유쾌하게 떠들고 웃어댔다. 기분이 좋을 때면 조선 여자들에게도 말을 걸어왔는데 무슨 말인지 못 알아들어도 혼자 멋대로 러시아어로 떠들다가 지치면 어깨를 으쓱해 보이곤 했다.

"어서 모스크바에 가고 싶다. 스탈린 대원수도 만나고 레닌 선생 묘소에도 가보고 싶다."

김명시의 말에 늦잠을 자던 알료샤가 슬그머니 목을 빼고 바라보았다. 세 여자의 대화 속에 레닌이나 스탈린이란 단어만 나오면 잔뜩 긴장하던 알료샤였다. 하지만 고리키라는 이름이 나오면 슬며시 미소를 띠었다. 세 여자가 고리키의 소설에 대해 이야기하면 알아듣지 못하면서도 흐뭇한 얼굴로 고개를 끄덕이곤 했다. 알료샤뿐만이 아니었다. 혁명 소설가 고리키에 대한 러시아인의 특별한 사랑은 석류 알갱이처럼 붉고 투명한 연어알절임과 당근 빛깔이 나는 묽은 야채수프를 좋아하는 것만큼이나 일상적인 것 같았다. 세 여자가 열차 식당칸에서 고리키 이야기를 하자 주변의 러시아인들도 알아듣고는 엄지손가락을 세워 보인 적도 있었다. 하지만 소련은 역시 레닌의 나라였다. 관공서 어디를 가도 1년 전에 사망한 레닌의 초상화가 걸려 있었다.

레닌의 나라 백성들은 행복해 보였다. 두만강을 건너 소련 땅으로 들어온 뒤로 어떤 러시아인으로부터도 불만이나 불평의 소리를 들어본 적이 없었다. 세상의 모든 불행을 짊어진 듯 불만에 찬 군은 표정으로 돌아다니는 조선인들과는 달랐다. 그들은 늘 자랑을 했다. 블라디보스토크에서 며칠 머무는 동안, 소련공산당에서 나온 여자 안내인은 새로 짓는 건물이나 새로 문을 연 탁아소나 무료 시립 병원으로 바뀐 제정 시대의 병원을 지날 때면 항상 위대한 소비에트연방과 레닌 동지의 업적이라고 자랑했다. 그러곤 세 여자에게 물었다.

"조선에는 이렇게 멋진 건물이 있나요?"

"조선에는 이렇게 훌륭한 무료 탁아소가 있나요?"

"조선에는 이렇게 편리한 무료 병원이 있나요?"

기차역 앞 식당에서 점심을 먹다가 초급학교 아이들과 예정에 없는 대화를 나눈 적이 있었다. 아이들은 세 여자가 조선에서 왔다니까 진지하게 묻는 것이었다.

"조선 학생들도 무료로 학교에 다니나요?"

"조선 아이들도 이렇게 맛있는 햄과 소시지를 매일 먹나요?"

세 여자는 슬픈 표정을 지어 보일 수밖에 없었다. 소비에트연방이 세워진 지 8년째 되는 1925년이었다. 사회주의 조국에 대한 긍지는 하찮은 일을 하는 사람들에게도 넘쳐났다. 호텔의 문지기와 청소부도, 상점의 점원도, 식당에서 일하는 종업원도 외국에서 온 손님이라고 해서 비굴하게 고개를 숙이거나 과잉 친절을 베푸는 일이 없었다. 사근사근하니 늘 웃고 있는 경성의 미쓰비시 백화점이나 일본인 상점의 점원들과는 달랐다. 노동자의 천국에서 제일의 계급인 노동자로 일하는 자부심으로 가득 찬 그들이 고개를 숙여 감사를 표할 대상은 레닌이나 스탈린밖에 없는 것 같았다.

"언니들! 저 애들 좀 봐요!"

창밖을 내다보던 김명시가 또다시 감탄했다. 한 농가에서 아이들이 가파른 지붕 꼭대기에서 스키를 타고 마당에 쌓아 놓은 눈 무더기로 뛰어내리며 놀고 있었다. 나무를 깎아 만든 짤막한 스키였다. 세수를 마치고 나오던 고명자가 수건으로 물기를 닦아내며 말했다.

"행복한 나라야. 우리나라는 언제나 이렇게 행복하게 될까?"

"그러게, 언니."

김명시는 유리창에 입김을 불고 손가락으로 글씨를 썼다.

'소비에트연방 만세!'

선로를 따라 드문드문 심긴 자작나무와 낙엽송이 스쳐 지나가는 뒤로 길게 누운 산맥이 보이기 시작했다. 조선이라면 산이라고도 부르지 않을, 고만고만한 언덕들이 정겹게 어깨를 맞대고 누워 있는 듯 나직한 우랄산맥이었다. 고향 마산의 무학산을 떼어다 놓으면 우뚝 솟아 대장 노릇을 할 만도 했다.

문득, 마산이 그리워졌다.

2. 무학산

마산은 무학산 긴 줄기가 학의 날개처럼 감싸 안은 자그마
한 항구였다. 땔감을 주우러 다니던 산기슭에서 내려다보면
봉긋봉긋한 작은 섬들이 착한 병사들처럼 도열해 서서 파도
를 막아주는 합포만이 한눈에 들어왔다. 먼바다의 거친 파
도에 지쳤던 선원들도 이 깨끗하고 아늑한 항구에 들어오면
생기가 살아났다. 고된 노동과 수면 부족으로 지친 얼굴에
활기가 되살아나 잡아 온 물고기를 쏟아놓으며 껄껄대고 소
리를 지르면서 남성을 뽐냈다.

조선은 농부의 나라였다. 조선인은 쌀밥을 먹고 살았다.
생선은 밑반찬일 뿐이었다. 대구, 안동 같은 경상도 내륙의
도시들이 10만 인구를 자랑할 때에도 마산항에 자리 잡고
사는 이는 만 명을 겨우 넘었다.

반면에 일본은 어부의 나라였다. 김명시가 태어나고 몇 해
되지 않아 조선왕조가 무너져 일본의 식민지가 되면서 돛단
배뿐이던 고요한 항구는 증기선의 기적 소리와 알아들을 수
없는 일본어로 시끌벅적해졌다. 마산은 무역항이자 어업 기

지가 되어 급속히 성장했다.

일본인들은 게다를 신고 다녔다. 나무를 깎아 만든 나막신인 게다는 걸을 때마다 바닥을 때리며 따각따각 소리를 냈다. 마산 시내에서는 어디서나 검정 하오리를 입고 게다를 딸각거리며 돌아다니는 일본인을 볼 수 있게 되었다. 조선의 전통 신발인 짚신이나 헝겊으로 만든 미투리는 늘 질척거리는 생선 하역장에서는 맨발만도 못했다. 조선인 중에도 나무를 깎아 게다를 만들어 끌고 다니는 이들이 늘어났다.

일본인들은 오래된 조선인 거주지를 피해 2킬로미터쯤 떨어진 해안가에 새로 일본식 집과 상가를 지어 살았다. 이곳이 신마산이었다. 볏짚과 황토로 만들어 안팎이 누런 조선인 가옥들과 달리 일본인 집들은 사방 벽을 판자로 두르고 썩지 않도록 시커멓게 기름칠을 했다. 부드러운 곡면을 이룬 조선의 초가지붕과 달리 뾰족하니 각이 진 지붕도 검게 칠했다. 검은색 일본인 가옥은 부유함과 신문화의 상징이 되었다.

검은 집에 사는 일본인 아이들과 누런 집에 사는 조선인 아이들은 서로를 경멸했다. 조선인들은 일본인이 뻐드렁니에 왜소한 체구를 가졌다고 쪽발이, 왜놈이라 불렀다. 일본인들은 조선인을 더럽고 냄새나는 게으름뱅이 조센징이라며 경멸했다.

사실 조선인이 더럽다는 것은 틀린 말이 아니었다. 구마산이라 불리게 된 마산포 언덕의 조선인 주거지는 어디나 가난의 악취를 풍겼다. 기울어지고 썩어가는 초가들 사이로 손수레나 지게가 겨우 지나갈 만큼 좁다란 골목들이 거미줄처럼 연결되어 있었는데, 하수구도 없고 쓰레기장도 따로 없는 골목길은 집집마다 흘러나오는 오수로 질척했고 재래식 변소의 악취가 바다 비린내와 섞여 진동했다.

김명시네 가족은 그곳 구마산에 살았다. 구마산의 조선인은 누구나 고기잡이와 관련이 있었다. 합포만으로 들어오는 고깃배의 돛대가 수평선에 나타나면 어른이나 아이나 할 것 없이 항구로 달려나갔다. 부두에 들어온 배가 닻을 내리고 생선을 부리기 시작하면 여자들은 생선을 종류별로 고르고 배를 갈랐다. 배에서 생선을 내리거나 내장이 제거된 생선을 소금에 절여 상자에 담아 나르는 일은 남자들이 했다. 노인과 아이들은 배 주변을 얼쩡대다가 어부들이 삽질을 하다가 흘린 생선들을 주워 달아났다. 하역에 바쁜 어부들은 한두 마리는 못 본 체했지만 여러 마리를 주우면 쫓아가 빼앗았다.

구마산의 조선인들은 일찍 죽었다. 백일이나 돌도 못 넘기고 죽는 갓난아이는 흔한 일이었고, 병사하지 않고 마흔을 넘기면 장년 대접을 받았다. 양의사도 양약도 없던 시절의 한의들은 무슨 병이 걸리든 서너 가지 병명으로만 진단했는데 그들이 지어준 한약이 효과를 보는 경우는 거의 없었다.

김명시의 아버지도 일찍 병사했다. 아버지는 한문을 제대로 배운 양반집 자손이었다. 갓난이니 개똥이니 막둥이 같은 천한 이름이 흔하던 시절에 자식들의 이름을 형선, 명시, 형윤이라 지은 것만 보아도 짐작할 수 있었다. 하지만 노인들은 이름이 세면 팔자가 드세다고 했다. 김명시의 이름이 그랬다. 목숨 명(命)과 때 시(時)라니, 아무리 좋게 해석해도 '운명의 시간'이었다. 왜 그런 한자를 썼는지는 알 수 없지만, 딸이 아니라도 이름으로 쓰기에는 너무 무거운 글자였다.

아버지가 물려준 것이라곤 팔자 사나운 이름과 가난뿐이었다. 아이가 다섯 명이나 딸린 엄마는 재혼도 할 수 없었고, 아이들을 먹여 살릴 수 있는 터전인 마산포를 떠나지도 못했다.

소금에 절이거나 말린 생선은 꽤 비쌌지만 보관이 어려운 날생선은 아주 쌌다. 갓 잡아 온 꽁치 백 마리를 줘도 산 닭한 마리와 바꾸기가 어려웠다. 다만 조선인이 잘 먹지 않는 오리 값은 쌌다. 마산 주변의 해안은 온통 갈대밭이어서 오리 떼가 수도 없이 날아다녔다. 산탄총 한 방으로 몇 마리를 잡을 수 있으니 마산의 오리 값은 생선만도 못했다. 김명시의 엄마는 어떤 날은 생선 다듬는 일을 하고, 어떤 날은 날생선을 함지박에 이고 이웃 농촌으로 팔러 다녔다. 팔지 못한 생선은 오리와 바꿔 와 아이들에게 먹이기도 했다.

엄마는 기차를 타고 함안군 쪽으로 생선을 팔러 다녔는데 장마철에는 쉬어야 했다. 낙동강이 불어나 함안 일대의 저지대가 거대한 황토 바다로 변하면 고깃배들이 강물을 거슬러 내륙까지 들어와 농부들과 직접 거래를 했기 때문이다.

그런 때면 부두에서 생선을 손질해주고 얻어 온 찌꺼기로 죽을 끓여 먹었다. 어떤 때는 생선 가시며 지느러미가 뒤섞인 희멀건 죽을 내놓았는데 개밥이나 다를 게 없었다. 그래도 비린내에 익숙해진 아이들은 냄비 바닥에 눌어붙은 누룽지까지 닥닥 긁어 먹었다.

일본인들은 게다처럼 자기들에게 익숙한 문화를 들여왔다. 일본식 인력거가 도입되어 구마산과 신마산 사이에 새로 뚫린 신작로를 오갔다. 일본식 기생촌인 유곽이 생겨 기모노를 입은 일본 여자와 조선 여자들이 요염하게 화장을 하고 선원들을 기다렸다. 조선인은 즐기지 않던 장어구이집들이 생기고, 청진기를 든 일본인 의사가 진료하는 서양식 병원도 문을 열었다. 마산과 진주 사이를 오가는 승합차도 생겼다. 일본인이 운영하는 승합차는 작은 트럭처럼 생겼는데 요금이 비싸서 일본인 관리나 장교들 아니면 그들이 데리고 다니는 기생들이나 탔다. 회전무대를 갖춘 2층짜리 목조 극장 환서좌도 지어졌다. 좌석이 5백 개나 되는 그곳에서는 저녁마다 얼굴을 하얗게 분칠한 일본 여자들이 기모노 차림으로 부채를 흔들며 공연을 했다.

상권이 안정된 구마산에 자리 잡은 일본인들도 있었다. 장사를 하러 온 그들은 깔끔하고 예절이 발랐다. 조선인 상점은 먼지투성이인 데다 아무렇게나 상품을 쌓아놓고는 손님이 와도 굳은 표정으로 뭐 하러 왔느냐는 식으로 빤히 쳐다보아 무안하게 만들곤 했다. 일본인 상점은 달랐다. 진열도 보기 좋게 잘 해놓고 물건도 매일 먼지를 닦아 항상 새것 같았으며, 일본인이든 조선인이든 모든 손님에게 깍듯이 인사하며 반겼다.

일본인은 어려서부터 하루에도 수백 번씩 깊숙이 허리를 굽혀 인사하도록 훈련받은 것 같았다. 좀처럼 웃을 줄 모르고, 아무것도 아닌 일에 성을 내고, 온갖 욕설을 퍼부어대며 싸우는 부둣가 조선인들을 바라보는 일본인들의 시선에는 두려움과 경멸이 동시에 담겨 있었다. 보복을 당할지도 모른다는 두려움 때문인지, 자기들끼리는 조선인에 대한 멸시와 혐오를 숨기지 않았을지 모르지만, 적어도 드러내놓고 조선인을 함부로 대하거나 거만하게 굴지는 않았다.

자기들끼리는 싸우고 욕을 해대는 조선인들도 일본인 앞에서는 온순해지기 마련이었다. 돈을 쥐고 있을 뿐 아니라 순사와 헌병의 보호를 받는 일본인에게 시비를 걸거나 폭력을 쓰는 바보는 없었다. 일본 순사와 헌병들은 말 앞에 얼쩡대거나 자기네 말을 못 알아듣는 조선인들에게 '빠가야로'라고 욕을 퍼붓곤 했다. 바보라는 뜻이었다.

이런 이유들 때문에 여러 면에서 이질적인 두 민족이 섞여 살아도 별다른 마찰은 없었다. 지나치게 예의 바르고 정중해서 오히려 거리감이 느껴질 정도이던 일본인이 실은 얼마나 악랄하고 잔인한 존재인지를 알게 해준 사건은 3·1만세운동이었다. 일본인에게 온순하게 복종만 하던 조선인이 실은 얼마나 큰 분노를 간직하고 있었는지를 알게 해준 사건이기도 했다.

1919년 3월 1일부터 두 달간 모든 주요 도시는 물론이고 산골짝 장터 마당까지, 조선반도 구석구석에서 수백만 조선인이 조선의 독립을 요구하는 만세운동을 벌였다. 시위는 처음에는 비폭력 무저항으로 시작되었으나 점차 격화되면서 경찰서를 공격하기 시작했고, 조선인 7천여 명이 희생되고 나서야 잠잠해졌다.

만세운동이 일어난 해 김명시는 열세 살이었다. 마산포 시장에서 시작된 시위에는 걸어다닐 수 있는 조선인은 다 참가한 것 같았다. 김명시네 집과 몇몇 집에서 몰래 만든 종이 태극기가 장터 입구에서 나누어지고, 고보생부터 어부와 아낙들, 노인과 아이들, 유곽의 기생들까지 쏟아져 나와 "대한 독립 만세!"를 외쳤다. 어떤 사람은 울고, 어떤 사람은 웃으며 목이 쉬도록 만세를 불러댔다. 기마경찰과 순사들이 몰려와 총을 쏘고 칼을 휘둘러 해산시킬 때까지 마산포는 수천 인파로 들끓었다. 생선 피 대신 사람의 피가 부두를 물들인 잔인한 진압으로 몇 사람이나 죽고 다쳤는지 알 수 없었다.

여자 나이 열셋이면 어린 나이가 아니었다. 벌써 혼인해 민며느리로 들어간 친구들도 있었다. 김명시는 어른들과 함께 만세를 부르며 구마산을 돌아다녔다. 어딘가에 엄마와 오빠도 있을 것이었다. 기마경찰을 만난 곳은 어시장 입구였다. 시위 대열 앞쪽에서 여자들의 자지러지는 비명 소리와 사람이 죽었다는 고함이 들려왔다. 불과 몇 초 만에 사람들이 사방으로 흩어지면서 갑자기 길이 확 트였다. 말 탄 순사와 헌병들이 피 묻은 칼로 사람들을 내리치며 몰아세우는 광경이 눈에 들어왔다. 길바닥에는 벌써 몇 사람이 쓰러져 있었고, 바로 앞까지 달려온 기마경찰이 태극기를 높이 치켜든 중년 남자의 손을 단칼에 베어버렸다. 손목이 잘려나가면서 피가 그 사람의 머리와 흰옷 위로 흩뿌려졌다.

손목이 잘리는 광경을 본 순간, 김명시는 온 힘을 다해 달아나기 시작했다. 엄마가 어디 있는지, 오빠가 어디 있는지 아무 생각도 나지 않았다. 짚신 두 짝이 모두 벗겨져 사라진 것도 몰랐다. 뒷골목으로 달아나는 인파 속에 묻혀 집으로 내달았다. 집 앞에 나와 있던 동생들을 데리고 방 안으로 뛰어 들어가 문고리를 꽉 잡고 두 눈을 감았다.

한참을 그렇게 떨고 있으려니 바깥이 조용해졌다. 호루라기 소리와 일본 순사들의 고함 소리만 들려왔다. 자꾸만 밖으로 나가려는 동생들을 붙잡고 있자니 불현듯 수치심이 밀려왔다. 공포에 질려 도망친 자신에 대한 부끄러움이었다. 울컥, 구역질이 날 것만 같았다. 김명시는 이를 악물고 되새겼다.

'다시는 도망치지 않으리라! 이 비겁함을 다시는 반복하지 않으리라!'

체포된 엄마와 오빠는 며칠이 되도록 돌아오지 못했다. 사람들은 주발에 밥을 해 들고 헌병대에 잡혀간 가족들을 찾아다녔다. 김명시도 삼촌과 이모를 따라 보리밥을 해서 헌병대에 찾아갔지만 밥만 받아 들여보낼 뿐 면회는 시켜주지 않았다. 헌병대와 경찰서 담장 너머로 매를 맞고 고문당하는 사람들의 비명이 일주일 넘게 계속되었다.

시위가 잠잠해지자 헌병들은 집집마다 뒤져 태극기를 찾아내기 시작했다. 흰 종이 가운데에 태극 문양을 그려넣고 네 귀퉁이에 막대 모양의 사괘를 그린 상징물에 불과했는데도 태극기에 대한 사람들의 애착은 거의 종교적이었다. 일단 태워버리고 필요할 때 다시 그려도 되는 것을 차마 없애버리지를 못했다. 다들 어떻게든 감춰놓으려고만 했다. 그것은 목숨을 건 일이었다. 헌병들은 군화를 신은 채 방 안에까지 들어와 구석구석 뒤지고 다녔다. 옷장을 엎어놓고 천장을 뜯다 못해 아궁이와 굴뚝, 심지어 변소에 쌓아놓은 잿더미 속까지 뒤졌다. 태극기가 발견되면 주인을 잡아다 혹독한 고문을 가한 뒤 90대의 태형에 처했다. 그래도 다들 태극기를 숨겼다. 항아리에 넣어 담장 밑에 묻기도 하고, 솜옷 안섶에 넣고 단단히 꿰매기도 했다.

온 동네에 걸친 가택수색이 끝난 뒤에는 죄가 가볍다고 판정받은 사람에게 볼기를 때려 감옥살이를 대신하게 하는 태형을 시작했다. 제일 가벼운 형이 90대였다. 한 번에 다 맞으면 죽을 수도 있어 하루에 30대씩 사흘 동안 때렸다. 맞을 사람들은 경찰서와 헌병대 유치장이나 집에서 대기하다가 차례로 불려갔는데, 마산 읍내 병력만으로는 모자랐는지 타지에서 매를 때릴 사람을 데려오기까지 했다.

김명시는 몇 번 마산경찰서 담장 너머로 태형 장면을 보았다. 십자가 모양으로 짠 나무틀에 엎어놓고 양팔과 양다리를 묶은 다음 바지를 내려 맨살을 드러낸 뒤 헌병 보조원 둘이 마주 서서 교대로 때렸다. 첫날 맞을 때는 시퍼렇게 멍만 들다가 점점 시뻘겋게 부어올라 살점이 터지고 흐물흐물해져 나중에는 살점과 피가 튀어올라 헌병들의 옷과 얼굴에 날아가 붙었다. 첫날에는 "억!" 소리라도 내다가 사흘째가 되면 "우후, 우후!" 하는 거친 숨소리밖에 내지 못했다.

엄마보다 먼저 오빠 김형선이 석방되었다. 보름 만이었다. 정규학교에 다니던 친구들은 나오지 못하거나 태형을 당했는데, 김형선은 단순 가담자로 분류되어 태형도 받지 않았다.

"더러운 놈들! 무식한 노동자라고 옥살이까지 차별을 하더구나."

보통학교를 우등으로 졸업한 오빠는 학비가 없어 구마산의 상가 건물 2층에 문을 연 2년제 간이농업학교에 들어갔다. 한방 소화제 영신환을 떼어다 팔기도 하고 한글로 출판된 백과사전이나 옥편을 등에 지고 다니며 팔아보았지만 학비에 보태기는커녕 입에 풀칠하기도 바빴다. 결국 월사금을 내지 못해 중퇴하고 엄마를 따라 부두에서 허드렛일을 하고 있을 때 만세운동이 일어났던 것이다. 오빠는 다시 부두 하역 인부로 나갔다. 호리호리 키만 클 뿐 깡마른 데다 폐가 약해 쌀 몇 가마니만 날라도 얼굴이 하얘져 주저앉곤 하면서도 절대 쓰러져 눕지 않고 버텼다.

엄마는 좀처럼 나오지 못했다. 태극기를 만든 주범으로 지목되었기 때문이다. 친척들은 김명시의 형제들이 머리가 뛰어난 건 엄마를 닮아서라고 했다. 만세운동이 일어났다는 소식을 듣고 과부의 몸으로 누구보다 먼저 나서서 사람들을 불러 모아 태극기를 만들고, 시위에도 맨 앞장 섰던 엄마였다. 엄마가 구류를 마치고 나온 것은 4월 중순이었다. 주범이라 해서 얼마나 혹심한 구타와 고문을 당했는지 다리를 절뚝거렸고 허리도 잘 펴지 못했다. 뺨따귀를 하도 맞아서 귓속을 다쳤는지 소리도 잘 듣지 못했다. 엄마는 누워 있어도 몸이 붕붕 돌아가는 것 같은 현기증과 구역질에 시달리면서도 아이들에게 세상의 이치에 대해 말해주었다.

"왜놈들이 저러는 것도 일찌감치 신문명을 받아들였기 때문이다. 우리 조상들은 서양 문물이라면 문둥이 보듯 하는 바람에 나라가 요 모양 요 꼴이 되고 말았다. 내가 제대로 학비 대줄 형편은 못 되지만 너희들은 기를 쓰고 서양 문물을 배우고 열심히 공부해서 조국을 되찾아야 한다."

한문도 한글도 모르는 문맹자가 태반이던 시절이었다. 면마다 보통학교가 세워지고 군마다 고등보통학교가 세워졌지만 월사금이 비싸서 가난한 집 아이들은 다니기 어려웠다. 더구나 여자를 가르치려는 부모는 드물었다. 가난한 집 여자애들은 집에서 한글이나 깨치면 그만이었다. 그러나 엄마는 김명시를 보통학교에 보내고 더 악착같이 돈을 벌었다.

엄마가 기차를 타고 내륙으로 생선 장사를 가는 날이면

김명시는 어린 여동생을 업고 학교에 갔다. 교실까지 데리고 갈 수는 없어 운동장에 내려놓고 공부를 하고 있으면 동생이 언니를 찾으며 울어댔다. 선생은 거의가 일본인이었는데, 마음씨 좋은 선생은 나가서 달래주고 오라며 봐주기도 했지만 대부분의 선생은 엄격하게 대했다. 그렇게 마냥 울도록 내버려두고 있노라면 선생의 말은 하나도 안 들리고 동생이 우는 소리만 들려왔다. 휴식종이 울리자마자 뛰어나가 보면 울다 지친 동생은 얼굴이 흙먼지와 눈물 자국으로 얼룩진 채 딸꾹질을 하고 있었다.

원칙에 엄하다고 해서 일본인 선생들이 나빴던 것만은 아니었다. 밀린 월사금을 대신 내준 일본인 여교사도 있었다. 그녀는 김명시와 몇몇 아이들을 자기 집에 데려가 돈부리나 우동 같은 일본 음식을 만들어 먹이기도 하고, 일본에서 가져온 헌 옷을 나눠주기도 했다. 졸업할 때 김명시의 성적을 아까워하며 힘들더라도 경성으로 유학 가라고 권한 이도 일본인 선생이었다. 하지만 월사금이 4원이었다. 가정교사 자리도 귀하거니와, 설사 먹고 자는 건 해결한다 하더라도 보통 노동자가 일주일은 일해야 벌 수 있는 4원까지 대줄 집을 찾을 수는 없었다.

진학을 포기하고 있던 김명시를 구원해준 이는 오빠 김형선이었다. 1924년 미곡 창고에 취직이 된 것이다. 간이농업학교 중퇴자인 그가 사무원으로 취직된 것은 주변 사람들의 신뢰 덕분이었다. 천성이 선량한 오빠는 누구에게도 악의를 드러내지 않는 온순한 청년이었다. 친구들은 그를 '소'라고 불렀다. 소처럼 우직하고 성실하다는 칭찬이었다.

김명시는 경성 배화여고를 선택했다. 다른 학교들과 달리 기숙사가 있어서였다. 조선 왕가의 사람들이 쫓겨나고 일본 고관들의 놀이터가 되어버린 경복궁 서편 필운동 언덕에 있는 배화여고는 미국인 여자 선교사들이 세운 기독교 학교였다. 이끼 빛깔이 도는 청동 지붕 아래로 다락방이 나란히 달린 서양식 2층짜리 붉은 벽돌 건물은 단아했고 정원은 아름다웠다. 교장은 미국인 여자였고 학생들은 대개 지주의 딸이었다. 백석지기만 해도 부자라던 시절에 천석지기 딸도 여럿이었다. 졸업만 하면 보통학교 교사가 될 수도 있고, 신문사나 잡지사에 들어가 신여성 신지식인으로 이름을 날릴 수도 있었다. 엄마가 바라는 게 그거였다.

그러나 김명시는 1학년도 마치지 못했다. 오빠 김형선이 경찰에 체포되었기 때문이었다. 마산 지역에서 청년 조직을 결성하다가 발각된 김형선은 이번에도 다른 사람보다 일찍 나왔다. 경찰의 구타와 고문에도 지독하게 버텨 자신의 실제 활동을 숨겼기 때문이다. 하지만 창고 주인은 자본가를 타도하는 것을 인생의 목표로 삼고 있음에 분명한 이 위험한 젊은이에게 경리 장부를 맡기려 하지 않았다. 실업자가 된 오빠는 더는 동생에게 돈을 보내줄 수 없었다.

마산 집에 돌아가니 오빠가 동생들을 앉혀놓고 말했다.

"일본이 조선을 침략한 것은 자본주의의 최후 단계인 제국주의 때문이다. 우리 조선 민중이 잘 살려면 우선 일본을 물리친 뒤에 무산계급 혁명을 일으켜 자본주의를 타도하고, 대지주와 자본가들의 권력을 빼앗아 노동자와 농민의 나라를 만들어야 해. 빈부 격차 없이 모든 민중이 자유롭고 평등하게 사는 세상을 만들어야 한다. 그것이 바로 사회주의 혁명이요, 이를 이끄는 것이 공산당이다. 세계의 공산당은 하나다."

혁명이라는 단어는 일본에서 건너온 미제 사탕보다도 달콤하고, 단오절 그네 타기보다도 짜릿했다. 공산주의라는 단어도, 세계의 공산당은 하나라는 말도 그랬다. 보통학교 졸업반 때 부잣집 동급생 집에 초대 받아 갔을 때 처음 마셔본 사이다처럼 가슴을 시원스럽게 하는 단어였다. 금지된 경계를 넘어 새로운 세상으로 넘어간 기분이었다. 소처럼 착하고 순한 오빠가 세상을 뒤집어야 한다고 말하는 순간, 김명시는 혁명가가 되고 공산주의자가 되었다.

이듬해인 1925년 4월 17일, 극비리에 조선공산당이 결성되었다. 김명시는 김형선과 나란히 당원으로 가입했다. 당원 명단은 비밀이었지만 가까운 이들끼리는 모를 수가 없었다. 선배들은 120여 명의 창립 당원 중 어린 축인 김명시를 무척이나 귀여워해주었다. 그러나 김명시는 자신이 어리다고 생각하지 않았다. 기마경찰의 총소리와 말발굽 소리에 쫓겨 달아나던 그날, 열세 살의 그녀는 이미 성인이 되어 있었다.

3. 희망

우랄은 심심한 산맥이었다. 해발 몇백 미터밖에 안 될 야트막한 산봉우리들 너머로 뾰족한 산줄기도 보이고 터널과 철교를 지나가기도 했지만, 조선의 첩첩산중에 비하면 야산지대 같았다. 드문드문 노천 광산의 건물들이 보였는데 가동을 멈춘 듯 아무 연기도 나지 않았다.

산맥을 거의 넘어설 무렵 폭설이 내리기 시작했다. 춤추듯 날리던 눈송이들이 반 시간도 못 되어 몇 미터 앞도 보이지 않는 엄청난 눈 폭풍으로 변했다. 우랄산맥을 관통한 증기 기관차는 간간이 기적을 울리며 시야를 가리는 폭설을 뚫고 줄기차게 달렸다.

사회주의 공화국이 되었다지만 기차는 예전의 등급 그대로였다. 모든 침대가 개방된 삼등 객실도 있고 6인승 이등 객실도 있었다. 삼등 객실에는 옷차림새나 얼굴과 손발만 보아도 조선인 농부들이나 별 차이가 없어 보이는 가난한 러시아인들이 가득했다. 세 조선 여자가 탄 4인승 일등칸은 쿠페라 불렸다. 일등 객실이라고 복도에는 차장 둘이 종일

28

하릴없이 어슬렁거리다가 가끔씩 더운 물을 갖다주거나 짐을 들어주었다.

통로로 나가면 흑갈색 나무문이 늘어선 반대편에 적당한 간격으로 유리창이 달렸는데 앉아서 밖을 내다볼 수 있도록 회전이 되는 동그란 일인용 의자들이 바닥에 고정되어 있었다. 세 여자는 나란히 회전식 의자에 앉아 식당칸에서 사 온 자홍색 음료 시트로를 마시곤 했다.

"눈은 보고 또 봐도 질리지가 않아요. 나는 눈이 정말 좋아요."

김명시의 말에 고명자가 연분홍 고운 입술 사이로 담배 연기를 뿜어내며 말했다.

"눈 보기 어려운 남쪽에서 자랐으니 그렇지. 내 고향 충청도 부여에는 초겨울이면 눈 치우는 게 일이었어. 중국 쪽 바다에서 눈이 엄청나게 몰려오거든. 아오모리란 데서 살다가 이주해 온 일본인 남자가 있었는데 어찌나 눈 치우는 걸 좋아하는지 눈만 오면 허벅지가 다 드러나는 하오리 차림으로 골목길을 쓸고 다니는 바람에 여자들이 질겁하고 달아나곤 했지."

장교인지 사병인지 알 수 없는 소련 군인 둘이 웃음을 던지며 지나갔다. 고명자도 웃어주고는 말을 이었다.

"더 꼴사나운 건 조선인 대지주였어. 일본 놈들에게 빌붙어 엄청난 땅을 차지하고는 쌀 창고를 몇 개나 지어서 마름에게 맡겨놓고 저는 읍내 나가 어린 처녀를 두셋이나 첩으로 두고 살았어. 마름이란 놈도 그자의 친척인데 매일 밤 읍내 기생집에서 술 취해 돌아오면서 고래고래 일본 노래를 불러대는 거야. 다른 사람이 그러고 다니면 어른들이 야단이라도 칠 텐데 그놈은 아무도 못 건드려. 낮이건 밤이건 아무 소작인 집에나 들이닥쳐서 닭 잡아 와라, 목욕물 데워 와라 행패를 부려도 다들 절절매고 시키는 대로 했지. 아니면 소작논을 빼앗겨 굶어야 하니까. 지금도 그러고들 살겠지."

며칠을 더 달린 기차는 스베르들롭스크로 들어섰다. 왕조의 고도 예카테린부르크를 혁명가 스베르들로프의 이름을 따서 바꾼 곳이었다. 러시아의 마지막 황제 니콜라이 2세와 가족들이 처형된 곳이기도 했다. 스베르들롭스크는 온전히 유럽풍의 도시였다. 동양인이 서양 건물을 흉내 내어 지은 듯 어딘가 어색하고 값싸 보이던 다른 도시들과 달리 시내의 건물들이 여간 고풍스럽고 우아하지 않았다.

기차가 스베르들롭스크 역으로 접어들자, 빈 선로 위를 어슬렁대는 몇 마리 돼지가 눈에 띄었다. 돼지들은 기적 소리에도 달아나지 않고 먹을 것도 없는 철로 위를 헤매고 다녔다. 시베리아의 역마다 흔히 보아온 풍경이었다.

기차가 멈추고 있으려니 철로 주변으로 제설 작업자들이 모여들었다. 족히 2백 명은 되는 것 같았다. 한편에서 선로에 쌓인 눈을 나무 삽으로 가볍게 퍼 던지면, 다른 편에서 가장자리에 얼어붙어 다져진 눈을 손잡이도 없는 긴 삽으로 두세 칸씩 단번에 깎아 쳐냈다. 하나같이 두꺼운 장갑에 털모자를 쓰고 가죽 장화나 나무껍질로 만든 단화를 신었는데 자세히 보니 대부분이 여자들이었다. 간혹 커다란 눈에 반짝이는 눈망울이 매혹적인 늘씬한 처녀들이 담홍색으로 상기된 뺨에 긴 입김을 내뿜으며 삽질을 하는 모습도 눈에 띄었다.

여자들이 치운 눈을 쌓아놓는 방법은 조선에서는 볼 수 없는 기술이었다. 겹겹이 쌓여 굳은 눈을 다듬잇돌 두 장 정도의 크기로 잘라서 벽돌을 쌓듯 차곡차곡 쌓아 올렸다. 쌓인 눈은 녹지를 않으니 기차역의 한적한 공간과 시내의 길거리에는 눈 벽돌로 세운 성들이 나날이 길어지고 높아지고 있었다.

화차에 물과 석탄을 채우느라 기차가 다시 출발하려면 한참을 기다려야 했다. 바깥 기온은 영하 20도가 넘었다. 세 여자는 옷을 잔뜩 껴입고 목도리로 목과 턱을 칭칭 감은 다음 기차에서 내렸다. 제정 시대에 지어졌을 아름다운 역사 앞 광장에는 두 어린이와 이야기를 나누는 형상의 레닌 동상이 자그마하게 세워져 있었다. 누군가 계속 눈을 치우는지 온 세상이 하얀 가운데 두 줄 철로와 동상만이 까맣게 솟아난 듯했다. 2, 3층짜리 석조 건물이 늘어선 역 앞 직선 가도에도 많은 사람들이 나와서 눈을 치우고 있었다. 역시 대부분이 여자들이었다. 마치 온 도시의 여자들이 거리로 쏟아져 나온 것 같았다. 눈발이 다소 약해지기는 했어도 눈삽이 지나가자마자 다시 하얗게 쌓이기 때문에 모두들 쉬지 않고 일해야 했다.

대합실 한편에 매점 겸 식당으로 운영하는 휴게소에는 대여섯 명의 러시아인이 큼직한 페치카 주변에 앉아 있었다. 허리 높이로 벽돌을 쌓아 만든 페치카에는 철판이 덮여 있었는데, 솥이나 주전자를 얹어놓을 구멍을 뚫어놓아 평소에는 막아두었다가 조리를 할 때만 열었다. 철판 위에 올린 찻주전자에서는 수증기가 오르고 있었다.

식당 옆에 붙은 조그만 매점에서는 어린이 장난감부터 수건과 속옷 같은 여행용품을 팔았다. 품질은 그다지 좋아 보이지 않았다. 종로의 일본인 상점에 있는 상품들이 훨씬 깔끔하고 고급스러웠다. 기차 시간표가 붙어 있는 흰 벽 양편으로는 품종을 알 수 없는 화초가 심긴 화분들이 줄지어 놓여 있었다. 러시아인들은 생선 토막을 얹은 빵을 먹었는데 세 여자는 빵 대신 설탕에 재운 매실을 넣은 따뜻한 음료를 시켰다. 매실차를 홀짝이며 김조이가 물었다.

"우리, 러시아어 이름을 뭐라고 지을까?"

세 여자의 목적지는 모스크바에 있는 '동방노력자공산대학'이었다. 국제공산당 코민테른이 조선공산당에 신입 당원들을 유학 보내라며 여비를 보내왔고, 1진 20여 명이 제각기 모스크바로 향하는 중이었다. 공산대학에서는 일본, 대만, 베트남 같은 동양의 여러 나라 유학생들이 무상으로 공부를 했는데, 귀국 후의 지하활동을 위해 모두 가명을 써야 했다. 고명자가 답했다.

"나는 정했어. 시베리스키로 할 거야. 시베리아에서 다시 태어난 혁명가, 괜찮지?"

김조이가 손가락을 저어 보였다.

"아니지. 스키는 남자 이름이니 여자는 스카야로 해야지. 시베리스카야. 앞으로 그렇게 불러줄게."

"시베리스카야? 멋지다, 얘!"

세 동양 여자가 호들갑을 떨자 뒷짐을 진 채 페치카를 등지고 서서 불을 쬐던 러시아인들이 바라보며 웃어 보였다.

약해졌던 눈발은 다시 굵어져 하늘과 땅 사이를 하얗게 채우고 있었다. 이제는 시가지 풍경조차 볼 수 없게 되었다. 역 앞 전나무 위에 쌓인 커다란 눈 무더기가 퍽 소리를 내며 떨어져 내렸을 때였다. 역 광장으로 갈색 말 세 마리가 끄는 삼두마차가 눈발을 헤치며 달려오는 모습이 보였다. 제정 시대 귀족의 소유였던 듯 화려하게 장식된 검은 마차와 긴 갈기를 휘날리며 달리는 말들의 자태가 그림 같았다.

마차에서 내린 이들은 중년의 백인 여자였다. 통 넓은 러시아 치마에 조끼와 숄을 걸치고 그 위에 다시 담요 같은 것을 덮은 여자들이 시끄럽게 떠들며 대합실로 들어오고, 마차는 다시 폭설 속으로 사라져갔다.

"귀족들의 재산이 전부 인민의 것이 되었나 봐요. 정말 멋지지 않아요? 만인 평등의 공산주의 세상, 얼마나 좋아요! 내 가명은 스베츠로바로 할래요. 혁명가 스베르들로프처럼 살려고."

김명시의 말에 김조이가 화답했다.

"그래? 그럼 나는 혁명 작가 마야콥스키를 따서 마야코바로 할래."

세 여자의 이름은 시베리스카야, 스베츠로바, 마야코바로 정해졌다. 앞으로 짓게 될, 각자 열 개도 넘는 가명 중 첫 번째 이름이었다.

모스크바로 들어가는 날에는 여행 중 최악의 눈보라를 만났다. 모스크바까지 앞으로 두 시간, 알렉산드로프 역에는 몇 미터 앞도 보이지 않는 폭설이 몰아치는 가운데 남녀 노동자들이 눈사람처럼 하얗게 눈을 뒤집어쓴 채 보선 작업을 하고 있었다. 여자들은 고개도 들기 힘든 눈 폭풍 속에서도 쉬지 않고 눈의 성벽을 만들어나갔고, 길고 뾰족한 망치나 지렛대를 든 남자들은 레일을 들어 올리고 두드리는 데 열중했다. 철로 변의 상록 침엽수림과 방설림에 쌓인 눈 무더기가 만들어놓은 기괴한 형상들도, 그 너머 지평선도 눈보라에 가려 구별이 되지 않았다.

눈보라는 기차가 알렉산드로프 역을 출발해 모스크바 변두리로 접어들 즈음 잦아들었다. 눈발이 약해지면서 시야는 다시 넓어지고, 간간이 구름 사이로 새어나온 햇빛이 탐조등처럼 눈의 바다에 내리꽂혔다. 때때로 소나기처럼 굵은 눈발이 쏟아지기도 했지만 9천여 킬로미터에 달하는 대륙횡단의 종착역이자 모스크바의 관문인 야로슬라브스키 역에 가까워졌을 때에는 대평원과 나란히 잿빛 구름들만 빠르게 흘러갈 뿐 시야는 환해졌다. 회색으로 보이던 눈 색깔도 다시 새하얘졌다.

얼어붙은 볼가강 변 송림 사이로 언뜻언뜻 오래된 교회와 옛 귀족의 저택들이 지나갔다. 시베리아의 목조 가옥들과 달리 붉은 벽돌을 쌓고 흰 화강암으로 문틀과 창틀을 장식한 유럽풍 저택들에도 귀족의 모습은 보이지 않고 허름한 차림의 농부들이 살고 있었다. 넓은 정원의 오래된 나무들 사이로 말을 타거나 걸어가는 사람들, 양쪽에 두레박을 단 긴 나무 지렛대로 우물물을 퍼 올리는 여자들, 눈밭에서 뛰어노는 아이들이 휙휙 지나갔다.

"드디어 혁명의 성지, 모스크바예요!"

기차가 역으로 진입하느라 심하게 덜컹거렸다. 김명시는 오는 내내 즐겨 먹은 설탕에 절인 자두를 헝겊으로 감싸 가방에 넣으며 흥분했다. 요란한 쇳소리와 함께 기차가 멈추면서 승강장에서 기다리는 사람들이 보이기 시작했다. 고명자가 소리 질렀다.

"조이야, 너희 시동생이 마중 나왔어!"

김조이의 남편 조봉암의 동생 조용암이 승강장에 서서 고개를 빼어 열차를 살펴보고 있었다. 옆에는 보성전문학교를 나온 안동 사람 권오채도 있었다. 먼저 모스크바에 도착한 남자 유학생들이었다. 남자들은 신의주를 거쳐 중국 땅 안동으로 건너가 기선으로 상해에 도착한 뒤 중국 대륙과 몽골을 관통해 모스크바까지 왔다. 두 남자 뒤에는 코민테른 본부에서 나온 러시아인 간부와 고려인 통역사가 기다리고 있었다.

금방 쏟아진 눈을 치우느라 부산한 역전 광장에는 승합차와 마차들이 줄지어 기다리고 있었다. 일행은 열 명쯤 탈 수 있게 개조된 검정 승합차에 올랐다. 마산과 진주를 오가는 일본 회사의 승합차와 비슷하게 생겼는데, 추위 때문에 나무와 유리로 벽을 막은 게 달랐다. 고려인 청년이 코민테른 간부의 말을 통역해주었다.

"조선에서 오신 혁명가 동무들, 기숙사로 가기 전에 먼저 레닌 선생 묘지부터 참배하러 가겠습니다. 괜찮겠지요?"

레닌이 죽은 지 2년째 되는 달이었다. 그의 시신이 방부 처리되어 '붉은 광장' 지하 묘지에 안치되어 있다는 이야기는 국내 신문에도 보도되어 알고 있었다.

모스크바는 공사 중이었다. 곳곳에 4, 5층짜리 집단 가옥 공사가 벌어지고 있었다. 조선에서는 시멘트가 어는 겨울이면 모든 공사가 중단되는데, 러시아인들은 폭설이 내린 날인데도 일을 했다. 신축 건물마다 기중기가 세워져 있어 수십 명의 여자들이 지상에서 다듬잇돌만 한 시멘트 벽돌을 철판 상자에 담아주면 위층의 남자들이 기중기로 끌어 올려 쌓아나갔다.

새로 짓는 집들은 교외의 귀족들 저택이나 스베르들롭스크의 전통 건축물에 비해 한결 단순하고 획일적이었다. 사방으로 넓게 뻗은 직선 도로를 천천히 달리는 전차들, 적황

색과 흰색이 어우러진 비슷비슷한 건물들이 만들어낸 질서는 조화로웠지만 건물 입구나 창문의 문양은 다소 조잡했고, 녹슨 창틀이며 골목길은 너저분해 보였다.

수백만 명이 살아가는 모스크바는 인구 30만 정도밖에 안 되는 조선의 경성에서 온 여자들을 압도했다. 대평원에 바둑판처럼 비슷한 길과 거리가 반복되다 보니 금방 방향감각을 잃어버렸다. 얼어붙은 모스크바강의 다리를 건넜다는 기억뿐, 어디를 어떻게 지나왔는지도 모르게 도착한 곳은 독특한 중세 건물들로 둘러싸인 드넓은 광장이었다.

"여기가 붉은 광장입니다. 세계 공산주의 혁명의 본부이지요."

쌓인 눈을 치우느라 대규모 인력이 동원되어 있었다. 그 넓고 넓은 광장의 눈을 다 치울 태세였다. 눈을 치운 바닥에는 검은 돌을 다듬어 만든 벽돌이 드러났다. 광장 주위로는 양파 모양의 탑이 우뚝한 러시아 정교회 성당과 둠이라 불리는 대형 백화점, 정부 청사로 쓰고 있는 옛 궁전 크렘린의 긴 붉은 담장이 둘러서 있었다.

레닌의 묘지는 정부 청사 담장 앞에 새로 지어진 소박한 붉은 벽돌집 지하에 있었다. 눈꺼풀도 깜빡이지 않을 듯 석상처럼 우뚝 서 있는 경비병을 지나 계단을 밟아 내려가니 넓지 않은 공간에 높은 유리관이 나타났다. 환히 켜진 전등들이 관 속에 누운 레닌의 시신을 비추고 있었다. 줄지어 들어간 관람객들은 유리관 삼면을 따라 걸은 후 다른 문으로 나가게 되어 있었다. 묘한 화학약품 냄새가 희미한 가운데, 구두 끄는 소리 외에는 기침 소리 하나 나지 않았다.

레닌은 남쪽을 향해 반드시 누운 채, 두 손을 아랫배에 올려놓은 자세로 미라가 되어 있었다. 화장을 한 듯, 얼굴은 금방 잠든 사람처럼 살색이 돌았다. 거의 다 벗어져 귀 윗머리만 남은 대머리에는 푸르스름한 핏줄기까지 보였다. 코밑과 턱밑에는 수염을 길렀는데 작은 콧날은 오뚝했고 귀도 작은 편이었다. 양복 가슴에는 적기 훈장을 달았고 허리 아래로는 검은 천으로 덮어놓았는데 동양인처럼 단아한 체구였다.

러시아인들은 털모자를 벗어 든 채 묵념을 하거나 손으로 십자가 모양의 성호를 그리며 지나갔다. 세 조선 여자도 모자를 벗고 고개를 숙인 채 잠시 눈을 감았다. 뒤따라 관람객이 밀려와 오래 머물 수는 없었다. 밖에 나오자 통역이 코민테른 간부의 말을 전했다.

"레닌 선생의 혁명적 이론은 인류 발전의 앞길을 밝혀주는 영원한 횃불이었습니다. 레닌 선생의 말씀은 전 세계 근로 인민을 해방하라는 지상명령이었습니다. 또한 레닌 선생의 참된 사랑은 전 지구상에 공산주의 사회를 건설하여 인류 평화를 이루려는 태양의 자비였습니다. 선생의 위업은 세계 인민과 함께 영원히 빛날 것입니다."

통역은 안내인을 겸해 묘지의 유래에 대해서도 말해주었다.

"원래 레닌 선생은 고향의 어머니 묘소 옆에 묻어달라고 유언하셨습니다. 그런데 위대한 지도자 스탈린 동지께서 선생의 위업을 길이 모범으로 삼고자 최첨단 의료 기술로 방부 처리를 하여 인민들에게 보여드리게 된 것입니다."

갑자기 요란스러운 노랫소리가 들려왔다. 시계탑에서 종을 치는 대신 인터내셔널가를 틀어놓은 것이었다. 음질은 그다지 좋지 않았다. 일행은 고막을 긁어대는 인터내셔널가를 들으며 레닌 묘지 양쪽에 조성된 혁명가들의 무덤을 구경했다. 눈에 덮인 화단에는 혁명 당시 시가전을 하다가 전사한 4백여 명의 혁명 용사들이 나란히 묻혀 있었다.

혁명 용사 묘지 건너편에는 차르 왕조 시절에 혁명가들을 공개 처형하던 교수대 시설이 그대로 보존되어 있었다. 돌로 쌓아놓은 벽 위에 설치된 교수대에는 발목과 팔을 묶는 데 쓰였던 족쇄와 쇠사슬이 걸려 있었다. 쇠사슬에 붙은 검붉은 녹은 마치 굳은 피가 묻어 있는 듯했다.

승합차는 그리 크지 않은 하얀색 2층 건물로 이동했다. 대리석 기둥이 세워진 정문 옆에는 'KYTB'라는 청동 간판이 붙어 있었다. 통역이 번역해주었다.

"카우트브, 조선어로 동방노력자공산대학의 약자입니다."

휴식 시간이라 수십 명의 학생이 복도와 정원에 나와 담배를 피우거나 잡담을 하고 있었다. 온갖 복장과 얼굴 모양이 마치 인종 전시장 같았다. 양복을 입은 이도 있고 제 나라의 독특한 전통 복장 그대로인 이들도 있었다. 먼저 온 조선인 유학생들은 눈에 띄지 않았다.

교관 마자르가 일행을 맞았다. 노랑머리의 젊은 백인이었는데 폴란드 사람이라고 자신을 소개했다. 마자르는 교무실에 딸린 응접실에서 차를 대접하며 간단히 학교 소개를 했다.

"우리 대학은 동양의 사회주의 혁명을 이끌어갈 지도자를 양성하는 기관입니다. 1921년에 개교한 이래 동양 여러 나라의 혁명가들이 사회주의 이론과 실천을 배우고 있습니다. 과정은 2년 또는 3년으로 되어 있으나 충분한 능력을 갖췄다고 판단되면 일찍 임무를 받아 자기 나라로 돌아가 활동하게 됩니다. 조선에서는 이번에 20여 명의 학생이 입학했는데, 과거에도 조봉암 동무와 러시아에 이민 온 고려인 몇 명이 우리 학교에서 공부를 하고 귀국해 지도자로 활동하고 있습니다. 수업은 러시아어와 각국의 언어로 진행되며 통역이 도와주게 됩니다. 아시겠지만 수업료와 기숙사비는 전부무료이고, 매달 소정의 급여까지 받게 됩니다. 여러분 평생에 가장 행복한 시간이 되리라 믿습니다."

몸가짐이 활달하고 높고 낮음이 뚜렷한 음색이 시원스러운 마자르는 세 여자를 한 명씩 둘러보며 빙긋이 웃었다.

"세 동무는 우리 학교에 입학한 최초의 조선인 여성입니다. 러시아에는 세 마리 말이 함께 끄는 마차가 있습니다. 트로이카라고 합니다. 우리 공산당의 기본 조직도 트로이카라 부릅니다. 어느 한 사람이 일방적으로 지도하는 게 아니라 세 사람이 동등한 위치에서 함께 의논하고 모든 걸 결정하는 위원회 제도입니다. 여러분이 바로 조선공산당 최초의 여성 트로이카가 되겠군요. 축하드립니다."

마자르는 상대방의 긴장을 풀어주는 묘한 마력이 있는 사람이었다. 또한 힘을 주는 사람이었다.

"아, 그리고 여러분은 공부를 하는 동안 엄정한 심사를 거쳐 소련공산당에 가입하게 될 것입니다. 코민테른의 일국일당 정책에 따라 여러분이 조선에 가면 조선공산당에, 중국에 가면 중국공산당에 가입해야 합니다. 소련에 오셨으니 당연히 소련공산당에 가입하는 영광을 누리게 될 것입니다. 머지않아 지구상의 모든 나라가 사회주의 국가로 될 것입니다. 부디 열성적으로 배우고 노력하여 조선을 이끌어갈 훌륭한 지도자로 성장하기를 바랍니다. 제국주의 식민지 치하에서 굶주리고 고통받는 조선의 인민들이 여러분을 기다리고 있다는 것을 잊지 말고 노력 또 노력하십시오. 그래서 우리 학교 이름이 동방노력자공산대학이 아니겠습니까?"

마지막 말에 다 같이 웃으며 인사를 마치고, 여자들은 기숙사로 안내되었다. 본관과 별도로 지어진 기숙사는 시베리아 횡단 열차 침대칸처럼 네 명씩 2층 침대에서 살도록 된 방이 양편으로 나란히 붙어 있었다. 일행은 미리 비워놓은 한 방에 셋이 함께 살도록 배치받았다.

오후 4시가 되니 벌써 어두워졌다. 낮 동안 혁명 기념관을 구경하러 갔던 조선인 학생들은 어두워지기 전에 기숙사로 돌아왔다. 아는 얼굴보다는 모르는 이가 더 많았지만 조선의 항일운동권은 좁았고 공산주의자들의 인맥은 더 좁았다. 한 사람만 건너면 누군가와 연결되어 다들 금방 아는 사이가 되었다.

저녁 식사 시간에는 식당 한편에서 조선인 유학생들끼리의 술자리도 열렸다. 보드카 두 병에 러시아식 소시지 몇 개뿐인 소박한 자리였지만 다들 똑똑하고 말 잘하는 청년들이라 재담과 웃음소리가 끊이지 않았다. 조금 늦게 마자르가 보드카 두 병과 사과 한 봉지를 들고 참석해 박수로 환영을 받았다.

1925년 12월 하순이었다. 조선공산당의 첫 단체 유학생 20여 명 중 해방되기까지 20년 세월을 항일운동에 바칠 사람은 몇 명 되지 않을 것이었다. 몇 명은 졸업을 하고서도 조선에 들어가기를 겁내 소련에 남아 공장에 다니게 될 것이었다. 국내에 잠입했다가 몇 년 옥살이를 하고는 용기를 잃고 낙향해 은둔할 사람도 여럿일 것이었다. 사상이 불량하다거나 분파주의자라는 판정을 받아 졸업조차 못 하고 퇴학당할 사람들도 있을 것이었다.

하지만 이날의 분위기는 자못 화기애애했다. 그 무렵, 조선에서는 조선공산당 당원 105명이 구속되어 혹독한 고문을 당하고 있었지만, 이들은 만 킬로미터나 떨어진 안전지대에서 세계에서 가장 크고 넓은 땅을 가진 나라의 보호를 받고 있었다. 밖에는 영하 20도가 넘는 북유럽의 냉풍이 불고 있었지만 하나도 춥지 않았다. 희망이 이들의 불안을 잠재워주었다. 선택된 사람들이라는 자부심이 심장을 뛰게 했다. 마자르의 선창에 따라 익숙하지 않은 러시아어로 민요

「스텐카 라진」을 합창하며 사람들은 취했다. 술에 취하고 혁명에 취했다. 혁명이 가져올 희망, 사랑, 슬픔 중 가장 먼저 다가온 희망에 취했다.

4. 참새 언덕에서

카우트브, 동방노력자공산대학은 작은 인종 전시장이었다. 몇 명의 일본인 유학생을 빼고는 50여 종족 모두 처음 보는 생김새와 복장을 하고 다녔다. 대부분은 러시아 내의 소수 민족이었다. 동양인의 피도 섞인 그들은 단체로 입학해 제 각기 다른 말과 다른 옷과 다른 문화를 유지한 채 공부했다. 초보적인 러시아혁명사 정도만 배우고 자기 고향으로 돌아가 지역 소비에트의 간부가 될 사람들이었다.

동남아 사람들은 대개 작고 메마른 체구에 까무잡잡한 피부라서 버마인인지 베트남인인지 필리핀인인지 구별하기가 힘들었다. 인도인은 피부가 까무잡잡하긴 해도 살집 좋은 큰 체구와 소처럼 튀어나온 큰 눈망울로 쉽게 알아볼 수 있었다.

어느 민족인지 알기가 가장 어려운 것은 조선인이었다. 중국 한족과 일본인은 어렵지 않게 구별이 되었다. 그런데 조선인은 중국인들 속에 넣어놔도 구별이 안 되고, 일본인 사이에 넣어놔도 잘 구별되지 않았다. 소련령 연해주와 중국령 북만주에서 온 여진과 거란의 후예들은 눈이 길게 찢어지고 코가 작아서 어디서나 알아볼 수 있었는데, 조선인 중에 그들을 닮은 사람이 의외로 많았다. 특히 몽골인과는 거의 구별할 수 없이 닮아서 형제국이라 해도 될 만했다. 조용암이 이렇게 말한 적이 있었다.

"조선인이 단일민족이라는 말은 민족주의자들의 헛된 소망에 지나지 않는 것 같아. 조선인이야말로 동양의 온갖 피가 섞인 잡종이란 말이지. 그래서 똑똑하고, 그래서 사나운가 봐."

카우트브에 모여든 외국인 유학생들은 고국으로 돌아가면 자기 나라 공산당의 고급 간부가 될 사람들이었다. 기본적인 지적 능력과 조직가로서의 품성을 인정받아 선발된 사람들이라 보아도 좋았다.

모스크바에는 카우트브 말고도 외국인 공산주의자들을 위한 대학이 두 곳 더 있었다. 레닌대학과 기술학교였다. 세 학교 중 레닌대학이 가장 급이 높은 고급 과정으로, 혁명가가 많은 중국인들이 주로 다니고 있었다. 몇 년 뒤 김단야, 박헌영, 양명 같은 지도자급이 레닌학교에 입학할 것이었다. 기술학교는 과학기술을 가르치는 학교여서 정치적으로는 가장 급이 낮은 하급 학교로 취급되었다.

카우트브 학생들은 서로 말이 안 통하면서도 마주치면 다정하게 눈웃음을 지어 보이고 손짓 발짓으로 호의를 표시했다. 밥 먹을 때면 일부러 다른 민족과 어울려 짧은 인사말을 배워 써먹기도 하고, 서로를 생일잔치나 술자리에 초대해 제 나라의 춤과 노래를 가르쳐주기도 했다.

조선인 유학생 중에 가장 붙임성이 좋은 이는 조용암이었다. 그는 새로운 종족이 들어올 때마다 먼저 가서 인사를 나누고 조선 동료들을 소개했다. 그는 여러 인종에 대해 재미있는 평가를 내렸다.

"몽골족과 부랴트족은 겉도 속도 우리와 같은 동양인인데, 키르기스족하고 퉁구스족은 생긴 건 동양인인데 하는 짓을 보면 아프리카 토인들 같단 말이야. 터키족과 타타르족은 생긴 건 분명히 서양인인데 생각하는 거나 행동은 꼭 우리 조선인과 비슷하고 말이지. 그런데 이 모든 종족 중 가장 명랑한 건 역시 캅카스족이란 말이지."

조용암의 말대로 캅카스인들은 즐겁게 사는 사람들이었다. 걸음걸이부터가 활달해서 마치 군악대가 박자를 맞춰 걷는 것 같았다. 교내에서나 밖에서나 자기들끼리 몰려다닐 때면 늘 노래를 흥얼거렸다. 남학생뿐인 그들은 스무 명이 한 방에 기숙했는데 늦은 밤까지도 흥겨운 합창 소리가 들리곤 했다.

한번은 조선인 남학생 몇이 캅카스인들의 방에 놀러 갔다가 무심코 콧노래를 흥얼거리게 되었다. 여러 번 들어 익숙해진 캅카스 민요였다. 그러자 주위의 몇 사람이 나직이 따라 부르기 시작하더니 점점 숫자가 늘어나 온 방 안의 캅카스인들이 목청껏 노래를 부르게 되었다.

"나이 나나 나이나……."

합창 소리를 들은 김명시가 가보니 춤판까지 벌어져 있었다. 먼저 남자 하나가 침상 사이 공간으로 뛰어나가 손뼉을 치고 발장단을 맞추어 춤을 추면 다른 사람이 마중 나가듯 춤을 추어 어울렸다. 꼭빡이라 불리는 캅카스 전통 춤이었다.

"나이 나나 나이나……."

사람들은 합창으로 후렴을 메겼는데 박자가 점점 빨라지자 발음을 할 수가 없었다. 그러자 후렴 대신 다 같이 발을 굴러 장단을 맞추며 외치는 것이었다.

"앗싸! 앗싸!"

조선 학생들도 남녀 없이 함께 "앗싸! 앗싸!"를 외치며 박자를 맞추었다. 귀가 먹먹할 정도로 시끄러워지자 이웃 방의 다른 민족들까지 잔뜩 몰려와 함께 웃고 손뼉을 쳐 기숙사 전체가 떠들썩해졌다. 사감이 왔지만 말리기는커녕 함께 어울려 같이 웃으며 박수를 쳤다.

캅카스 사람들의 춤과 노래는 공산대학의 교가처럼 되어 버렸다. 학생들이 산책하러 나가면 러시아 처녀들이 소리쳐 댔다.

"카우트브! 나이 나나 나이나!"

어떤 처녀들은 손뼉을 치고 발을 구르는 시늉까지 해 보이며 놀렸다.

"앗싸! 앗싸!"

수업도 흥미로웠다. 조선반 학생들은 대부분 왕조가 망할 무렵인 1900년 전후에 태어나 식민지 치하에서 성장한 사람들이었다. 러시아의 소수민족들처럼 해방된 나라에서 살아보지 못했고, 정치적으로도 행복해본 적이 없었다. 격정적인 논쟁이 벌어지는 수업 시간은 이들에게 유쾌한 지적 경험을 안겨주었다.

모스크바의 눈은 3월이 다 가도록 녹지 않았다. 눈에 반사된 오후 햇살이 쏟아져 들어오고, 석탄이 가득 찬 난로는 철판이 붉게 달아올라 열기를 뿜어내던 어느 날이었다. 이날의 발제자는 권오채였다. 교정의 침엽수들 위로 까마귀 몇 마리가 날아오르며 기괴한 소리를 내는 가운데 그가 말했다.

"제가 이곳에 오기 전, 조선공산당 만주총국을 조직하기 위해 조봉암 동무와 함께 만주에 파견되었을 때 본 광경을 말씀드리겠습니다. 만주에는 지금 아마도 수십 개는 될 조선인 독립군 부대가 군웅할거 중인데 대개 양반이나 지주 출신의 민족주의자들이 이끌고 있습니다. 그들은 조선 해방의 표어 아래 행동하지만 조선의 지주들과는 투쟁할 필요가 없으며 일본하고만 싸워야 한다고 주장합니다. 이 부대들은 조선인 한 가구당 1년에 20엔씩의 세금을 거둬들이면서 이를 거부하면 일본 간첩으로 간주해 사살해버립니다. 장터마다 지키고 서서 반강제로 가두모금을 하는 통에 농민들은 장터를 범 아가리라고 부르기까지 합니다. 가난한 농민들은 일본 놈들 보기 싫어 만주 왔더니 농사지어 놓으면 다 빼앗아간다고 불평을 할 수밖에 없습니다. 그렇게 돈을 마련해

총 한두 자루를 사서 일본인이나 일본군 한두 명을 쏘아 죽이고 달아나니 그 피해는 고스란히 농민들이 질 수밖에 없습니다. 게다가 일부 독립군 부대 병사들은 중국 군인들과 똑같이 행동합니다. 주민들에게 좋은 음식을 요구하고 여자들을 강간하는 사건도 종종 일어납니다. 쌀과 돈을 내놓지 않는다고 구장을 끌고 가서 돈을 마련해 올 때까지 잡아 가두는 마적이나 다름없는 자들도 있습니다. 농민들은 그래서 그들을 독립군이 아니라 중국군이라 부를 지경입니다. 그뿐만이 아닙니다. 그들은 새로운 세력으로 성장하고 있는 공산주의자들을 눈에 띄는 대로 잡아 죽이고 있습니다. 젊은이들은 그들과 전투를 해야 하는 실정입니다. 실제로 많은 청년이 자칭 독립군이란 자들을 상대로 총격전에 가담했으며, 지금도 계속하고 있습니다. 이것이 민족주의자들의 실체입니다."

권오채는 열정적인 사람이었다. 교정의 흰 눈에 반사되어 쏟아져 들어온 오후 햇살이 그의 하얀 얼굴을 더욱 빛나게 했다. 김명시는 그 얼굴에서 좀처럼 눈을 떼지 못했다. 권오채는 흥분해서 말을 이었다.

"고루한 민족주의자들은 개인의 자유까지 억누르고 있습니다. 만약에 과부가 새 남자를 얻어 아이를 낳고 동거를 하면 몰려가 두들겨 패고 창고에 가두어버립니다. 끝내는 두 사람을 갈라놓고 마을에서 내쫓아버립니다. 젊은 남녀가 자유연애를 하다 발각되면 풍기 문란이라고 집단 구타하고 가

둡니다. 저희들은 고향에서 첩을 두세 명씩 두고 살았으면 서 민중들은 연애도 마음대로 못 하게 하다니요? 봉건시대 지배자들이 이제는 자본주의 지배자가 되어 부르주아 도덕 을 강요하는 것입니다. 그것만 보아도 여성해방과 계급해방 은 분리될 성질이 아니라 함께 해결해야 할 문제입니다."

교관 마자르는 줄곧 고개를 끄덕이며 듣고 있었다. 권오채 는 공산대학에서 보스토코프라 불렸다. 마자르가 말했다.

"보스토코프 동무의 훌륭한 발표였습니다. 사랑과 성(性) 의 문제는 인간의 오묘한 정신 활동의 하나입니다. 연애 문 제를 어떤 규칙이나 강제적 법률로 통제하는 것은 옳지 않 습니다. 이번 세계대전을 통해 자본주의 최강국으로 부상한 미국에서는 공직자가 혼외 관계를 가지면 청문회까지 열어 개인의 성생활을 공개 재판합니다. 우리 소비에트연방은 한 쪽에는 매음굴을 만들고 한쪽에서는 청교도적 성도덕을 강 조하는 자본주의 지배자들의 이중성을 비판합니다. 우리는 일체의 매음을 허용하지 않는 대신 개인의 자유로운 성관 계에 매우 관대합니다. 여러 악평에도 불구하고 여성운동가 콜론타이 여사가 소비에트연방의 중요한 지도자의 한 사람 으로 계속 활동하는 것을 보십시오."

여학생들이 박수를 쳤다. 마자르는 손목시계를 들여다보 고는 자리를 정리했다.

"저녁에 오페라 관람을 간다고 했지요? 오늘 토론은 이것 으로 마치겠습니다."

다들 난생처음으로 오페라를 보러 가는 날이었다. 흥분들이 되어 서둘러 옷을 챙겨 입고 일어나는 학생들에게 마자르가 한 마디 더 했다.

"아, 말이 나온 김에 콜론타이 여사의 정치적 오류로 지적되고 있는 당내 좌파 그룹 '노동자의 반대' 문제는 다음 시간에 토론해봅시다. 여러분, 오페라 구경 잘 하십시오."

"감사합니다!"

일제히 러시아어로 인사를 하고 강의실을 빠져나왔다. 해는 벌써 서쪽 하늘 깊숙이 기울어 있었다. 우중충한 검은 기와집과 납작한 초가집들뿐인 조선의 저녁이 고즈넉한 쓸쓸함에 잠기게 한다면 4, 5층짜리 화려한 건물들 너머로 찾아오는 모스크바의 황혼은 낮 동안 억눌려 있던 정열의 본능을 불러일으키는 전령 같았다.

"보스토코프 동무!"

식당으로 가는 길에 김명시가 권오채 옆에 따라붙었다.

"만주 이야기 재미있던데, 언제 다시 들려주지 않겠어요?"

"좋지요! 언제요?"

흔쾌히 응하는 권오채에게 나직이 말했다.

"이번 휴일에 참새 언덕에 가요."

"바라뵤비 언덕 말입니까? 좋지요!"

바라뵤비 언덕은 광활한 들판에 형성된 모스크바 시가를 한눈에 내려다볼 수 있는 나직한 둔덕이었다. '레닌 언덕'이라 부르기도 했는데 '참새 언덕'이란 재미있는 이름으로 더 많이 불렸다. 조선인 학생들은 휴일이면 끼리끼리 어울려 참새 언덕에 올라가 얼어붙은 모스크바강과 풍선 모양의 돔이 달린 러시아 정교회 성당을 구경했다.

극장은 멀지 않았다. 여덟 개 하얀 돌기둥이 떠받든 옥상에 힘차게 달리는 네 마리 말이 끄는 마차에 탄 용사의 조각상이 서 있는 건물이었다. 차르 왕조 때 지어진 건물이라 찬사를 받기에 충분히 아름다웠다.

통역을 따라 들어가니 실내 광장에는 미리 온 관람객들이 소용돌이치듯 이리저리 돌아다니고 있었다. 군복을 차려입은 군인들 외에는 옷차림도 다양하고 여자와 노인들도 많아 직업을 짐작하기 어려웠다. 시베리아 횡단 열차에서 흔히 보았던 동양계 얼굴들도 곳곳에 눈에 띄었다. 통역이 설명했다.

"관객의 대부분은 공장노동자들과 그들의 가족입니다. 계급장을 보면 아시겠지만 군인이라도 대개 말단 병사들입니다. 차르 시절에는 귀족이나 장교가 아닌 노동자나 일반인이 이곳에 오는 일은 상상할 수 없었지요. 저도 그렇습니다만, 동양계 소수민족이 이곳까지 올 일은 거의 없었고요."

실내 광장은 그 자체가 구경거리였다. 높다란 천장과 벽에는 중세 시대의 화려한 조각들이 새겨져 있었고, 군데군데 설치된 장의자들은 검붉은 융으로 덮였는데 우아한 곡선으로 다듬어진 나무 테두리와 다리만은 황금빛 에나멜이 칠해져 왕실에서나 쓰던 가구 같았다.

매점에서는 먹을거리와 음료수, 주류 따위를 팔았다. 조선인 학생들도 사람들을 헤치고 들어가 먹을 것을 샀다. 남자들은 포도주와 빵을, 여자들은 코코아와 과자류를 샀는데 결국은 서로 나눠 먹게 되었다. 조선에서는 남녀가 한 술병에 입을 대고 나눠 마시는 일은 부부라도 어려운 일이었지만 모스크바에서는 그러한 관습을 잊게 했다. 조선인 학생들은 장의자 하나를 차지하고는 주위에 둘러서서 포도주를 병째 돌려 마시고, 남이 먹던 빵도 기꺼이 받아먹었다.

"김명시 동무도 한 모금 하지요?"

권오채가 금방 입을 뗀 포도주병을 권했다.

"좋아요!"

김명시는 기꺼이 병을 받아 들고 입을 대고 마셨다. 권오채는 그녀의 입술이 닿은 술병을 가져다가 다시 한 모금 마시고 옆 사람에게 건넸다. 다시 한번 술병이 돌았을 때에도 그랬다. 마치 김명시의 입술이 닿은 술병을 다른 남자에게는 허용하지 않겠다는 태도 같았다.

벨소리가 울리고, 관객들은 공연장으로 몰려 들어가기 시작했다. 출입문에 드리워진 두꺼운 커튼을 젖히니 3천 석에 이르는 웅장한 공간이 한눈에 들어왔다. 6층으로 이루어져 거의 수직에 가까운 가파른 원형극장이었다. 일행이 예약해 놓은 자리는 3층이었다. 이미 많은 사람이 자리에 앉아 기다리고 있었는데 먼 데 사람은 가물가물하니 표정도 읽을 수 없을 만큼 높은 자리였다.

실내 광장의 의자들처럼 관람석도 모두 붉은 융으로 덮여 있었고, 테두리와 다리, 계단의 난간들은 황금빛 에나멜로 칠했다. 아득하게 올려다보이는 천장에는 방사형으로 정확히 10등분 된 구간마다 누군지 알 수 없는 예술인의 군상이 그려져 있었다. 천장 중앙의 거대한 샹들리에 주위로 백 개는 되어 보이는 작은 샹들리에들이 실내를 밝혔다. 권오채가 말했다.

"사회주의가 아니면 평민들에게 공개될 수 없던 봉건시대 문화유산이군요. 이것이 바로 위대한 사회주의 모습이 아니겠습니까?"

좌석을 빈틈없이 메우고 있음에도 관객들은 잔잔한 물결처럼 굼실거리기만 할 뿐, 간간이 들리는 기침 소리 말고는 소리 내어 떠드는 사람이 없었다. 무대 바로 앞 깊은 곳에서 관현악 악기들이 각자 음을 맞춰보는 소리가 들리더니 두 번째 긴 벨소리와 함께 전등이 모두 꺼졌다. 바이올린 말고는 들어본 적 없는 악기들이 협연을 시작하면서 막이 오르고, 무대의 불빛이 객석으로 쏟아져 내렸다.

베르디의 「아이다」 무대였다. 묘지처럼 신비스러운 느낌을 주는 이집트 왕궁이 재현되어 있었다. 한쪽으로 치솟은 성루로부터 무대 바닥까지 수십 개는 될 가파른 계단에 흰옷을 입은 젊은 여자들이 줄지어 서서 은은하게 화음을 넣는 가운데 비단으로 치장한 왕궁의 회랑에서는 화려한 의상을 한 남자 가수들이 힘차게 합창을 시작했다.

"아, 굉장하다!"

김명시는 자기도 모르게 큰 소리를 내고 말았다. 그러자 통역이 귀엣말을 했다.

"스탈린 수상께서는 문화 예술에 대한 관심이 대단히 높습니다. 특히 오페라를 무척 좋아하셔서 지원을 아끼지 않습니다. 어쩌면 오늘도 어디선가 보고 계실지 모릅니다."

김명시는 놀라서 2층 귀빈석을 살펴보았으나 어두워서 잘 보이지 않았다. 대신 화려한 무대 뒤쪽 한가운데 놓인 레닌의 흉상이 그제야 눈에 띄었다. 그 위로는 낫과 망치를 형상화한 붉은색 소비에트 깃발이 걸려 있었다. 레닌과 붉은 깃발은 언제 어디서나 자신들을 잊어서는 안 된다는 듯, 꺼지지 않는 전등 빛을 받고 있었다.

김명시는 난생처음 본 화려한 무대와 처음 들어보는 관현악 연주에 도취되었다. 조선 악기들의 쓸쓸하고 슬픈 음색과 달리 서양 악기들은 외향적이고 자신감이 넘쳤다. 가수들의 노래도 처연하게 쥐어짜는 조선의 창과는 달랐다. 인간의 목소리가 이렇게 아름다울 수 있다는 사실만으로 가슴이 먹먹해졌다. 그녀는 생각했다.

'이렇게 아름다운 음악을 좋아하는 사람이라면 스탈린 대원수는 분명 세상에서 가장 선량한 사람일 거야. 누구보다 자비롭고 따뜻한 분일 거야.'

비밀은 지킬 수 없었다. 김명시는 휴일에 권오채와 참새 언덕에 놀러 가기로 했다는 사실을 고백하고 말았다. 두 여자는 비명을 지르며 기뻐했다. 고명자는 감색 고운 외투와 털장화를 빌려주었고, 김조이는 머리를 빗겨주고는 자신이 아끼던 가죽 장갑을 건넸다.

권오채는 온전히 혁명의 이상에 사로잡혀 있었다. 푸시킨의 동상 앞에서도, 러시아 정교회 성당의 아름다운 돔을 보면서도 조봉암과 함께 갔던 만주의 조선인들 이야기만 했다. 그의 목소리는 무척 컸기 때문에 지나가던 러시아인 연인들마다 흘끔거리며 웃었다.

"김명시 동무가 직접 보아야 합니다. 굶주린 조선 동포들은 맨손으로 만주에 도착하고 있습니다. 인구가 많은 큰 동네를 피해 야생초밖에 없는 황무지에 자리 잡은 그들은 할 줄 아는 게 벼농사뿐이니 엄청난 노고를 들여 바닥을 고르고 수로를 파서 물을 채워 벼를 심습니다. 만주에는 잡목들 말고도 울로초라는 풀이 있는데 땅속의 뿌리가 커다란 밥상만 합니다. 한 뿌리를 캐내는 데만 한나절이 걸리고 그 구멍을 흙으로 메워야 합니다. 이렇게 고생하며 논을 만들고 나면 밭농사밖에 모르는 중국인들이 땅을 물바다로 만든다고 몰려와서는 폭행하고 수로를 메워버립니다. 그 과정에서 맞아 죽는 조선인도 종종 있답니다. 그렇지 않아도 일본군이 조선인을 보호한다는 핑계로 만주를 야금야금 잠식하고 있으니 조선인이 얼마나 싫겠습니까? 그런데 벼농사가 잘되면 중국인 땅 주인이 나타나 이들을 내쫓고 논을 차지합니다. 만주인 중에도 쌀 맛을 아는 이가 늘어나 쌀값이 비싸졌기 때문입니다. 조선인들이 항의하면 여비 정도는 주기도 하지만 다른 곳에 가서 황무지를 개간해놓으면 또 중국인 땅 주인이 나타나 내쫓아버립니다. 비참한 건 우리 조선인 뿐입니다."

권오채의 목청이 한껏 높아졌다. 지휘하듯 휘젓는 양손은 떨어져나갈 듯 힘이 뻗쳤다.

"조선인은 수도 없이 만주로 이주하고 있는데 그 뒤를 일본 군대가 따라붙고 있습니다. 조선인을 이용해 만주를 차지하려는 속셈입니다. 아직까지 만주는 중국 땅이라지만 온 사방에 일제 경찰과 군대가 주둔하고 있습니다. 일본인이 중국 대륙을 차지하려는 야망은 현실이 되고 있습니다."

"이러다가는 중국과 일본 사이에 전쟁이 터지고 말겠군요?"

권오채는 주먹을 쥐어 흔들어댔다.

"바로 그겁니다! 전쟁은 바로 코앞에 닥쳐오고 있어요. 그렇게 되면 우리 조선인은 만주인들에게 더욱 미움을 받게 될 것입니다. 본의 아니게 일본의 앞잡이가 되어 그들의 땅을 빼앗으러 온 게 되니까요."

"그럼 어떻게 해야 하나요?"

"무장투쟁 조직을 만들어야 합니다. 마을별로 사설 자위대처럼 변해버린 민족주의 무장 단체들까지 불러 모아 통일 전선을 만들어야 합니다. 이미 그 노력이 진행되고는 있어요. 통합을 위해 노력하는 큰 세력으로는 우리 공산주의자들과 안창호 선생의 흥사단이 있습니다. 그러나 김좌진 장군을 중심으로 한 보수파 민족주의자들은 강력하게 반공을 내세우고 있어서 어떻게 될지 알 수가 없습니다."

"김좌진이라면, 청산리 전투의 영웅 아닌가요?"

"맞습니다. 철저히 보수적인 양반이죠. 민족해방 투쟁에는 큰 역할을 해왔지만 계급해방에는 가장 큰 방해꾼이 되고 있습니다."

참새 언덕에서의 밀회는 끝없이 이어지는 정치 이야기로 작은 학습 모임처럼 되어버렸다. 일본 경찰의 촘촘한 감시 그물로 뒤덮인 경성에서는 남녀 운동가 단둘이 동대문 밖이나 서대문 밖으로 나가서 몇 시간이고 걸으며 사회주의 학습을 하는 일이 흔했는데 모스크바에 와서는 처음으로 개별적인 학습회를 가진 셈이었다.

권오채는 고향이나 가족, 또는 자기 자신의 심정에 대해서는 아무런 고백도 하지 않았다. 혁명 외에는 어떤 관심도 없는 듯했다. 온몸이 얼어 기숙사로 돌아온 김명시는 흥미진진한 연애담을 기다리던 두 여자에게 만주 이야기밖에 해줄 게 없었다. 그래도 행복했다.

김명시와 권오채는 얼음이 녹기 시작한 모스크바강 변을 산책하기도 하고 붉은 광장의 바실리 성당과 굼 백화점과 레닌 묘를 몇 번이나 돌며 1926년 봄을 보냈다. 두 사람의 대화에는 간간이 고향과 가족 이야기가 끼어들기도 했으나 그리 많은 시간을 차지하지는 않았다. 김명시는 갓 스무 살, 권오채는 스물세 살이었다. 그 짧은 생애 동안 겪은 이야기만 해도 끝이 없었지만 두 사람은 주로 미래에 대해 이야기했다. 조국의 미래, 세계의 미래, 혁명가로서의 미래에 대해 이야기했다. 같은 미래를 꿈꾼다는 것이 두 사람을 이어주었다. 두 사람이 사랑하는 방식이었다.

어쩌다가 지나온 이야기를 나누기도 했다. 6월의 휴일 날, 붉은 광장의 열사 묘지를 산책할 때였다. 권오채가 자신이 겪은 3·1만세운동에 대해 말해주었다. 그가 살던 안동군의 작은 읍에서도 만세 시위가 일어나자 일본군이 진압에 나섰다. 말을 타고 달려온 일본군이 긴 칼을 휘두르며 군중을 가르고 지나갈 때마다 흰옷의 조선인들은 피를 뿌리며 쓰러졌고, 총을 든 조선인 보조원들은 닥치는 대로 사람들을 찍어 누르며 쓰러뜨렸다. 마산 상황과 거의 같았다.

"만세 행렬이 지나고 나면 면사무소 앞이 죽음의 거리처럼 조용해졌지요. 핏물로 얼룩진 땅바닥에는 찢어진 태극기 조각들만 어지러이 널려 있었습니다. 그러나 흩어졌던 사람들이 다시 모여들면서 거리는 되살아났습니다. 헌병들이 말을 타고 돌아와 짓밟으면 또 흩어졌다가도 얼마 후면 어디선가 다시들 모여들었습니다. 꺼도 꺼도 꺼지지 않는 들불 같았지요. 그래, 조선인이 이런 사람들이라면 조선인을 믿어도 좋겠다, 나는 그때 결심했습니다."

"오채 씨도 잡혀갔나요?"

"당연하지요."

권오채는 머리를 숙여 내밀어 보였다. 정수리 근방 머리칼 사이로 상처가 아문 흔적이 남아 있었다.

"경찰서에 끌려가 고문을 당하는데 도저히 견딜 수가 없어 자살하고 말겠다고 벽을 박아버렸지요. 머리며 얼굴이 피투성이가 되어버렸는데 놈들은 붕대로 머리를 감아주고는 매질을 계속합디다. 하도 맞으니까 아픈 줄도 모르겠더라고요. 무슨 짓을 당해도 감각이 사라지고, 오로지 복수심만 또렷해지더군요."

김명시가 먼저 손을 내밀어 그의 손을 잡았다. 처음으로 두 사람의 살이 닿는 순간이었다. 양반집에서 태어나 공부만 해온 권오채의 손에는 굳은살이 없었다. 거칠지도 억세지도 않은 피부는 부드럽고 따뜻했다.

눈과 얼음밖에 없을 것 같던 모스크바도 6월이 되면서 조선의 여름 못지않게 따가운 햇살이 쏟아지더니 7월부터는 완전한 백야가 시작되었다. 밤 11시까지도 환하다가 두세 시간 정도 초저녁처럼 어스름해졌다가는 다시 환해지는 기이한 밤이었다.

백야는 러시아인들을 잠 못 이루게 했다. 긴 겨울의 추위를 막기도 하고 백야 기간의 취침을 위해 창마다 두꺼운 커튼을 이중으로 쳐놓았음에도 깊은 잠에 빠지기가 어려웠다. 사람들은 저녁 시간이면 거리로 공원으로 쏟아져 나왔다.

여름을 맞은 러시아인들은 모두 흰옷만 입고 다니는 것 같았다. 조선인의 흰옷보다는 한결 깨끗하고 모양새도 좋았다. 멀리서 흰옷 입은 사람들이 다가오는 광경을 보면 문득 조선의 길거리에 서 있는 착각이 들기도 했다. 섭씨 30도 가까이 기온이 올라가는 낮이면 모스크바 강변의 풀장은 인파로 넘쳤고, 강기슭에는 아이들이 강아지 떼처럼 몰려다니며 강물로 풍덩풍덩 뛰어내렸다.

선선해진 저녁이면 공원마다 사람들로 붐볐다. 조선 유학생들도 저녁을 먹고 나서 특별한 일정이 없으면 때로는 다 함께, 또는 마음이 맞는 사람끼리 짝을 지어 이곳저곳 공원을 찾아다녔다. 여러 공원 중에도 모스크바 문화 공원이 가장 크고 인기가 있었다. 나중에 고리키 공원으로 이름이 바뀌게 될 그곳은 공연장과 놀이공원을 짓는 공사가 한창이라 조금 어수선했지만, 그래도 저녁이면 수많은 사람이 몰려들었다. 공원 안의 자작나무 숲 사이마다 독서실, 강연실, 영화관, 도서관 같은 문화시설이 세워져 있거나 한창 건축 중이었다. 곳곳의 공터마다 연단이 놓여 있어 누구라도 그 위에 올라가 연설을 할 수 있게 했는데, 토론을 좋아하는 러시아인들은 수십 명에서 수백 명까지 모여 조용히 경청하면서 간간이 날카로운 질문을 던졌다. 통역이 말해주었다.

"이것이 바로 혁명이 남긴 유산입니다. 러시아 사람들은 혁명 기간 내내 이렇게 자유롭게 모여서 계급이나 직급에 상관없이 모든 사람이 평등하게 발언권을 가지고 앞에 나가 자기주장을 펼쳤습니다. 이 자발성이 혁명의 원동력이 되었지요. 이것이 바로 소비에트입니다. 한문으로 쓰자면 평의회가 되겠지요."

또 다른 광장에서는 악사들이 나란히 서서 아코디언을 연주하는 가운데 백 명은 됨 직한 남녀들이 줄을 맞춰 서서 탭댄스를 추고 있었다. 강사들이 돌아다니며 이들을 지도했다. 통역이 설명했다.

"이곳 공원에서 다양한 기술을 가르치는 이들은 전부 무료로 자원한 사람들입니다. 여기 있는 악사들도 강사들도 모두 자원봉사 중입니다. 여러분도 함께 춤을 추시지요?"

공산대학에서도 가끔 탭댄스 대회가 벌어져 다들 조금씩은 춤을 출 줄 알았다. 아코디언의 음색은 다른 서양 악기들과 달리 동양적인 정서를 느끼게 했다. 가만히 듣고 있노라면 고단한 인생살이가 녹아든 듯, 오래 묵은 사랑처럼 슬프고도 아련한 느낌이었다. 호전적인 활기로 넘치는 러시아식 탭댄스와는 별로 어울리지 않을 듯싶은데도 신기하게 잘 어울렸다. 김명시는 불쑥 권오채의 손을 잡아끌었다.

"우리도 춤춰요!"

춤과 노래를 잘 못하는 권오채는 마지못해 따라 들어갔다. 맨손체조나 집단 율동처럼 힘차고 전투적인 춤이었다. 동작이 어설프다 해도 부끄러울 일이 없었다. 고명자도 신이 나서 김조이와 조용암을 양손으로 잡아끌어 춤판으로 뛰어들었다. 김명시는 요즘 친해진 안병진에게도 들어오라고 손짓했다. 안병진은 중국 천진으로 이주한 조선인 유민으로, 성실하고 의지가 곧은 사람이었다. 망설이던 안병진도 거듭 불러대자 기꺼이 춤판에 뛰어들었다.

익숙하지 않은 손짓 발짓으로 춤을 따라 하는 사이, 몸은 금방 더워지고 심장이 거칠게 뛰었다. 양철 지붕에 쏟아지는 소낙비 같은 발굽 소리, 깔깔대는 웃음소리가 어지러웠다. 김명시는 행복했다. 사랑하는 사람이 있어서 행복했고, 그 사랑을 축복해줄 친구들이 있어서 행복했다.

한바탕 춤이 끝나고 땀투성이가 된 일행은 체육 시설이 있는 광장으로 이동했다. 자유롭게 드나들 수 있는 울타리 안에서는 초보 곡예사들이 연습을 겸해 사람들에게 구경거리를 선사하고 있었다. 여러 개의 곤봉이나 정구공을 공중에 던져 두 손으로 돌리는 연습을 하는 사람들, 달리다가 양손으로 땅을 짚고 재주넘기를 하는 사람들이었다.

체육 광장 한편에는 누구나 이용할 수 있는 체조 기구가 있었는데 사람들은 줄까지 서서 자기 차례가 오기를 기다렸다. 배구장에서는 팔다리의 근육이 우람한 남녀들이 소리를 질러가며 경기를 하고 있었고, 탁자와 의자가 구비된 실내 놀이터는 서양장기나 포커를 하는 사람들로 빼곡했다.

야외 소극장도 인상적이었다. 로마의 원형극장처럼 천장이 개방된 극장의 계단식 좌석에는 수백 명은 될 관객이 빼곡히 앉아 경건한 자세로 연극을 관람하고 있었다. 건물 구조가 과학적으로 꾸며졌는지 그리 크지 않은 남자 배우의 음성이 구석까지 들렸다.

어린이 놀이터도 시설이 좋았다. 소형 기차, 배, 자동차 모양을 한 탈것들마다 아이들이 줄지어 있었고 여자아이들을 위한 인형의 집도 있었다. 아이들은 움직이는 장난감뿐만 아니라 고정되어 있는 시설물도 좋아해서 어느 놀이 기구나 줄을 서서 기다려야 했다.

"이 모든 시설이 혁명 후에 급속히 늘어난 것입니다. 그전에는 극소수의 귀족들과 그들 자녀만이 혜택을 누렸지만 이제는 누구나 이용할 수 있도록 지금도 계속 만드는 중입니다."

통역의 말을 들으며 김명시는 생각했다.

'뒷골목에서 맨발로 흙장난이나 하고 노는 조선 아이들에 비해 이 아이들은 얼마나 행복할까?'

마산의 뒷골목 아이들은 태반이 맨발이었다. 어른들이 짚신을 짜주면 닳을까 봐 놀 때는 맨발로 뛰어다녔다. 나물 캐러 다닐 때에도 사람이 없으면 벗어 들고 다니다가 누가 지나갈 때에야 신었다. 김명시도 보통학교 내내 체육 시간마다 맨발로 운동장을 누비고 다녔다. 구두를 신어본 것은 배화여고에 들어가서였다. 교복과 단화가 학교 규칙이라서 살 수밖에 없었다.

문화 공원에 놀러 온 러시아아이들의 품격도 부러웠다. 경성의 파고다공원이나 남산공원에 가면 널린 게 걸인들이었다. 바닥은 쓰레기와 가래침으로 더러웠고, 어리석은 가난뱅이를 등쳐 먹으려는 컵 돌리기 야바위꾼들이며 내기장기꾼들이 순사들과 숨바꼭질을 하고 있었다. 언제 어디서 소매치

기나 불량배를 만날지도 알 수 없었다. 순사들이 긴 목도를 휘둘러 거지를 내쫓는 광경도 낯설지 않았다. 문화 공원은 달랐다. 어디서도 야바위꾼이나 불량배는 찾을 수 없었다. 술 취해 쓰러져 있는 거지나 부랑아도 없었다. 사람들의 옷차림은 단정했고 행동은 기품이 있었다. 길 가다 살짝 부딪치기만 해도 누가 잘못을 했든 서로 미안하다며 예의 바르게 인사를 했다. 쓰레기를 함부로 버리는 사람도 없었고 가래침을 뱉는 사람은 아예 찾아보려야 찾아볼 수 없었다. 길거리에 흔히 보이던 정복 경찰도 공원에서는 거의 눈에 띄지 않았다. 말썽을 피우고 싶은 사람이 있다 해도 이 엄숙한 군중의 위엄에 눌려 의기소침해질 것만 같았다.

문화적인 분위기는 모스크바 어디서나 쉽게 느낄 수 있었다. 공산대학 학생들은 학습의 한 과정으로 일주일에 하루는 공공시설이나 공장을 방문했는데 직장마다 문화부가 있어서 문학, 영화, 음악, 연극을 만들어 자체 공연을 했다. 대기업에는 자체 아코디언 가수들과 합창단이 있어서 일주일에 몇 번씩 공연을 했다. 예술을 중시하는 그들은 군대가 행진할 때도 키 순서대로 서지 않고 합창하기 좋게 세웠고, 마을마다 새로 지어진 공회당에서는 매일 저녁 춤과 노래의 축제가 벌어져 남녀들이 어울려 놀았다.

이날 마지막으로 들른 곳은 공원 한편에서 벌어지던 노래 교실이었다. 남녀 혼성 합창단이 유행가를 지도하는 곳이었다. 단상 위의 큰 판에는 가사를 써 붙여놓았다. 합창단의 선창에 따라 수백 명이 한 구절씩 따라 부르는데, 이곳에서도 역시 장난을 치거나 딴청을 피우는 사람은 볼 수 없었다. 이를 지켜보던 조용암이 입을 열었다.

"상해 가봤어? 상해의 불란서 공원에 가면 사방 숲속에서 쪽쪽대며 입 맞추는 소리며 이상한 신음이 진동하거든. 근데 이 엄숙한 모스크바 공원에서는 남녀가 손만 잡아도 잡혀갈 판이라. 모스크바에는 주택이 모자라서 방 한 칸에 몇 명씩 산다던데, 러시아 청춘 남녀들은 도대체 어디서 연애를 하는 거지? 모스크바에서 한 정거장만 나가려 해도 여행 허가증을 끊어야 하고 여관에서 하룻밤 자려 해도 여행 증명서가 필요하니 말이야. 참 신기하단 말이야."

다들 웃음을 터뜨렸다. 권오채가 웃으며 말했다.

"자연의 섭리이니 무슨 방법이 있지 않겠어요?"

권오채의 말대로, 어떤 조건에서도 사랑은 이루어졌다. 김명시와 권오채도 24시간 계속되는 집단생활에 매여 있었지만, 사랑의 욕망은 어떻게든 공간을 만들어냈다. 어두운 공간이라곤 없는 백야의 계절에도, 나무숲이라곤 없는 도시에서도 사랑은 가능했다. 언제, 어디서, 어떻게는 두 사람만의 비밀이었다.

5. 최초의 제비들

동방노력자공산대학의 기숙사 식당에는 두 장의 표어가 붙어 있었다. 조선 학생들이 최초로 습득한 러시아 문장이기도 했다.

'제국주의는 종속과 고통을 부르고 전쟁을 불러온다.'

'사회주의는 평화와 복지, 모든 이들의 행복을 불러온다.'

표어는 학생들로 하여금 하루 세 번 식사를 할 때마다 자본주의의 최후 단계인 제국주의를 타도하고 사회주의 단계를 거쳐 궁극적으로 공산주의 사회를 이루는 꿈을 꾸도록 했다.

그러나 사회주의의 꿈은 매우 복잡한 설계도를 필요로 했다. 학생들은 아직 완성되지 않은 설계도를 해독하기 위해 애썼지만 누구도 충분히 이해하지 못한 채로, 봉건시대의 긴 잠에서 막 깨어난 몽롱한 상태에서 무엇을 할 것인지를 두고 논쟁을 벌이곤 했다.

1926년 여름, 두 번째 조선인 유학생 20여 명이 추가로 모스크바에 도착하면서 논쟁은 언쟁으로, 나중에는 파벌 싸움으로 치달았다. 겨울의 전조처럼 습기 먹은 싸늘한 바람이 교정의 낙엽을 휩쓸고 다니던 1926년 10월, 며칠에 걸쳐 열린 조선인 유학생들의 첫 번째 전체 토론회가 그 절정이었다.

기조 발제를 맡은 교관 마자르는 조선 혁명의 결정적 시기가 도래하고 있다고 주장했고, 권오채는 이 혁명의 성격은 여러 계급과 손잡은 인민민주주의 혁명이지만 사회주의자들이 혁명의 주도권을 쥐어야 한다고 발언했다. 그는 민족주의 부르주아지로부터 프롤레타리아트가 전취해야 한다고 주장했다.

"조선의 부르주아지는 혁명의 지도자가 될 수 없고, 혁명을 지휘할 수도 없습니다. 3·1만세운동 이후 소위 민족주의 지도자란 이들의 대다수가 친일로 돌아선 것을 보십시오. 조선에서의 혁명은 심지어 민족 혁명조차도 오로지 반부르주아적으로만 수행될 수 있습니다."

반론을 제기한 이는 조용암이었다.

"농민이 인구의 8할이 넘고 반상 차별의 봉건 질서가 그대로인 조선의 실정에서 민족자본가와 민족주의 지식인들이 나서지 않는 혁명이 어떻게 가능합니까? 조선에는 프롤레타리아트를 양성할 물적 기반인 공장이 거의 없습니다. 부농은 더 빠르게 독립하고 있으며, 중농은 더 빠르게 소멸해가고, 빈농은 극빈자로 전락하고 있습니다. 하지만 공장이 없기 때문에 몰락한 농민의 극히 일부만이 공장노동자로 변하고 있습니다. 나머지는 어디로 가느냐? 여러분도 잘 알다시

피 만주로, 연해주로 이주해 또 다른 소작농이 되고 있습니다. 혹은 공장을 찾아 일본으로 건너갑니다. 이런 상황에서 프롤레타리아트의 주도권이라는 게 얼마나 유효한 전략이 될까요?"

김명시가 손을 들었다. 조용암은 공산대학에서 나시고프로 불리고 있었다.

"나시고프 동무! 우리는 전선에 선 전사예요. 전사가 총탄이 한 개밖에 없다고 싸움을 그만두어야 할까요? 우리는 무산계급이 대다수를 차지하는 서구 선진 제국들을 제쳐놓고 공장노동자가 7백만밖에 안 되던 러시아에서 혁명이 성공한 것을 배워야 한다고 봐요. 그렇지 않은가요?"

조용암은 김명시를 바라보며 답했다.

"스베츠로바 동무, 조선의 현실에서 민족주의자, 부르주아들과 동맹을 맺지 않고 어떻게 항일투쟁을 할 수 있습니까? 그들은 지금 언론과 교육기관, 문화계의 권력을 쥐고 있습니다. 또한 그들도 조선의 독립을 요구하고 있습니다. 그들을 민족해방을 위한 통일전선으로 끌어들이지 않는다면 우리는 이중 삼중의 적을 갖게 됩니다. 심지어는 왕정복고를 주장하는 수구파라도 끌어들여야 합니다. 우선은 민족주의자들과 힘을 합쳐 조선을 해방시킨 후에 사회주의 혁명으로 나가면 됩니다. 나는 코민테른에서 이 문제를 정식으로 다루어 좌우를 합친 전국적 통일전선을 만들도록 조선공산당에 지령을 내려야 한다고 봅니다."

예리한 눈으로 김명시를 지켜보며 통역의 말에 귀를 기울이던 마자르가 나섰다.

"여러 동무들의 생각은 논리상으로 맞는 것도 있고 틀린 것도 있습니다. 그러나 가장 중요한 것은 스베츠로바 동무의 지적이라고 봅니다. 중요한 것은 우리 공산주의자들이 무엇을 하느냐, 어떻게 하느냐에 달린 것 아니겠습니까? 혁명적 정세가 낙관적이라고 해서 저절로 혁명이 이루어지지는 않습니다. 반대로, 계급 구성이 불리하다고 해서 혁명의 고삐를 부르주아에게 넘긴다는 것은 패배주의요, 반계급적 행동이라고 봅니다."

권오채가 다시 발언권을 얻어 말했다.

"우리는 민족주의 부르주아지의 존재를 과소평가해서는 안 될 것입니다. 그렇다고 그들과 손잡는 일을 두려워할 필요도 없다고 봅니다. 관념적 급진주의도, 패배주의도 모두 경계해야 한다고 봅니다."

이렇게 시작된 토론은 닷새 동안이나 계속되었다. 학교 측은 자유 토론에 어떤 제약도 가하지 않았고 속기사로 하여금 모든 발언을 기록하도록 했다. 토론은 번번이 파벌 대립으로 돌아갔으나 어떤 발언도 제재하지 않고 누구에게나 무제한으로 발언 시간을 주었다. 수업 시간에는 담배를 피우지 않는 게 교칙이었으나 토론 시간에는 담배까지 피울 수 있게 해주었다. 학생들은 밥을 먹으면서까지 토론을 벌였고, 저녁에는 기숙사에서도 또 한바탕 논쟁이 벌어지기 일쑤였다.

온 지구가 제국주의 전쟁과 사회주의 혁명으로 불타오르던 시기였다. 유럽, 중국, 남미, 아프리카 등 온 세계가 침략 전쟁과 이에 저항하는 무장봉기로 화염을 뿜어 올리고 있었다. 학생들은 자신들이 새 역사를 만드는 주역이라고 믿었다. 출신 배경이 다르고 생각이 달라 논쟁과 파벌 싸움을 벌이곤 했어도 민족해방과 사회주의 건설이라는 큰 그림 아래 학생들은 아직까지는 하나였다. 논쟁의 상대방을 비판할 수 있고 미워할 수도 있지만 물리적으로 해칠 수 있는 권력은 갖고 있지도 않았다. 20년 후 자신들이 실제로 국가권력을 쥐게 된다는 것, 그리하여 서로를 죽이는 날이 오리라는 건 아무도 몰랐을 것이었다.

조국 해방에 대한 학생들의 마음은 하나였다. 코민테른은 조선인 학생들에게 40원씩의 월급을 주었는데 각자 10원씩 떼어 매달 400원을 모아서 국내 연락책 권오설을 통해 조선으로 보냈다. 권오설은 이 돈으로 1926년 6월 10일에 대규모 만세운동을 일으키는 데 성공했다.

혁명의 바람이 돌연 역풍이 되어 모스크바를 타격한 것은 1927년 여름이었다. 그해의 백야는 모스크바의 혁명가들뿐 아니라 공산대학의 학생들에게도 당혹스럽고 가혹한 시간이 되었다.

1927년 6월, 국제공산당 코민테른 집행위원장 부하린이 동방노력자공산대학을 방문했다. 30대 후반의 젊은 나이에 어울리지 않게 뒤통수만 남은 대머리에 두툼한 콧수염을 기른 부하린은 유별나게 똥그란 눈에 밝은 표정이었다. 그의 공산대학 방문은 이례적인 일이라고는 할 수 없었다. 공산대학이야말로 국제공산당이 가장 역점을 두고 있는 사업이었다. 학생들은 선동가로 유명한 그가 강당에서 한바탕 명연설을 하고 가리라 기대했다. 그러나 부하린은 코민테른 의장이자 공산대학 교수인 지노비예프만 장시간 면담하고 돌아갔다. 그리고 얼마 후, 교내 정풍운동이 시작되었다.

스탈린은 혁명 10년 만에 모든 권력을 장악하고 있었다. 백위군과의 내란에서 국방장관으로서 승리를 이끌어냈던 트로츠키는 이미 1924년 제13차 당 대회에서 비판을 받아 한직으로 밀려나 있었다. 레닌의 가장 가까운 벗이자 동지이던 지노비예프는 아직까지 코민테른 의장직을 유지하고 있었으나 언제 정치 생명이 끊어질지 알 수 없는 위태로운 상태였다. 부하린은 스탈린과 연합해 권력의 이인자로 정풍운동을 주도하고 있었지만 그 역시 언제 사라질지 알 수 없는 처지였다.

불온한 소문은 빨리 퍼졌다. 조선 유학생들이 이 문제로 술렁이자 마자르는 단언했다.

"스탈린 동지는 18세기 프랑스혁명의 경험을 잊지 않고 있습니다. 혁명이 성공한 뒤 권력을 잡은 자코뱅이 혁명 동지들을 무참히 단두대에 올린 끝에 자기 자신들까지 목이 잘렸던 어리석음은 되풀이되지 않을 것입니다. 여러분은 이 문제에 대해 아무런 걱정을 할 필요가 없습니다. 스탈린 동지만 믿으면 모든 일이 해결될 것입니다."

마자르의 진단은 순진한 것이었다. 상황은 하루가 다르게 달라졌다. '반트로츠키주의'라는 신조어가 만들어져서 모든 나쁜 일을 지칭하는 단어가 되었다. 지노비예프도 실각할 것이라는 소문이 돌기 시작했고, 학생들 내부의 정풍운동도 시작되었다.

부하린이 다녀간 뒤 열린 조선반의 제2차 전체 토론회는 공산대학 내 정풍운동의 시작이었다. 칠판에는 그날의 주제가 큼직하게 쓰여 있었다.

'우리 내부의 종파를 일소하자!'

첫 발언은 박세현이었다. 보통학교조차 다니지 못한 채 어려서부터 인쇄공으로 일하면서 노동조합 운동을 해온 그는 1927년 봄에 새로 도착한 조선공산당 제3차 유학생이었다.

"나는 스물두 살 노동자입니다. 열네 살 때부터 8년간 노동자 생활을 했고, 소규모 대규모 공장에서 일해왔습니다. 우리는 노동자로서 이곳 공산대학에 왔습니다. 우리 몸속에는 노동자의 피가 흐르고 있습니다. 우리 이전에는 이곳에 노동자가 존재하지 않았고 우리가 여기에 날아온 최초의 제비라는 것을 알았을 때 우리는 특히 이 노동자들의 피를 느꼈습니다. 우리는 무거운 책임을 떠맡고 있습니다. 우리는 공부할 것이고, 교육을 받은 뒤에는 조선으로 돌아가서 실제로 공산주의의 이상을 실현시키는 최초의 제비가 될 것입니다."

3차 유학생 대다수는 노동자였다. 양반 출신이 대다수였던 초기 공산당원들에 비해 크게 달라진 점이었다. 박세현의 연설은 대중운동을 해온 노동자 출신답게 쉽고도 재미있었다. '최초의 제비'라는 표현부터가 그랬다. 그러나 내용은 날카로웠다.

"지금 조선의 공산주의 운동은 하얀 손들의 운동입니다. 즉, 인텔리겐치아의 운동인 것입니다. 인텔리들은 자신의 집에 앉아서 우리 노동자를 부릅니다. 뭘 하라고 지시하기 위해서나 또는 단순히 정보를 얻기 위해 부르는 것이죠. 여기서 발전하면 자기 그룹의 사무실을 얻어서 간판을 내걸고 공식적인 장소에 앉아 노동자를 부릅니다. 스스로는 대중속에 들어가지 않습니다. 기름을 묻히고 망치를 들려고 하지 않습니다. 노동을 하지 않는 것 자체가 문제일 수는 없겠지요. 진정한 문제는, 몇몇이 무리 지어 자기들만 옳다고 파벌을 만드는 인텔리들의 마음속에는 무엇보다 먼저 '나의 종파'가 있다는 것입니다. 일제와의 문제는 뒷전이고 우선 자기 종파의 문제에만 신경 씁니다. 남들이 아무리 옳아도 함께 투쟁하기보다는 자기 종파의 특색을 내세우기 위한 이론이나 제안을 내놓는 데에만 급급합니다. 그들에게는 공동투쟁이란 없습니다. 오로지 종파투쟁만이 있을 뿐입니다. 일본 유학생 열댓 명이 만들어내는 알량한 잡지를 붙잡고 자기 체면과 자기들의 정치적 이익만 계산하고 있습니다."

"옳습니다!"

누군가 박수를 치며 외치자 박세현은 더 힘차게 말했다.

"하얀 손의 지식인 여러분께 말씀드립니다. 조선으로 돌아가거든 부디 공장에서부터 시작하십시오. 본인 자신부터 프롤레타리아트가 되어 우리 노동자들의 심정을 헤아려야 저 거대한 제국주의와 싸울 수 있는 강한 당을 만들 수 있습니다. 3년이든 5년이든 기름 묻은 밥을 먹고 땀에 전 옷을 입어본 사람이 아니라면, 그럴 자세를 갖추지 않은 사람이 어찌 공산주의자라고 자칭할 수 있겠습니까?"

다들 침묵을 지키고 있을 때였다. 고려인으로서 소련공산당을 통해 입학한 김호반이 박세현의 발언을 비판하고 나섰다.

"우리 모두 공장으로 들어가 세포를 만든 다음에 수십 또는 수백 개의 세포조직이 모여 당을 조직하자고 하는 말인가요? 저는 정반대라고 봅니다. 우리에게는 이미 조선공산당이 있습니다. 또한 국제공산당 코민테른이 있습니다. 두 당의 지도 없이 밑바닥부터 다시 시작하라는 말은 러시아혁명 초창기에 나타났던 인민민주주의 운동의 실패를 반복하자는 말과 같다고 봅니다."

김호반의 주장에 여러 사람이 손을 들어 발언을 신청했다. 마자르는 그중에 김명시에게 발언권을 주었다.

"공장에 들어가든 지하조직을 만들든 중요한 것은 실천이라고 봅니다. 조선공산당에서 정식으로 우리를 파견한 것은

1925년이지만, 이 학교에는 이미 1921년부터 조선인이 입학했습니다. 조봉암 동지 같은 사람들입니다. 그런데 졸업생 중 단지 소수만이 조선으로 돌아갔다고 들었어요. 조선에서 날아온 제비는 많았지만 돌아간 제비는 얼마 안 된 것입니다. 조선이 매의 둥지 같은 곳이라 겁을 먹었기 때문이죠. 지금 이 자리에서 큰소리를 치는 동무들 중에도 그런 사람이 생길 거예요. 그런 동무들은 조선 혁명에 전혀 보탬이 될 수 없는 사람입니다. 죽음을 두려워하지 않는 용기를 배우지 못한다면 우리가 왜 이곳에서 아까운 시간을 보내야 합니까?"

김명시가 발언을 마치자 권오채가 일어났다.

"공산주의자에게는 민족도 나라도 중요하지 않습니다. 오로지 세계 프롤레타리아트의 해방을 위해 존재할 뿐입니다. 하물며 당파와 파벌이 무슨 소용이란 말입니까? 과거에 화요파였든 경성파였든 엠엘파였든 상해파였든 이르쿠츠크파였든 무슨 상관이란 말입니까? 이 자리에 모인 우리에게는 더는 어떤 파벌 의식도 남아 있어서는 안 됩니다. 우리 모두는 국제공산당의 일원으로 하나가 되어야 합니다."

이때, 이르쿠츠크에서 온 고려인 노동자가 발언권을 얻었다. 한쪽 눈이 찌그러져 시력을 거의 잃은 그가 말했다.

"나의 아버지는 파산한 노동자였습니다. 우리는 고향에 머물 수가 없어 러시아 연해주의 이르쿠츠크로 이민을 오게 되었습니다. 광산에서 만 루블을 모아 고향으로 돌아가는 게 소망이었지요. 그러나 6년 동안 뼈 빠지게 일한 결과 이렇게 불구자가 되었을 뿐입니다."

노동자가 자신의 눈을 가리키며 웃었지만 아무도 따라 웃지 않았다. 그는 처연한 웃음을 거두고 말을 이어갔다.

"1917년 혁명이 성공한 뒤에도 백위파 도적놈들이 우리 탄광을 계속 지배했습니다. 혁명의 바람이 연해주로 불어오면서 나는 내가 노동자임을 인식하게 되었지요. 젊은이들은 적위군에 가담해야 한다고 말했습니다. 나는 적위군 내의 조선인 부대에 입대했습니다. 그런데 여러분도 알겠지만, 그 참사가 일어난 것입니다. 자유시 참변이라고들 하지요. 소련공산당 적위군으로서 나는 총을 쥐고 조선인들을 사살했습니다. 적위군의 상부에서는 그들이 소비에트를 붕괴시키려는 반동분자들이라며 죽이라고 명령했습니다. 조선인 반대 파벌이 그들을 모함한 것입니다. 그들은 일제에 대항해 싸우던 조선독립군이었는데 우리는 그 실체를 알지 못한 채 간부들의 명령에 따라 천 명이 넘는 동포들을 학살하고 말았습니다. 나는 이 사건을 평생 잊지 못할 것입니다. 생각만 해도 죽고 싶도록 수치스럽고 분노가 치밀어오릅니다. 조선인들 사이의 분파주의, 종파주의가 그 끔찍한 학살을 불러왔다는 사실을 여러분도 결코 잊어서는 안 됩니다. 내부 분열은 적의 백만 대군보다 더 무섭다는 사실을 알아야 합니다. 여러분, 호소합니다. 제발 모든 종파투쟁을 중단해주십시오."

또 몇 사람이 박수를 쳤지만 환호성은 없었다. 다들 무거운 표정이었다. 이때, 고명자가 처음으로 발언권을 얻었다. 고명자는 여자들끼리 모여 있을 때에는 수다도 떨고 애교도 부리고 했지만 여성 문제에 관한 논쟁 외에는 좀처럼 자신을 드러내지 않아서 얌전하고 사근사근한 여자로 소문이 나 있었다. 종파 문제에 대한 발언은 의외였다.

"종파투쟁의 근원은 모든 종파가 제각기 자기들만이 유일무이하게 옳은 이론을 가졌다고 믿는 데서 온다고 봐요. 저는 이렇게 말하지 않는 종파주의자들을 본 적이 없어요. '우리 분파가 비록 세력은 약하지만 우리는 전위이며 미래의 공산당을 건설하는 데 필요한 진정한 사회주의 혁명 분자들만으로 구성되어 있다'고 말이에요. 앞으로는 그 누구도 이렇게 말해서는 안 된다고 봐요. 작은 차이에 연연하지 말고 하나가 되어 싸워야죠. 동지가 아닌 적들과 싸우자는 말이에요."

고명자의 발언을 끝으로 첫날 토론은 정리되었다. 마자르는 언제나 여유 있는 표정으로 토론을 주도했는데, 그날은 줄곧 어두워 보였다. 보통 발언자들의 이름과 내용을 하나하나 거론하며 친절하게 평가를 했는데 그날은 총평도 짧았다.

"공산주의 운동이 성장하면서 어느 나라나 종파주의로 골치를 앓고 있습니다. 조선반의 파벌 싸움도 문제이지만 터키반의 무원칙한 종파투쟁은 대단히 치명적이어서 터키반 자체를 해체해야 한다는 의견까지 나오는 실정입니다. 종파를 없애자는 토론이 오히려 종파투쟁을 더 부추기는 결과로 나타나기도 합니다. 그래도 나는 희망적으로 봅니다. 왜냐하면 종파를 강화하자고 말하는 동무는 없기 때문입니다. 누구나 종파를 해체하고 일치단결해야 한다고 목소리를 높이고 있으니 그것이 바로 희망이 아니겠습니까? 자, 오늘 토론은 여기서 마치도록 하겠습니다."

개교 6년이 된 공산대학은 파벌 청산 운동으로 시끄러웠다. 조선반의 토론회는 몇 차례 더 열려 서로를 비난하고 조선에서의 행적을 끄집어내며 언쟁을 벌였으나 그래도 평화적으로 이루어진 편이었다. 난상토론 끝에 몸싸움까지 하며 서로의 파벌주의를 공격한 나라도 있었다. 김조이는 이를 두고 말했다.

"돈은 사람의 마음을 바꿀 수 있지만, 논쟁은 상대방의 마음을 바꿀 수 없는 법이지. 토론이란 어떤 그럴듯한 명분을 붙이더라도 결국은 자기주장을 내세우는 데 불과해."

김조이의 말대로, 토론이 거듭되면서 학교 분위기는 더욱 썰렁해졌다. 종파투쟁은 토론으로 끝나지 않았다. 비판을 받은 사람들은 공개적으로 반성을 해야 했고, 끝내는 공산대학을 떠나야만 했다.

여름 내내 비판회가 열리고 면담이 이루어지더니 가을이 되면서 학교 게시판에 대자보가 나붙기 시작했다. 분파주의자로 혹은 사회민주주의자로 비판받은 학생들이 이를 반성하고 다시는 해당 행위를 하지 않겠다고 맹세하는 일종의 반성문이었다.

대자보에는 반드시 트로츠키주의를 반성한다는 문장이 들어갔다. 트로츠키주의는 너무나 광범위한 모든 악행의 대명사였기 때문에 학생들은 그것이 정확히 어떤 것인지를 알 필요도 없이 자기비판이나 타인을 비판하는 데 마구 인용했다. 혁명을 방해하는 모든 요소가 트로츠키에게 있다고 보면 되었다.

항상 시끌벅적하던 기숙사는 갑자기 고요해졌다. 캅카스인들의 노랫소리도 더는 들리지 않았고, 이민족끼리 서로 지나치며 나누던 따뜻한 눈웃음도 사라졌다. 대자보는 게시판을 넘쳐 복도까지 너덜너덜하게 나붙어 지나가는 학생들을 노려보았다.

학생들은 기숙사를 빠져나가기 시작했다. 조선인 학생 중에도 절반 이상이 시내에 방을 얻어 나가버렸다. 유학생은 한꺼번에 오지 못하고 몇 명씩 계속 왔는데, 새로 들어온 후배에게 학교 사정을 설명하거나 모스크바의 분위기를 알려주는 선배는 이제 없었다. 단어 한 마디라도 잘못 사용하면 비판대에 올라야 한다는 강박으로 다들 입을 다물었다. 새로 온 학생들은 선배들이 자신들을 피한다며 불평을 했으나 곧 스스로도 익숙해졌다.

가을이 깊어지면서 드디어 퇴학 조치가 시작되었다. 터키반은 운영이 어려울 만큼 많은 학생이 퇴학당해 고국으로 돌아갔다. 조선반은 일곱 명이 퇴학당했다. 이들은 곧장 귀국 조치되었는데 조선으로 돌아가기를 거부한 경우에는 공장노동자로 받아주었다.

조선반 퇴학생 중에는 조용암이 들어 있었다. 그는 전체 조선인 학생들 앞에서 자신의 분파주의 성향과 자유주의적이고 사회민주주의적인 경향, 봉건적 사고방식에 대해 반성하고 떠났다. 떠나던 날, 그는 말했다.

"내가 하고 싶은 말은 너무 많지만, 여기서는 아무 말도 하지 않겠네. 나 먼저 갈 테니 다들 무사히 돌아오시게."

얼마 후, 김명시는 코민테른 동양부에 호출되어 중국 상해로 가라는 명령을 받았다. 자아비판이나 출교 조치와는 상관없는, 우수한 학생들을 빨리 현장에 배치하라는 정책에 따른 것이었다. 상해의 조봉암과 함께 국내 운동을 지도하라는 지시였다. 일행은 둘, 안내는 조선공산당 만주총국에서 온 청년이 맡았다. 중국어를 잘하는 그는 박 동무라 불렸다.

세 사람은 모스크바를 떠나기 전에 소련군 병영에 가서 무기 사용 훈련을 받았다. 김명시도 제정러시아제 나간 권총부터 독일제 모제르, 미제 콜트까지 여러 종류의 권총을 분해 조립 해보고 쏘아보기도 했다. 먼 표적은 못 맞혀도 가까운 표적을 맞히기는 어렵지 않았다. 그녀는 총을 쏘는 순간에도 눈을 깜빡이지 않아 칭찬을 받았다. 코민테른은 남자들에게는 커다란 나간 권총을, 김명시에게는 손에 단단히 잡히는 콜트 권총과 탄알을 지급했다. 여비는 미국 달러와 중국 위안화, 일본 엔화까지 여러 종류로 넉넉히 지급했다.

조선반 유학생 중 '최초의 제비'가 되어 떠나게 된 세 사람의 행선지는 비밀이었다. 환송식 같은 것도 없었다. 김명시는 다른 학생들에게는 건강이 나빠 크리미아반도로 휴양을 가게 되었다고 소문을 냈다. 그녀의 행선지를 아는 이는 권오채, 고명자, 김조이뿐이었다.

네 사람은 모스크바강에서 마지막 휴일을 보내기로 했다. 깊고도 넓은 모스크바강에는 항구처럼 부두 시설이 갖춰져 동유럽 여러 나라로 가는 거대한 증기선들이 오가고 있었다. 간간이 울리는 긴 뱃고동 소리와 통통대는 엔진 소리, 원기둥처럼 솟은 굴뚝 위로 피어오르는 검은 연기가 생동하는 곳이었다.

일행은 딱딱한 보리빵과 보드카, 잘 숙성된 햄 한 덩이를 사 들고 유람선에 올랐다. 모스크바강과 볼가강이 만나는 갑문까지 도는 관광선이었다. 유람선에도 백계 러시아인들만큼이나 소수민족이 많았다. 무리마다 음식이 담긴 대바구니를 들었는데, 이미 벌겋게 취한 얼굴을 한 이들도 있었다.

강기슭에는 붉은 소나무와 자작나무 사이 곳곳에 낚시꾼들이 대를 드리웠고, 얕은 곳에서는 아이들이 수영을 하고 있었다. 늘씬한 아이들이 개구리처럼 두 다리와 손을 쭉 뻗고 물속으로 퐁당퐁당 뛰어들 때마다 흰 포말과 웃음소리가 일었다. 강 중앙에는 남녀 학생들이 탄 요트 몇 대가 줄을 지어 미끄러지고, 가장자리에는 연인들이 탄 보트가 한가로이 떠돌았다. 일반 민중의 삶은 공산주의자들 내부에서 벌어지는 어두운 암투와는 아무런 상관이 없는 것처럼 보였다.

일행은 되도록 김명시의 임무에 대해서는 말하지 않으려 애썼다. 이야기는 그러나 자꾸만 거기서 맴돌았다. 김명시를 제외한 세 사람은 상해에 가본 적이 있었다. 스물한 살의 나이로 먼 길을 떠나는 그녀에게 소매치기로부터 돈을 보호하기 위해 배에 전대를 매는 방법이라든가, 도적 떼나 다름없는 군벌들의 군대를 만났을 때 대처하는 요령, 뭐든지 가격을 몇 배나 올려 부르는 중국 상인들과 흥정할 때 필요한 기초적인 중국어 같은 것을 가르쳐주었다.

김조이는 남편 조봉암을 만나면 안부를 전해달라고, 조금은 쓸쓸한 얼굴로 말했다. 조선을 떠나온 뒤로 두 사람은 편지를 주고받은 일도 없었다. 인편으로 처음 보내는 그리움의 표현이었다.

권오채는 갑작스러운 이별에 어떻게 감정을 추스려야 할지 모르는 것 같았다. 처음에는 선배답게 침착한 태도로 필요한 조언들을 해주더니 독한 보드카를 절반이나 마시고는 자꾸 몸을 기대고 손을 잡았다. 우울한 감상에 젖은 얼굴로 강변을 바라보다가도 평소 이상으로 큰 소리로 웃어댔다.

김명시는 그러나 이별의 슬픔보다는 희망에 들떠 있었다. 아직 그녀는 혁명의 슬픔을 몰랐다. 가장 먼저 임무를 받아 떠나게 된 것도 내심 자랑스러웠고, 상해라는 새로운 도시에 가보게 되는 것도 좋았다. 사람들이 보고 있어도 아무런 부끄럼 없이 기대어 오는 권오채의 어깨를 다독거리고 손을 잡아주며 달랬다.

"나도 상해로 보내달라고 할까?"

권오채의 말에 김명시는 선뜻 동조하지 못했다.

"그게 가능하겠어요?"

"우리 관계를 보고하면 보내주지 않겠어?"

"관계가 알려지면 더 안 될 것 같은데요?"

남자의 그늘 아래서가 아닌, 독립해서 활동하고 싶었던 그녀에게는 권오채가 상해로 따라온다는 상상이 더 어색했다. 분명 그를 사랑했지만, 가슴은 분명 이별의 슬픔에 잠겨 있었지만, 머릿속에는 사랑과 이별보다 훨씬 큰 어떤 것이 가득 차 있었다.

"명시 혼자 보내기가 너무 걱정돼."

권오채의 말에 그녀는 양손을 잡아주며 답했다.

"나를 믿어줘요."

권오채는 김명시가 자기만큼 슬퍼하지 않는 데 조금 화가 난 것 같았다. 아니면 눈에 눈물이 고이고 있는지도 몰랐다. 그는 김명시의 시선으로부터 고개를 돌린 채 「스텐카 라진」을 부르기 시작했다. 주변의 러시아인들이 낯선 동양인이 어눌한 발음으로 자기들 민요를 부르는 것을 신기하게 쳐다보더니 하나둘씩 따라 부르기 시작했다. 기분이 나아진 듯 권오채는 자리에서 일어나 처음부터 다시 선창했고, 배 안의 러시아인들이 호응하며 힘차게 따라 불렀다.

노래를 하다 보니 잠깐 밀려왔던 슬픔도 사라져버렸다. 계속 이어지는 다른 러시아 민요들을 들으며, 김명시는 다시 시베리아 횡단 열차를 탄다는 설렘에 사로잡혔다. 중국은 어떤 나라일까? 말로만 듣던 동양 최대의 도시 상해는 어떤 곳일까? 문득, 눈벌판을 달려오며 먹던 연어튀김과 연어알 절임이 먹고 싶어졌다.

6. 상해탄

모스크바 야로슬라브스키 역을 출발한 열차는 2년 전 겨울
에 세 여자가 왔던 길을 거슬러 9천여 킬로미터 동쪽 블라디
보스토크를 향해 달리기 시작했다. 이번에는 두 남자와 한
여자였다. 1927년 8월이었다.

코민테른의 비밀 기록으로만 남을 김명시의 가명의 도시
스베르들롭스크를 지난 열차는 얼음이 녹아 고기 떼가 노
는 게 훤히 들여다보이는 바이칼 호수를 지나 폭설 대신 초
원으로 덮인 시베리아 벌판을 달렸다. 몽골 북쪽의 사막지
대를 지날 때에는 거대한 회오리바람이 모래 기둥을 만들어
기차를 때리는 바람에 열차 안까지 모래가 들어와 소동이
벌어지기도 했다.

모스크바는 혁명의 혜택이 집중된 특별시였다. 소련의 시
골 마을들은 혁명이 일어나기 전과 다름없었다. 증기기관차
가 위로는 검은 연기를 날리고 바퀴 밑으로는 수증기를 뿜
어대며 정류장에 들어설 때마다 노란 곱슬머리를 어깨까지
늘어뜨린 시골 처녀들이 하얀 종아리를 드러낸 맨발로 차창

에 몰려들어 집에서 만든 소시지와 삶은 계란을 사라고 내밀었다.

아직 중국과 몽골 사이의 철길은 개통되지 않았을 때였다. 기차를 타고 중국에 들어가려면 블라디보스토크에서 만주를 거쳐 들어가야 했는데 멀기도 하거니와 만주에 깔린 일본 관헌과 밀정들을 피하기 어려웠다. 차량으로 고비사막을 관통해 북경으로 남하하기로 했다. 일행은 모스크바와 블라디보스토크의 중간쯤 되는 치타에서 내렸다.

치타에서는 몽골공산당 지하운동가들이 알선해준 차량을 탈 수 있었다. 중국까지 데려다줄 승합차였다. 2천 킬로미터가 넘는 멀고도 험한 길이었다. 승합차가 고장 날 때를 대비해 부품과 휘발유만 실은 차량이 별도로 따라붙었다. 먹을 것과 물, 두꺼운 담요까지 필요한 물품을 빌리고 사는 일은 모두 박 동무가 맡았다. 그는 상해까지 두 사람을 데려다주고 혼자서 만주로 돌아갈 예정이었다.

초록 들판 가득한 야생화가 아름다운 대초원을 지나 고비사막에 들어서자 죽음의 질주가 시작되었다. 사막은 무섭게 뜨겁고 무섭게 요동쳤다. 숨도 못 쉬게 뜨거운 정적에 덮였다가도 갑자기 거대한 모래 폭풍이 몰아쳤다. 하늘도 땅도 보이지 않는 모래 폭풍에 자동차는 뒤집어질 듯 흔들거렸다. 모래 알갱이들은 자신들의 영역을 침범한 인간을 위협하듯 유리창과 철판을 두들기며 아우성을 질러댔다.

첫날, 길도 없는 사막을 달려야 하는 차량들은 번갈아 모래톱에 빠졌다. 다들 내려서 지옥으로 데려가기라도 할 듯 온몸을 휘감으며 얼굴을 때리는 모래바람을 맞으며 삽으로 바퀴 앞을 퍼내고 뒤에서 밀어야 했다. 겨우 모래 구덩이를 벗어나니 휘발유를 실은 낡은 차가 고장을 일으켜 반나절이나 멈춰야 했다. 김명시의 눈에는 별다른 공구도 없이 차를 고치는 운전사와 조수들이 대자연의 마술만큼이나 경이로워 보였다.

붉은 사막에 동화 따위는 없었다. 석양을 등지고 모래언덕을 넘는 낙타를 탄 아라비아 대상의 행렬도 없었고, 별이 가득한 하늘 아래 모래밭에서 천막을 치고 차를 끓여 마시며 고향을 생각하는 낭만도 없었다. 어서 빨리 사막을 벗어나야 한다는 절박한 생존 욕구뿐이었다.

일행은 차를 고치거나 밥을 해 먹을 때 빼고는 며칠을 밤낮없이 달렸다. 밤에도 달린 이유는 늑대 때문이었다. 밤이 되면 송아지만 한 늑대가 열댓 마리씩 떼를 지어 으르렁거리며 자동차를 에워쌌다. 굶주릴 대로 굶주린 사막의 늑대들은 전조등을 깜빡거려도, 경적을 울려도 달아나지 않았다. 깜깜한 어둠 속에서 파랗게 빛나는 눈동자들을 따돌리기에는 모래밭 위의 차가 너무 느렸다. 모래밭에 빠지거나 고장이라도 나서 멈춘다면 몇 분 안에 늑대 밥이 될 것이었다.

일행은 제각기 지급받은 권총으로 어둠 속의 푸른 눈들을 겨냥해 쏘아댔는데 차가 흔들리니 바로 옆에 따라붙은 늑대도 맞히기가 힘들었다. 어쩌다가 한 마리가 맞아 비명 소리를 내며 나뒹굴면 잠시 추적이 멈추었다. 쓰러진 늑대를 다른 늑대들이 잡아먹는 것 같았지만 보이지 않으니 알 수 없었다. 사살 효과는 잠깐뿐, 어느새 새로운 늑대들이 나타나 양쪽에서 으르렁댔다. 늑대들이 지쳐 떨어질 때까지 목숨을 건 질주와 총격은 며칠이나 계속되었다.

다들 사막을 통과한 후에야 비로소 사막의 밤하늘에 얼마나 많은 별이 박혀 있었는지 떠올리고 늑대들에게 쫓기던 밤을 자랑스러운 모험담으로 웃으며 떠들 수 있게 되었다. 어딜 가나 사시사철 푸른 소나무가 울창한 온화한 야산으로 둘러싸인 조선반도에서 살아온 그들에게 죽음의 사막과 사막의 늑대들은 잊을 수 없는 추억으로 남았다.

중국 땅은 또 달랐다. 강물은 탁했고 날씨는 무덥고 습했다. 간혹 지나는 호수의 회색빛 석회 물과 운하의 썩은 듯 시커먼 물을 보고 있으면 조선반도 구석구석 어디에나 흐르는 맑은 물이 그리워졌다. 중국인의 집들은 투박했고 사람들의 옷차림도 구질구질했다. 음식도 좀처럼 익숙해지지 않았다. 돼지기름이 뚝뚝 떨어지는 중국 음식을 보면 바이칼 호수에서 먹다 남긴, 소금에 절인 담수어 오물의 짜고도 고소한 맛이 생각났다.

중국 땅은 인간으로 뒤덮여 있었다. 시베리아와 몽골의 대자연이 드문드문 흩어져 사는 외로운 인간들을 품고 있다면, 중국은 헤아릴 수 없이 많은 인간으로 대지 전체가 오염되어버린 듯했다. 어딜 가나 넘치는 사람들의 냄새로 공기까지 탁했다. 어디든 어깨를 부딪치지 않고서는 걸어다니기도 힘들었고 소음이 정신을 혼미하게 했다. 기차역 대합실마다 사람이 너무 많아서 경찰이 긴 대나무를 휘두르고 다니며 자리에 앉혔고, 표가 없는 사람은 입구에 들어오지도 못하게 해 뜨거운 햇볕이 쏟아지는 광장에 까마귀 떼처럼 새까맣게 앉아 있었다.

조선인의 흰옷은 사흘만 입어도 더러워지기 때문에 어쩔 수 없이 빨아 입어야 하지만 짱산이라 불리는 중국 옷은 주로 검정이나 감색이어서 때와 기름에 절어 빳빳해져도 겉으로는 잘 알 수 없었다. 김명시 일행도 목욕을 못 한 지가 오래되었지만, 목까지 여미는 짙은 꽃무늬 옷을 입은 처녀들이 역한 냄새를 풍기며 지나가면 자기도 모르게 얼굴이 찡그려졌다.

러시아인도 여름에는 흰옷을 입고 다니지만 더러운 사람이 거의 없는 데다 예절이 바르고 친절했다. 조선인은 화라도 난 듯 무뚝뚝한 얼굴을 하고 길가에 앉아 있어도 누군가 도움을 청하면 너도나도 나서서 귀찮을 정도로 참견을 하기 마련이었다. 중국인은 어느 쪽도 아니었다. 생존을 위한 쟁투가 치열한 탓인지, 나라가 혼란해 사방에 위험이 도사려 있는 탓인지 의심과 불친절이 몸에 밴 것 같았다. 무얼 물어도 대답도 없이 지나쳐버리거나 의심스럽다는 표정으로 도리어 질문을 해댔다. 그들이 외부인을 믿지 않는 것처럼, 조선인 일행도 그들을 믿을 수 없었다.

4억 인구가 제각기 살아남기 위해 몸부림치는 광경만으로도 혼란스러운 중국 대륙은 거대한 내전에 휩쓸려 들어가는 중이었다. 손문의 지도로 봉건 왕조를 무너뜨리고 중화민국을 세웠지만 주요 도시 외의 영토는 장작림 같은 군벌들이 분할 통치하고 있었다. 각 군벌의 군대는 군복까지 다르게 입고 관할 영토의 조세권과 재판권뿐 아니라 약탈과 강간의 자유까지 누렸다. 만주 지역은 조선의 독립군과 마적들, 일본군까지 밀고 들어와 있어 중국 전역이 온통 무장 세력들로 넘쳐났다.

이 험악한 상황에서도 손문에 이어 국민당을 장악한 장개석은 군벌과의 전쟁보다 공산당을 타도하는 데 더 힘을 쏟았다. 공산당과 국민당은 군벌을 해체하기 위해 국공합작을 맺었으나 김명시 일행이 도착하기 몇 달 전에 장개석이 군사 쿠데타를 일으켜 공산당원들을 대량 학살한 사건이 벌어져 있었다. 안내자 박 동무는 이 사건에 대해 자세히 설명해 주었다.

"공산당은 국공합작 정신에 충실히 따랐습니다. 작년 10월부터 반년 동안 상해에서 공산당이 주도하는 세 차례의 무장 폭동이 일어나 상해를 지배하던 군벌을 몰아내고 임시정부를 수립하는 데 성공했지요. 그러자 공산당의 세력 확산을 우려한 장개석이 국민당 내부의 공산당원 색출을 지시하는 한편으로 올해 4월 12일에는 군사 쿠데타를 일으켜 공산주의자들과 노동조합에 대한 대대적인 탄압을 시작했습니다. 지금도 상해를 비롯한 주요 도시 곳곳에서 공산당원에 대한 백색테러가 무수히 자행되고 있습니다. 두 분은 정말 조심해야 합니다. 모스크바에서 온 공산주의자라는 것이 알려지면 언제 어디서 총탄이나 쇠망치가 날아올지 모릅니다."

중국 땅에 들어서면서 쌍산을 사 입은 세 사람은 중국인과 별반 달라 보이지 않았다. 일부러 꾸미지 않아도 장거리 여행을 거치는 동안 얼굴까지 까맣게 타서 도둑들도 눈여겨보지 않을 만큼 충분히 초라했다. 권총과 돈은 전대에 넣어 아랫배에 둘러매고 불안할 때마다 전대를 눌러 권총의 촉감을 느껴보며 마음을 가라앉혔다. 마적을 만나거나 경찰에 체포되었을 때 권총이 있다고 해서 살아날 수는 없을 것이었다. 다만 한 놈이라도 죽이고 같이 죽을 수 있으리라는 게 위안이 되었다. 권총을 지그시 누르며 다가올 공포를 이기고 있는데 박 동무가 말을 계속했다.

"놈들의 탄압 속에서도 중국공산당은 장마철 들풀처럼 자라고 있습니다. 1920년에 50여 명으로 시작된 공산당원은 7년 만에 4만으로 늘어났습니다. 중국 전역의 대도시와 농촌에 지부가 만들어지고 있어요. 그중에는 조선인 당원도 많아서 몇몇 주요 도시에는 한인 특별 지부를 결성하고 있습니다."

여기서 그는 말을 멈추고 주변을 둘러보았다. 중국인들은 제각기 시끄럽게 떠들어댈 뿐, 주위 사람에게 관심을 두지 않았다. 그래도 그의 목소리는 한결 낮아졌다.

"우리 공산당원들의 과제는 홍군이 행동을 개시할 경우 즉각 총구를 국민당에게 돌리는 것입니다. 세계 도처에서 민족주의와 공산주의의 싸움이 벌어지고 있고, 우리는 준비가 되어 있습니다. 적들도 마찬가지입니다. 어디나 적들이 우리를 노리고 있습니다. 상해에 들어가면 각별히 조심해야만 합니다. 두 분은 이미 전선 깊숙이 들어와 있다는 점을 잊어서는 안 됩니다."

중국은 조선보다는 체포 위협이 적었으나 즉결 처형을 일상으로 아는 군벌과 장개석 군대가 깔려 있으니 죽음과는 훨씬 가까웠다. 일본 영사관 경찰도 상해의 조선인 항일운동가들을 아무 제약 없이 체포해 조선으로 송환하고 있었다.

중국 대륙을 남하해 상해로 들어서기까지 며칠간의 지루한 기차 여행은 세 사람을 녹초로 만들었다. 시베리아 횡단열차와 달리 침대도 없이 그 자리에 꼼짝 못 하고 앉아 자고 먹고 하자니 허리며 엉덩이가 두들겨 맞은 것 같았다. 증기기관에 물과 석탄을 보급하기 위해 장시간 머물 때나 잠시 내려 걸으면 다리가 마라톤이라도 뛰고 난 것처럼 뻣뻣했다.

더욱 견디기 힘든 것은 밤낮없이 계속되는 중국인들의 소음이었다. 중국인들은 언성을 낮추는 법이 없었다. 언어 자체는 거센 듯하면서도 은근히 부드러운 맛이 있지만 알아들을 수도 없는 내용을 목청껏 떠들어대는 걸 듣고 있노라면 머리가 빙빙 돌 지경이었다. 연인이나 부부 사이조차 그랬

다. 사이좋게 수다를 떠는데도 꼭 싸우는 소리 같았다. 중국
어는 혼란스럽기도 했다. 북경어와 상해어가 다르고, 산동어
가 또 달랐다. 한문으로 겨우 의사는 통한다지만 보통의 중
국인들은 조선인보다도 한자를 더 모르니 깊은 대화를 나누
기가 어려웠다. 그러나 다른 한편으로는 언어의 혼란이 정
체를 숨기는 데 도움이 되었다. 중국 사람들끼리도 타지방
의 방언을 잘 못 알아들으니 중국 옷을 입고 대충 아무렇게
나 말하면 타지방 사람으로 통할 수 있었다.

중국 음식도 입맛에 맞지 않았다. 장사꾼들이 열차 창문
으로 들이미는 찐빵과 만두 말고는 입에 당기는 음식이 없
었다. 김명시는 더러운 물을 마신 때문인지, 너무 기름진 음
식을 먹어서인지 설사병까지 걸려 온몸의 기운이 쏙 빠지고
말았다.

한번 멈추면 반나절씩 꼼짝도 않는 한없이 느린 기차 여
행에도 끝은 있었다. 상해역 승강장에 내렸을 때 들려오던
안내 방송이 얼마나 반가운지 몰랐다.

"첼리 쉬 샹하이 호체 젠……."

역을 빠져나오는 내내 계속되는 '샹하이'라는 발음은 자못
고혹적이었다. 인파에 떠밀리다시피 역 광장에 나서니 황포
차라 불리는 인력거꾼들이 몰려와 일행의 정신을 뺐다. 박
동무가 세 대를 불러 프랑스 조계지로 향했다.

인력거꾼들은 하나같이 바싹 마른 몸에 앙상한 체격이었
는데 걷어붙인 종아리만큼은 근육과 핏줄이 울퉁불퉁하니

양손으로 잡아야 할 만큼 굵었다. 상해는 황포강 변에 형성된 대도시였다. 중국인들은 그래서 강변이라는 뜻의 '탄'을 붙여 '상해탄'이라 부르고, 황포강을 따라 만든 황포탄 공원을 가보지 않고는 상해를 봤다고 할 수 없다고 말했다. 세 대의 인력거가 나란히 황포탄 공원을 끼고 달릴 때였다. 경찰이 도로를 차단한 가운데 사람들이 몰려서서 무언가를 구경하고 있었다. 인력거가 멈추자 박 동무가 두 사람에게 기다리라 하고는 뛰어내려 살펴보고 왔다.

"국민당 놈들이 공산당원 세 명을 쏘아 죽이고는 보란 듯이 전시해놨습니다. 도시 전역에서 매일 이 같은 백색테러가 벌어지고 있답니다."

"이 대낮에요?"

"경찰이 보호해주니 무슨 짓인들 못 하겠습니까?"

한참을 기다려서야 길이 트였다. 달리는 인력거에서 내려다보니 박 동무 말대로 남자 시신 세 구가 인도와 차도 사이에 버려져 있었다. 벌써 굳기 시작한 검붉은 피가 도로에 넓게 퍼져 있었지만 아무도 손대는 사람이 없었다.

영국과 프랑스는 상해에 각각 조계지를 만들어 자기 땅처럼 사용하고 있었다. 영국은 일본과 긴밀히 협조하고 있어 조선의 독립운동가들이 영국 조계지에 들어가는 것은 자살행위나 마찬가지였다. 상대적으로 프랑스는 해외 망명객에게 관대한 편이어서 대한민국 임시정부를 포함해 여러 약소국 망명객들이 프랑스 조계지에 살았다. 공산주의자들의 거

점도 모두 그곳에 있었다.

　프랑스 조계지 입구는 시커먼 낯빛의 인도인 경찰이 지키고 있었다. 시골 마을의 장승처럼 멋없이 큰 키에 머리에는 수건을 칭칭 감아 올린 인도인은 별다른 경계심 없이 조선인들을 통과시켰다. 조계지 안에는 인도인 경찰의 절반이나 될까 싶을 정도로 작은 키에 납작한 들창코의 베트남 경찰관들이 돌아다니고 있었다. 프랑스 식민지이던 베트남의 전통 복장 그대로 원뿔형 모자인 농을 쓰고 긴 나무 몽둥이를 들고 다니는 모양새가 이색적이었다.

　인력거꾼은 자신의 친척이 운영한다는 여관에 일행을 내려주었다. 인력거꾼들마다 그런 식으로 여관을 소개해주고 수수료를 받는다고 했다. 중국인 사환은 이불과 가방을 들고 앞장서 2층 구석방에 김명시를 안내하고는 무표정한 얼굴로 손을 내밀었다. 말은 통하지 않아도 심부름 값을 달라는 뜻임을 알 수 있었다. 동전을 쥐여주고는 배가 아파 저녁은 못 먹겠다며 그대로 딱딱한 나무 침상에 쓰러졌다.

　혼곤한 잠에 빠졌다 깨어나니 한밤중이었다. 보슬비가 내리는 창문에 전등 불빛이 일렁이고 있었다. 모스크바의 밤이 간간이 군용차량 지나는 소리나 들릴까 적막하기만 했다면, 상해의 밤은 아편에 취한 듯 끈끈하게 꿈틀거리고 있었다. 대로변에 새로 지은 우아한 서양식 건물들 뒤로 낮게 깔린 중국인들의 우중충한 기와집들마다 밤늦도록 불이 밝혀져 삶의 소음을 쏟아냈다. 무거운 마차를 끌고 가는 힘겨운 말발굽 소리, 긴 막대 양쪽으로 만두나 월병이 담긴 대바구니를 출렁이며 뒷골목을 누비는 야간 장사꾼들의 대나무 딱딱이 소리, 열린 창으로 담배인지 마약인지 알 수 없는 연기가 흘러나오는 방 안에서 마작판을 두드리는 소리, 눈먼 노인이 부는 피리 소리에 맞춰 노래하는 맨발의 걸인 소녀의 애처로운 음성이 소리 없는 비를 뚫고 방 안으로 밀려 들어왔다.

쓰린 속을 부여안은 채 다시 잠들려고 애쓰는데 황포강을 오르내리는 기선들의 긴 고동 소리와 함께 매음녀들이 드나드는 듯 간드러지는 웃음소리와 복도의 나무마루 삐걱대는 소리가 방해했다. 다시 얼마간 잠이 들었다 깨니 거리의 소음은 거의 사라지고 창문에 어른대던 불빛도 보이지 않았다. 비는 그친 듯했다. 대신 옆방에 아편쟁이 남녀가 들어온 듯 흐느적거리는 목소리와 침상 흔들리는 소리가 시작되었다. 벽이 나무판 한 겹으로만 되어 있어 여자의 신음 소리가 마치 옆 침대에서 들리는 듯했다.

음탕한 비음을 듣고 있으려니 권오채가 생각났다. 언제나 조심스럽고 섬세했던 그의 부드러운 손길이 어둠 속에서 그녀의 머리칼과 가슴과 온몸을 더듬는 것 같았다. 젊음은 얼마나 향기로운 것일까? 그의 짙은 살냄새, 머리칼에 밴 엷은 담배 냄새까지 사랑했다. 현악기처럼 굵고도 낭랑한 그의 음성은 또 얼마나 감미로웠던가. 상념은 한 잔의 따뜻한 차처럼 목을 타고 내려와 명치 주변으로 퍼져나가며 온몸을 데워주었다. 방실거리는 갓난아이를 안아 올릴 때와 같은 행복감이 온기가 되어 온몸으로 퍼져나갔다. 애틋한 추억은 이내 그리움으로 바뀌고 슬픔이 되어 가슴에 서늘한 바람으로 밀려왔지만 불길은 꺼지지 않고 더 커져만 갔다. 자기도 모르게 미소가 지어졌다. 자기도 모르게 눈물이 나왔다. 미소도 눈물도, 어둠 속에 홀로 누운 자신을 제 마음대로 농락하는 것 같았다.

새벽까지 계속된 아편쟁이 남녀의 감창소리에 여러 번 깼음에도 아침에 일어나니 살 것 같았다. 다만 배가 고플 뿐이었다. 두 남자를 깨워 후덥지근한 거리로 나가 찐빵과 만두를 파는 뒷골목 가게를 찾았다. 도시의 중국인들은 아침밥을 사 먹는 게 풍속이었다. 벌써 사람들이 줄을 서서 기다리고 있었다. 솥뚜껑을 열 때마다 퍼져나오는 구수한 찐빵 냄새와 부두에서 들려오는 뱃고동 소리, 도시 안쪽까지 들어와 날아다니는 갈매기들의 울음소리가 아침을 알리고 있었다. 거대한 중국의 아침이었다.

두 남자는 그날로 자기의 임무를 찾아 떠나고, 김명시는 코민테른에서 받아온 지시에 따라 조봉암을 찾아나섰다. 연락처는 프랑스 조계지 보강동의 동포가 운영하는 만둣집이었다.

여관을 겸하는 만둣집 주인은 특정한 계파에 소속되지 않은 채, 독립운동을 위해 조선을 떠나온 젊은이들에게 사람을 연결해주는 역할을 했다. 돈이 없는 이는 그 집에서 점원으로 일을 하다가 자기 맘에 드는 단체를 찾아 떠나기도 했다. 주인은 딱히 좌파라고는 할 수 없지만 공산주의자들이 늘어나면서 자연히 공산 계열과 더 많은 연계를 갖고 있었다. 조봉암을 찾으러 왔다는 말에 이것저것 확인한 주인은 밤에 다시 오라고 했다.

초저녁에 다시 찾아가 방에서 기다리고 있으니 흑갈색 양복에 중절모를 쓴 서른 즈음의 청년이 불쑥 들어왔다. 경성에서도 여러 번 보았던 조봉암이었다.

"명시 동지! 먼 길 무사히 왔군! 애썼소!"

시원스러운 큰 눈과 넓은 이마와 입가의 주름이 호랑이를 연상케 하는 강인한 인상이었다. 악수하는 손도 두껍고 컸다. 목소리는 귀가 어두운 사람이라도 잘 들을 수 있을 만큼 높고 맑았다. 음험함이라곤 모르는, 신뢰할 수 있는 사람이라는 느낌을 주었다. 공산당원들끼리는 동무라는 호칭을 잘 썼는데, 대중 활동을 할 때는 민족주의자들처럼 동지라는 호칭을 썼다.

"수고 많았소. 그러나 이제부터 시작이오. 상해는 자본주의의 하수구 같은 곳이오. 일제의 사복경찰과 그들에게 고용된 조선인 밀정들이 사방에 깔려 있소. 공산주의자들에게 기득권을 빼앗기지 않으려는 민족주의자들과 그들을 지원하는 영국과 프랑스의 제국주의 경찰이 우리를 찾아 죽이려고 혈안이 되어 있소. 과연 살아서 국내까지 들어갈 수 있을지, 적들에게 테러를 당해 황포강에 던져질지는 명시 동지가 얼마나 치밀하게 활동에 임하느냐에 달려 있소. 그래, 모스크바에서 있었던 일들부터 보고해보시오."

김명시가 공산대학에서 벌어졌던 일들을 보고하는 사이, 만두를 안주로 술상이 들어왔다. 조봉암은 대단한 술꾼이었다. 보고를 들으면서도 연신 독한 고량주를 털어넣었다.

"모스크바로 편지라도 한 장 써주세요. 조이 언니는 이곳 주소를 모르니 편지를 하려고 해도 할 수가 없대요. 조봉암 동지를 많이 그리워하고 있어요."

어느 정도 보고를 마친 김명시가 말을 꺼냈을 때, 조봉암은 술기운으로 불콰해진 얼굴에 곤혹스러운 표정을 지어 보였다. 잠시 천장을 올려다보던 그는 짧게 한숨을 내쉬고는 고량주 두 잔을 더 마신 다음에야 털어놓았다.

"실은 내가 이곳에서 다른 여자와 동거하고 있소. 말하기가 거북하기는 하지만 이곳에서는 모두들 아는 이야기니 숨길 것도 없소."

"어떻게 그런 일이……."

놀라워하는 김명시에게 조봉암은 짤막하게 사정을 설명했다. 그가 스물두 살 때 고향 강화도에서 만세운동을 주동해 1년간 옥살이를 한 적이 있었다. 그때 함께 만세운동을 했던 여학생과 사랑을 나누었는데, 그의 집은 극빈한 상민이고 여학생 집은 근동의 부잣집 양반댁이었다. 여학생은 어른들의 극심한 반대로 집 안에 강제로 감금되어버렸다. 세상에 대한 원망을 안은 채 고향을 떠난 조봉암은 빈손으로 일본에 건너가 공사장 노동자로 일하며 대학을 다니면서 공산주의자가 되었다. 귀국한 후에는 역시 공산주의자이던 김조이와 결혼까지 했다. 그런데 얼마 전 그 여학생이 불쑥 상해로 찾아왔다. 헤어진 지 7년 만이었다. 집 안에 감금된 여학생은 다른 사람과의 혼인을 거부하고 7년을 버티는 사이 건강을 돌보지 않아 심한 폐병에 걸리고 말았다. 시한부 생명이 된 그녀의 마지막 소원은 조봉암을 한 번만 보게 해달라는 것이었다. 집안 어른들은 어쩔 수 없이 그녀를 상해로 보내주었고, 그녀는 죽어가는 몸으로 조봉암을 찾아온 것이었다.

"모스크바에 아내를 두고 이래서는 안 되는 줄 알지만 죽어가는 불쌍한 여자를 받아주지 않을 수 없었소. 이 문제로 인해 동지들 사이에 나에 대한 비판이 일고 있다는 건 알고 있소. 부도덕한 이중 결혼을 했다는 지적이지요. 그러나 나는 이 여자의 마지막 소원을 외면할 수 없었소."

김명시는 그대로 모든 상황이 이해가 되었다.

"여자분 이름은 뭔데요?"

"김이옥."

"지금 건강은 어때요?"

"소원을 이룬 덕분인지 먹을 것도 잘 먹고 잘 웃기도 하다 보니 많이 좋아지는 것 같소. 그렇지만 언제 생이 끝날지 알 수 없는 시한부 인생이오. 내가 감옥에 가더라도 그 여자의 임종은 지키고 가야겠다는 마음 외에는 없소."

김명시는 고개를 끄덕이며 말했다.

"김이옥이란 분, 집념이 대단한 여성이네요. 건강 잘 돌봐서 꼭 살려놓으세요."

"이해해줘서 고맙소."

다음 날 만둣집에서 다시 만난 조봉암은 상해의 정치 상황을 설명했다. 프랑스 조계지에는 조선인뿐 아니라 베트남, 필리핀, 몽골, 인도의 망명객들이 몰려들었고, 이들을 따라 식민지 지배국들이 파견한 비밀경찰과 밀정들도 흘러 들어왔다. 서로가 서로를 암살하는 일도 그만큼 빈번했다. 망명객이 몰려 사는 보강리나 오흥리 같은 곳에는 집을 수리하려고 마루를 뜯어내자 살해당한 시신이 뼈만 남아 발견된 일이 한두 건이 아니었다.

"김명시 동지도 조심해야 하오. 올봄에 터진 마산공산당 사건으로 김형선 동지와 함께 김명시 동지도 일급 수배가 된 상태요. 사건 내막이 조선 신문에 크게 보도되고 두 사람 사진까지 나왔으니 각별히 조심해야 하오."

마산에 조선공산당 지부를 만든 것은 벌써 3년 전이었다. 김명시는 까마득히 잊고 있던 이야기였다.

"형선 오빠는 잡혔나요?"

조봉암은 환히 웃었다.

"변장의 귀재인 김형선이 그리 쉽게 잡힐 리가 있나? 무사히 조선을 빠져나와 광동성 광주에서 중산대학에 다니고 있소."

멈추었던 맥이 다시 뛰는 기분이었다. 김명시의 얼굴이 환해졌다.

"그럼 곧 오빠를 만날 수 있겠군요?"

"광동에서 중국공산당 한인 지부 조직에 바쁘니 일부러 오기는 어려울 테고, 일이 있으면 만나게 되겠지요. 내가 동생이 와 있다고 인편으로 전달은 해놓겠소."

조봉암은 술을 너무 좋아했다. 그날도 독한 고량주를 열 잔도 더 마시고서야 김이옥이 기다리는 집으로 갔다.

다음 날, 김명시는 프랑스 조계지에서도 조선 사람이 많이 몰려 사는 보강리에 방을 얻었다. 뒷골목으로 한참 들어가는 중국인의 기와집이었다. 집주인은 한 달 치 식비를 내면 하루 세 끼 식사를 집까지 배달해주는 빠우판이라는 식당을 권했으나 하루 종일 집 안에 있을 일도 없고 중국 음식이 입맛에도 맞지 않았기 때문에 직접 해 먹기로 하고 이불이며 식기구들까지 구했다.

식기구라 해서 복잡할 것도 없었다. 긴 겨울에 대비해 여러 가지 밑반찬을 준비하는 조선과 달리 중국 남방에는 겨울철에도 싸고 싱싱한 푸성귀가 풍부했다. 식량이 넉넉한 나라여서 가난하든 부자든 누구나 흰쌀밥을 먹었고, 동전 한 푼만 가지고 나가도 시장에서 국수를 사 먹을 수 있었다. 미역이나 김 같은 해산물은 사기 어려웠지만 배추에 소금과 고춧가루를 버무려 삭히면 김치 비슷한 맛도 났다.

위장이 필요할 때를 대비해 여자용 밝은 색 짱산을 한 벌

더 샀다. 만주의 운동가들은 조선인이 많기 때문에 조선 옷 그대로 살았지만, 중국 내륙으로 내려온 조선인들은 임시정부 계열이나 공산 계열이나 할 것 없이 짱산을 입고 다녔다. 한복은 버리지 않고 보관했다가 압록강을 넘어 국내 공작을 떠날 때나 입었다. 짱산은 색깔과 무늬도 다양하고 만들기도 쉬운 옷이라 돈 없는 사람은 싼 옷감을 사서 직접 만들어 입기도 했는데 김명시는 그런 일에 시간을 소모할 필요는 없었다. 코민테른으로부터 조봉암을 통해 월 50달러의 활동비를 지급받는 덕분이었다.

기본적인 활동비를 지급받는다는 것은 공산주의자들의 특권이었다. 당에서 운영하는 여러 단체의 간부 생활비뿐 아니라 사무실을 얻는 비용, 당원용 기관지와 대중용 전단지를 만드는 비용, 그것들을 조선으로 보내는 운송비까지 모두 미국 달러로 지급되니 세력이 커질 수밖에 없었다.

반면에 같은 상해에 있던 대한민국 임시정부는 어디서도 공식적인 자금 지원을 받지 못하고 있었다. 레닌이 살아 있을 때만 해도 상당한 재정 지원을 받았으나 김구를 중심으로 한 반공 민족주의자들이 장악하면서 소련의 지원도 끊기고 말았다. 중화민국도 초대 총통 손문은 임시정부를 적극 지원했으나 그가 사망한 뒤 권력을 승계한 장개석은 일본과의 마찰을 꺼려 자금 지원에 소극적이었다. 이에 임시정부는 무장 청년들을 국내로 보내 친일파나 대지주에게서 돈을 강탈하려 시도했으나 성공한 사례를 들어보지 못했다.

사정이 이렇다 보니 임시정부 각료라는 사람들도 하루 세 끼니 챙겨 먹기 어렵고 옷 한 벌, 구두 한 켤레 사 신기 어려웠다. 젊은이들은 전차 회사나 공장에라도 들어가 연명했지만 늙은이들은 딱한 신세였다. 이래저래 다들 떠나거나 일을 다니다 보니 김명시가 상해에 도착한 무렵에는 경무국장 김구 혼자서 임시정부를 지키고 있다는 말까지 돌았다. 김구조차도 구두가 없어 짚신이나 헝겊신을 신고서 끼니를 때우려고 이 집 저 집 돌아다닌다고 했다.

김명시는 먼저 소련공산당원에서 중국공산당원으로 당적부터 옮겼다. 그리고 중국어를 배우기 위해 조선인의 집에서 이틀에 한 번씩 열리는 야학에도 등록하고 '화어집성'이라는 두꺼운 중국어 사전도 샀다. 학교 선생인 중국인을 초빙해 배웠는데 학생은 열댓 명이었다. 조선인 수강생 중에는 연회장에라도 온 듯 하단이 엉덩이까지 내려가는 까만 연미복을 입은 부자도 있고, 갈아입을 옷도 없어 밤에 빨았다가 아직 축축한 옷을 입고 다니는 빈한한 청년도 있었다. 전차 회사에서 표를 파는 안경잡이 여자와 조선에서 막 건너와 여고생처럼 수수한 흰 저고리에 검정 치마를 입은 처녀도 구석에서 조용히 공부하다 갔다. 학생들은 저마다 열심이었으나 연미복의 신사는 수업 도중에도 담배를 피우고 잡담을 해대 미움을 받았다.

상해의 조선인 공산주의자들은 중국공산당 상해 한인 지부에 소속되어 있었다. 공개적인 간판을 붙일 수는 없었지만 모일 공간은 필요했다. 국민당의 탄압을 피해 이리저리 사무실을 옮겨다니며 출판공사나 유한회사 같은 간판을 번갈아 붙였다. 한인 지부에 소속된 당원은 마흔 명 정도밖에 되지 않았으나 이들은 제각기 공개적이고 합법적인 사회단체에 가입해 회원이나 간부를 맡고 있어 실제 영향력은 적지 않았다.

한인 지부의 공식적인 지도자는 홍남표 서기였다. 김명시보다 스무 살이 더 많은 중년으로, 조선일보 기자 출신이자 조선공산당 창립 당원이었다. 나이는 많아도 야무지고 매서운 표정에 아주 엄격한 원칙주의자로 소문난 인물이었다. 혁명의 열정에 사로잡혀 있던 김명시와는 뜻이 잘 맞았다.

홍남표는 우선 김명시에게 가명으로 신분증을 하나 만들게 한 뒤, 선전부장을 맡겼다. 조선인 남녀들에게 비밀리에 사회주의 학습을 시키는 일이었다. 사실 직책명은 그리 중요하지 않았다. 간부들은 조직, 선전, 선동을 모두 소화해야 했다. 김명시는 선전부장부터 조직부장, 부녀부장, 갑 조 조장을 돌아가며 맡았으나 활동 내용은 큰 차이가 없었다.

실무 간사인 조봉암은 책에 나오는 이론에 맞춰 세상을 재단하는 학구파 교조주의자들과는 달랐다. 러시아혁명사의 경험에 얽매이지 않고 민족주의자나 자유주의자들과도 유연하게 타협하는 사람이었다. 원칙을 강조하는 홍남표와 가끔은 충돌하기도 했지만, 홍남표도 조봉암의 조직력과 대인 관계가 아니면 한인 지부는 대중 기반을 잃고 만다는 점을 잘 알고 있기에 서로 신뢰하고 존중했다. 조봉암이라는 인간 자체가 어느 누구에게도 미움을 받을 수가 없는 그런 사람이기도 했다.

상해에는 유력한 여성 단체로 대한부인회가 있었다. 주로 이화여전 출신의 부잣집 여자들이 회원이었다. 민족해방을 위한 직접적인 투쟁에 나설 의지도 없는 유한 여성들인 데다 반공 의식까지 강했다. 한인 지부 부녀부장을 맡은 김명시는 대한부인회에 맞서 새로운 여성 단체를 만들자고 주장했다. 홍남표까지 셋이 있는 자리에서 제안을 하니 조봉암은 약간의 우려를 표했다.

"상해에 와 있는 조선인 숫자를 다 합쳐봐야 2천 명이 안 될 건데 또 다른 부녀회를 만들어서 과연 힘을 발휘할 수 있을까요? 우리 편 여성들을 대한부인회에 가입시켜 주도권을 전취하는 프락션 작업은 어떻겠습니까?"

원칙주의자 홍남표는 김명시의 의견에 동의했다.

"대한부인회는 우리에게 적대적일 뿐 아니라 임시정부 활동에도 별 도움을 주지 않는 부르주아 여성 단체에 불과하네. 흙탕물에 새 물을 부은들 맑아질 리가 없잖나?"

조봉암은 작은 일에 연연하지 않는 성격이었다. 한두 마디 더 자기 의견을 냈으나 두 사람이 별도의 부녀 조직을 고집하자 흔쾌히 따랐다.

"좋습니다. 동지들의 의견이 그렇다면 따르겠습니다."

매사가 그런 식이었다. 사소한 일에 무심한 시원스러운 성

격에 사람을 의심할 줄 모르는 게 단점이라면 단점인 조봉
암은 누구하고나 함께 일하기 편한 사람이었다.

새 부녀 단체는 순조롭게 조직되었다. 조선인들은 끊임없
이 압록강을 넘어 중국 땅으로 들어오고 있었다. 대다수가
만주에 머물렀으나 점점 많은 사람이 북경을 거쳐 상해까지
흘러 내려왔다. 프랑스 조계지에 들어온 2천여 명은 적다면
적지만 많다면 많은 숫자였다. 유학 온 여학생 등 젊은 여자
들을 하나둘씩 포섭해나갔다. 임시정부 인사들은 대개 반공
보수파였지만, 그 자녀들은 사회주의에 호의적인 이가 많았
다. 그들의 아내들도 하나둘씩 조직해나갔다. 부녀 조직뿐
아니라 이런저런 일로 바쁘게 돌아다니는 사이, 시간은 금
방 흘러 어느새 반년이 지나가버렸다.

조봉암은 용건이 있든 없든 한 달에 한두 번은 꼭 김명시
를 데리고 여운형의 집을 방문했다. 여운형은 조봉암보다도
앞서 공산주의를 배운 조선 공산주의자 1세대로, 조선인 최
초로 「공산당 선언」을 번역한 사람이었다. 경기도 양평의 대
지주집 아들인 데다 수완도 좋은 그는 이층집 전체를 독채
로 빌려 살고 있었는데 홍남표도 그 집에 얹혀살았다. 이번
에 여운형을 방문한 이유는 새로운 부녀회의 창립식을 알리
고 참석해달라고 요청하기 위해서였다.

여운형의 집은 컸지만 살림하는 가정 같지가 않았다. 응접
실 가운데 탁자와 의자만 놓였을 뿐, 장식물이라곤 벽에 걸
린 커다란 조선 지도 한 장뿐이었다. 먼저 홍남표가 내려왔

기에 조봉암과 셋이 잡담을 나누고 있으려니 한참 뒤에야 승마복에 가죽 장화를 신은 건장한 조선인 청년이 문을 열고 들어왔다. 여러 차례 백색테러 위협을 당해온 여운형을 지키기 위한 경호원이었다. 청년의 등 뒤 허리춤에 권총이 꽂혀 있는 게 얼핏 눈에 띄었다. 총구가 길어 '학의 다리'라 불리던 벨기에제 브라우닝 권총이었다.

청년이 방 안에 세 사람밖에 없음을 확인하고 나간 뒤 곧 40대 초반의 신사가 들어왔다. 웬만한 서양인보다도 큰 키에 운동선수처럼 떡 벌어진 가슴이 우람한 여운형이었다. 가로로 길게 찢어진 큰 눈에 코밑에는 초승달처럼 말아 올린 카이저수염을 길렀다. 영국식 격자무늬 바지에 스웨터도 양모인 듯 고급스러워 보였다. 머리칼은 반백이었고 이마에는 주름살이 굽이치고 있었다.

"김명시 동지! 자주 보는구려?"

여운형은 웃는 얼굴로 손을 내밀었다. 조봉암의 손보다도 크고 넓적해 바싹 마르고 가냘픈 김명시의 손은 한 줌에 쏙 들어가버렸다. 그는 바쁜 몸이었지만 여성 단체 결성식에 참석해달라고 말하니 흔쾌히 승낙하고는 말했다.

"내 생각이오만, 결성식에 임시정부 쪽 부인네들을 초대하는 게 어떻겠소?"

여운형은 품이 넓은 사람이었다. 공산주의자, 민족주의자 할 것 없이 조선의 해방을 위해 싸운다면 누구나 반겨 맞아 재워주고 먹여주고, 적으나마 차비까지 주는 사람이었다. 공산당 책임자 홍남표와 살면서도 임시정부의 후원단장도 맡는 식이었다. 러시아혁명 직후 모스크바에 가서 레닌과 트로츠키를 만나 조선의 독립운동을 지원해달라고 요청해 거액을 받은 적도 있고, 정반대 입장인 장개석으로부터도 상당한 지원을 받아내기도 한 탁월한 협상가였다.

"대한부인회 말인가요? 앞으로 두 부녀 단체 사이에 사상투쟁이 치열하게 벌어질 텐데 굳이 부를 필요가 있나요?"

김명시의 반대에 여운형은 수염을 만지작거리며 말했다.

"장차 조선이 자유로운 민주주의 국가가 되려면 서로 다른 이념과 주장들을 용인하고 평화적인 선거를 통해 인민의 선택을 받는 문화가 되어야 합니다. 이러한 정신으로 민족유일당 운동을 시작한 게 아니겠소? 자기 생각만이 옳다는 편협함을 버리고 다른 사람들의 견해도 들어보고 서로 뜻을 모으는 게 필요하오."

언제나 김명시 편을 드는 이는 원칙주의자 홍남표였다.

"우리 쪽에서는 어떻게든 힘을 합쳐 제국주의와 투쟁하자고 제안을 하는데 그쪽에서 받아들이질 않으니 어쩌겠습니까?"

여운형은 고개를 저었다.

"민족진영에서는 정반대로 이야기하던데? 공산주의자들이 주도권 장악에만 목적을 갖고 있다고 말이오. 엊그제 만난 모 인사는 내게 공산주의자들의 궁극적인 목적은 자기 같은 부르주아를 타도하려는 거라고, 좌우합작은 일시적인 연극에 불과하다면서 극심한 불신을 보이더구먼요."

흥분을 잘하는 홍남표는 금방 격앙되어 말했다.

"지금 중국 곳곳에서 공산주의자들을 살해하는 게 누군데 그런 소리를 하는 겁니까?"

여운형은 손을 저었다.

"이런 사태를 막기 위해서라도 더욱 서로 만날 필요가 있는 것 아니겠소? 갈라서야 할 이유를 만들자면 얼마든지 있듯이, 합칠 이유도 만들자면 얼마든지 있는 거요."

이때, 한 청년이 씩씩한 걸음걸이로 응접실에 들어섰다. 크지 않은 키에 날렵한 몸매를 가진 20대 초반이었다. 길다고는 할 수 없지만 광대뼈가 거의 나오지 않아 갸름하니 마른 얼굴이었다. 눈은 작고 매서운 데다 날카롭게 솟은 작은 코와 얇은 입술도 야무져 보였다. 여운형이 악수를 청하며 반겼다.

"김무정 군이 아침부터 웬일인가?"

"그냥 안부 인사차 들렀습니다."

차례로 인사를 하던 김무정은 김명시를 보고 눈썹을 치켜올리며 반가워했다.

"명시 동지도 왔네? 어쩐 일로?"

"나도 그냥 안부 인사차 왔죠."

김무정은 김명시보다 세 살 많았다. 함경도 경성 출신으로, 중앙고보를 다니다가 동맹휴학을 주동해 퇴학당하자 중국으로 건너와 보정군관학교 포병과를 졸업했다. 국민당 군대에서 우수한 포병 장교로 근무하면서 공산주의자가 되었는데, 장개석이 반공 쿠데타를 일으키자 이에 맞서 싸우다가 수배된 처지였다.

김무정은 도무지 겁이 없는 사람이었다. 수배 중임에도 대범하게 상해를 누비며 한인 지부 조직 사업을 해왔는데, 김명시와는 의기가 잘 맞아 금방 절친해졌다. 하지만 성격이 너무 괄괄해서 문제였다. 며칠 전에도 사건이 있었다. 상해의 한 소학교 운동장에서 열린 조선인 체육대회에서였다. 어른 아이 할 것 없이 2백 명 넘게 모인 흥겨운 자리였다. 그런데 사회자가 참석한 조선인 지도자들을 소개할 때 문제가 생겼다. 임시정부 인사들을 소개할 때는 조용했는데 여운형이 오르자 뒤에 서 있던 청년 몇이 야유를 퍼부었다.

"공산주의자는 물러가라!"

"공산당은 소련에 나라를 팔아먹는 놈들이다!"

앞줄에 앉아 있던 김명시가 돌아보니 두세 명이 떠들 뿐, 다른 사람들은 무시하고 있었다. 김명시도 무시하고 연단으로 고개를 돌리는데 갑자기 비명과 고함 소리가 난무했다. 놀라 일어나 보니 김무정이 물푸레나무 몽둥이로 청년들을 두들기며 욕을 퍼붓고 있었다. 청년들이 달아나자 그 뒤를 쫓아다니며 소리쳐댔다.

"친일파 밀정 놈들아! 가서 왜놈들 똥구멍이나 빨아 먹어라, 이 더러운 놈들아! 누구든 참된 애국자를 욕하는 놈은 내 손에 다리몽둥이가 부러질 줄 알아!"

고함을 쳐대는데 아무도 말리지 못했다. 서둘러 김명시가 달려가 김무정의 손을 잡아끌었다. 자존심 강한 사람이라 사람들 앞에서 야단을 칠 수도 없어 교문 밖으로 끌어낸 뒤 질책했다.

"잡혀가려고 작정을 했어요? 수배된 사람이 공개 집회에 온 것도 큰일인데 사람을 때려요? 저 사람들 욕하는 거 처음 들어요?"

김무정의 음성에는 방금 전까지의 사나운 기세가 순식간에 사라지고 없었다.

"아, 내가 바보인 줄 아시오? 다시는 덤비지 못하도록 일부러 성난 체해 보인 것뿐이오. 나 화 안 났소."

김명시는 참지 못하고 웃음을 터뜨렸다. 군인 중에도 제일 머리가 좋다는 포병 장교인 그가 바보일 리는 없었다.

"기가 막혀서! 이래서 남자들은 미완성이라니까?"

김무정도 웃으며 대꾸했다.

"당신들 여자들이 낳았으니 미완성일 수밖에."

여운형의 집에서도 이 사건이 화제에 올랐다. 여운형이 먼저 나무랐다.

"김무정이 자네 이번에도 큰 실수를 했네. 물푸레나무 몽둥이 사건 때문에 내가 한두 사람에게 항의를 듣는 게 아냐. 나는 사람들로부터 빨갱이 소리를 듣든 흰둥이 소리를 듣든 신경도 안 쓰네. 그런데 자네가 설치는 바람에 공산당이 비난의 표적이 되고 말았어. 그렇지 않아도 좌우합작이 쉽지 않은데 자네 같은 성급한 열혈 공산당원들 때문에 골치야."

조봉암도 야단을 쳤다.

"이 친구야! 경찰에 쫓기는 사람이 수틀릴 때마다 주먹을 휘두르면 되겠어? 자네는 조급하고 폭력적이어서 탈이야."

김무정은 굽히지 않았다.

"저도 투쟁하는 민족주의자들은 존중합니다. 그러나 말로만 항일을 한답시고 실은 반공운동에만 열을 올리는 얼치기 민족주의자들과는 타협이 불가합니다. 그런 놈들은 부드럽게 대해봐야 우리를 우습게 여길 뿐이죠."

"안 그래도 자네를 우습게 보는 사람 아무도 없네그려."

여운형의 농담에 가벼운 웃음이 일었다. 그때, 밖에서 망을 보던 수행원이 황급히 들어왔다. 손에는 브라우닝 권총을 빼어 들고 있었다.

"선생님, 수상한 두 놈이 골목에서 얼쩡대고 있습니다. 어쩔까요?"

익숙한 일이라 긴장하는 사람은 없었다. 여운형이 웃음도 거두지 않은 채 여유 있게 물었다.

"일본인 같아 보이던가?"

"조선인 밀정 같습니다. 경찰이 곧 들이닥칠지도 모르겠습니다."

프랑스 조계지에서는 일본 영사관 경찰도 경찰 활동을 할 수 있었다. 다만 체포한 수배자를 데리고 나가려면 프랑스 경찰의 승인이 필요했다. 프랑스는 대한민국 임시정부를 승인한 유일한 강대국으로, 초기에는 자국의 조계지로 피신해온 조선의 독립운동가들에게 우호적이었다. 그러나 점차 일본의 압력에 밀려 일본 경찰 편을 들고 있었다.

김무정은 벌떡 자리에서 일어나더니 안쪽 가슴에 차고 있던 권총을 두드려 보였다.

"걱정 마십시오. 제가 있잖습니까?"

여운형이 그의 손을 잡아 자리에 앉혔다.

"쓸데없는 짓 말게. 나하고 홍남표 군이 먼저 나가 유인할 테니 젊은 동지들은 상황 봐서 빠져나가도록 하게."

여운형과 홍남표가 앞장서서 집을 나간 뒤 조봉암이 뒤따랐다. 그 뒤로 김무정과 김명시가 부부처럼 나란히 여운형의 집을 빠져나왔다. 밀정들은 여운형 일행을 뒤따라간 듯 보이지 않았다. 유럽식 우아한 빌딩들이 늘어선 영마대로에 들어섰을 때, 김무정이 말했다.

"명시 동무, 실은 여운형 선생과 선배님들께 작별 인사를 하러 갔던 거요."

"왜요? 어디로 가세요?"

김무정은 손을 내밀어 악수를 청하며 답했다.

"광동성. 그 밖에는 극비니 묻지 마시오."

퍽 아쉬웠지만 자기 자신도 언제 명령을 받아 상해를 떠날지 알 수 없는 일이었다.

"혹시 광주에 가시면 중산대학에 다니는 저희 오빠에게 안부 좀 전해주세요. 이름이 김형선이에요."

"알았소. 살아서 다시 만나길!"

김무정은 장난처럼 말하고는 인파 속으로 사라져갔다. 김명시는 어깨를 쭉 펴고 당당한 걸음걸이로 사라지는 그의 뒷모습을 한참이나 바라보았다.

두 달 뒤, 주은래를 책임자로 엽검영과 팽덕회가 이끄는 국민혁명군이 광동성 무창에서 공산주의 무장봉기를 일으켰다가 실패했다는 소식이 들려왔다. 김무정은 이 봉기에 국민혁명군으로 참가하기 위해 광동에 간 것이었다.

다시 며칠 뒤에는 국민혁명군 잔여 세력이 광동성의 수도 광주로 진군해 12월 10일 광주 코뮌을 세우는 데 성공했다는 소식이 접수되었다. 광주에 있는 황포군관학교의 조선인 청년들도 시가전에 참가했으나 광주 코뮌은 장개석 군대와 지방 군벌의 연합군에게 사흘 만에 무너지고, 조선인 학생 2백여 명은 끝까지 도심지에 남아 싸우다가 대부분 전사했다는 소식이 잇달았다.

생존자의 정확한 명단은 알 수 없었다. 무창 봉기와 광주 코뮌을 이끌었던 중국공산당 지도부는 무사하다는 소식만 들려왔다. 김명시는 오빠가 어떻게 되었는지 걱정이 되어 미칠 지경이었다. 중국공산당 간부로 전투를 이끌었을 김무정의 생사도 궁금했다.

광주 코뮌이 무너지고 열흘쯤 지난 12월 하순이었다. 전차 회사의 조선인 여직원들로 구성된 야체이카를 대상으로 강의를 마치고 밤늦게 부녀회 사무실을 나온 김명시는 골목에 접어들면서부터 그림자 하나가 뒤따르는 걸 느꼈다. 그림자로 보아 짱산을 입은 듯한데 한쪽 다리를 절고 있었다. 경찰이나 밀정이라면 굳이 골목까지 따라 들어올 필요 없이 아무 데서나 체포하면 그만이었다.

'혹시 형선 오빠가 아닐까?'

가슴이 뛰었다. 일단 현관으로 들어가 문 뒤에 섰다. 그림자는 곧바로 따라 들어왔다.

"형선 오빠?"

속삭여 묻는데 그림자는 대답 대신 희미한 전등 불빛 안으로 들어섰다. 한 남자가 이를 드러내며 웃고 있었다. 오빠만큼이나 그리웠던 얼굴이었다. 상해에 나타나리라고는 상상도 못 했던 그가 눈을 들여다보며 소리 없이 웃고 있었다. 권오채였다.

"아!"

김명시는 낮게 비명을 지르며 그의 손을 잡았다. 권오채는 현관부터 닫았다. 정신을 차린 김명시는 얼른 그를 자기 방으로 이끌었다. 그는 확실히 다리를 절고 있었다.

"언제 왔어요? 다리는 왜 이래요? 내 방은 어떻게 찾았고요?"

권오채는 방에 들어오자마자 나무 침상에 쓰러져버렸다. 누운 채 올려다보는 얼굴은 핼쑥했고 햇볕에 타 새까맸다. 불편해하는 발을 만져보자 몸을 비틀며 신음 소리를 냈다.

"국민당 놈들 총에 맞았어. 광주에서."

"광주 코뮌에 참가했단 말이에요? 대체 언제 광주에 간 거예요?"

"명시가 모스크바를 떠나고 석 달도 안 되어 광주로 배치받았어. 봉기가 일어날 줄은 모르고 갔던 거지."

"김조이 언니와 고명자 언니는요?"

"아직 카우트브에 남아서 공부하고 있어."

가장 궁금한 것은 오빠 소식이었다.

"광주에서 형선 오빠를 봤어요? 오빠는 무사한가요?"

"김형선 동무는 무사해. 장지락, 오성윤, 최용건, 김성숙도 살아서 광주를 빠져나갔다는 소식을 들었어. 하지만 황포군관학교 특무 대대의 조선인 학생은 거의 몰살됐지. 150여 명이나. 다른 혁명가 수십 명도 죽고. 내 눈앞에서만 스무 명이 넘게 죽었어."

말하느라 지친 권오채는 다시 양손을 내밀어 그녀의 얼굴을 어루만지며 힘없이 웃었다.

"다시는 명시를 못 보는 줄 알았어."

김명시는 다리를 건드리지 않도록 조심스레 상체를 기울여 그의 귓불에 입술을 대고 속삭였다.

"그럴 리가요! 나는 매일 꿈속에서 당신을 보았는걸요. 낮에도 보고 밤에도 보고. 당신은 항상 내 옆에 있었어요. 나를 떠난 적이 없어요."

권오채는 아무런 응답이 없었다. 고개를 들어보니 이미 잠들어 있었다. 김명시는 아픈 다리를 건드릴까 봐 손도 대지 않고 그대로 자도록 내버려두었다. 흥분으로 잠을 못 이룬 김명시가 새벽 시장에 나가 돼지고기와 배추를 사서 볶아놓고 계란탕을 해놓았으나 깨지 않았다. 내버려두고 사무실에 나갔다가 점심시간에 빵과 만두를 사가지고 돌아오니 여전히 자고 있었다. 그래도 언제 일어났었는지 밥그릇은 텅 비어 있었다. 인기척 소리에 잠이 깬 권오채는 비로소 일어나 뜨거운 빵과 만두를 여러 개나 먹고 나서 광주 코뮌에 대해 이야기해주었다.

"광주를 탈환한 국민당 군대는 봉기에 가담했던 7천 명을 학살했어. 놈들은 포로로 잡은 혁명가들을 뒤로 묶은 채 배에 태워 주강에 던져버렸지. 수많은 사람이 헤엄쳐 나오지도 못한 채 그대로 수장되고 말았어. 거리마다 폭동 가담자들을 줄지어 세워놓고 총살시켰어. 내 눈으로 본 사람만도 수백 명이야. 우리는 어떻게든 숨어야만 했어. 무기를 버리고 변장을 한 채 며칠간 숨어 다니다 보니 수중에는 돈 한 푼 남지 않았지. 돈을 꿀 사람도 없고 은신처를 마련해줄 사람도 없었어. 갖고 있던 시계와 만년필까지 다 팔아서 경계가 허술해진 틈을 타 도망쳐 나온 거야. 거의 일주일을 쓰레기통을 뒤지거나 물만 먹고 버텼어. 상해에 도착하니 살 것 같더군."

여유를 찾은 권오채의 이야기는 끝도 없었다. 도주하기 위해 입고 있던 새 옷을 걸인에게 주고 넝마를 받아 걸치니 걸어가는 길바닥에 하얀 이가 빵 부스러기처럼 떨어지더라는 이야기며 몰래 석탄 화차를 타고 온 이야기, 상해에 와서도 경찰의 검문을 피해 조봉암을 찾기까지 거지 소굴에서 잠잤다는 이야기를 해주었다. 김명시는 흥미로운 모험담을 듣느라 오후에는 사무실에도 나가지 않았다.

권오채는 총상이 회복되어 새로운 명령을 받을 때까지 한동안 상해에 머물렀다. 그사이 형선 오빠의 소식도 들을 수 있었다. 강서성 법랍구의 중국공산당 한인 지부 책임자로 배속되어 떠났다는 소식이었다.

팽덕회 부대의 장교로 무창 봉기에 참가했던 김무정은 광주에 들어가지 않고 지도부와 함께 피신해 무사히 살아났다. 그는 얼마 후 상해로 돌아와 김명시와 함께 한인 지부 간부로 일하게 되었다.

김형선의 편지가 도착한 것은 얼마 지나지 않아서였다. 강서구에 연락원으로 파견 갔던 당원을 통해 전해온 편지에는 평소 쓰던 오빠의 말투가 고스란히 담겨 있었다.

비록 이번 봉기는 실패했지만 끝내는 중국과 조선 모두 공산주의 국가가 될 것이다. 지금 적들은 무적의 세력을 자랑하지만 끝내는 꺾일 날이 온다. 산속의 조그만 샘물은 하찮아 보이지만 아래로 흘러내리는 동안 다른 샘들과 합쳐져 개울이 되고 강이 되고 바다가 된다. 강물은 결코 바다를 포기하지 않는다. 샘 줄기일 때는 낙엽 한 장을 흘려보낼 힘도 없지만 강이 되고 바다가 되면 기선도 띄우고 군함도 띄울 수 있게 되는 것이다. 지금의 우리는 하찮은 작은 샘에 불과하지만 우리와 같은 수많은 샘들이 만나서 뭉치다 보면 개울이 되고 강이 되는 것이다. 적들이 우리를 잡아 가두고 죽이지만 그것은 마치 샘을 없애보려는 것처럼 쓸데없는 일일 뿐이다. 샘을 막으면 땅속으로라도 물이 흐르고, 아니면 수증기가 되어 하늘에 올라가 비가 되어 떨어진다. 아무리 적들이 지독하더라도, 우리에게서 모든 것을 다 빼앗아가도, 우리 마음에서 혁명 의식을 강탈할 수는 없다. 우리의 혁명 전선은 투사들의 피에 젖어 있다. 우리도 언젠가는 붙잡혀 죽임을 당하는 날이 오겠지. 우리에게는 포기하느냐 죽느냐, 두 길뿐이다. 그렇다면 우리의 선택은 하나뿐이다. 명예롭게 죽는 것이다.

오빠의 편지를 받을 무렵 권오채는 다리가 많이 나아져서 산책을 할 수 있게 되었다. 두 사람은 상해에서의 첫겨울을 함께 지냈다.

모스크바에서 그랬던 것처럼, 두 사람은 밤새워 떠들어도 여전히 할 말이 남아 있었다. 말을 나누기 전에는 서로 생각이 달랐더라도, 한 사람이 먼저 자기 의견을 내놓으면 상대방이 바로 받아들여 말싸움이 되지를 않았다. 그는 여전히 혁명운동에 관한 이야기를 제일 좋아했지만, 시간이 가면서 조선에서의 어렸을 때 이야기, 경성에서의 학창 시절, 읽었던 책들에 대한 감상까지 기억의 샘은 마르지 않았다.

중국 남방에는 조선과 같은 겨울이 없었다. 10월이 되어도 아침에나 조금 선선할까, 낮에는 여전히 섭씨 20도가 넘

었다. 낙엽이나 단풍도 없이 나뭇잎들은 늘 푸르렀다. 그래
도 무더위는 가시고 습도가 낮아져 쾌적했다. 눈 한번 오지
않는 겨울이라도 늦은 오후면 조선의 해빙기 같은 쌀쌀한
바람이 불었다. 유역은 넓지만 물은 거의 없어 수풀과 모래
사장 사이로 굽이쳐 흐르는 한강이나 낙동강과 달리, 황포
강은 역류하는 바닷물까지 받아들여 깊고도 넓은 물이 시내
깊숙이 들어와 있었다. 이 물길을 따라 거대한 기선과 군함
들이 올라왔다. 바람은 남쪽 바다의 습기를 머금어 차가우
면서도 부드러운 묘한 느낌이었다. 이 온습한 바람을 맞으
며 동양인 서양인 할 것 없이 수많은 남녀들이 황포강 변을
산책했다.

　공산대학 시절 조용암이 말했듯이, 온 세계가 전쟁의 소용
돌이에 휩쓸려 들어가고 있었지만 황포강 변은 연애의 천국
이었다. 아침저녁으로 황포강 변을 걷는 일은 더없이 즐거
웠다. 부두에 정박한 호화 여객선의 화려한 등불이 검은 물
위에 반영되어 무지갯빛으로 흔들거리는 장면은 환상적이
었다. 닻을 내린 외국 군함에서 들리는 절도 있는 군악대의
연주 소리와 갈매기들의 끼룩대는 소리를 듣거나, 술 취한
외국인 병사들의 팔에 매달려 알아듣지도 못할 중국어를 재
잘거리며 지나가는 여자들을 보고 있노라면 혁명의 한복판
에 와 있다는 사실까지 잊었다.

　법국 공원이라 불리던 프랑스 공원에도 가끔 갔다. 입구에
'개와 중국인은 들어오지 말라'는 간판이 붙어 있었는데 일

본어나 조선어로 말하면 들여보내주었다.

프랑스 공원은 1월이 되어도 여전히 무성한 나무숲을 이루고 있어 늦은 오후가 되면 기울어가는 햇살이 부챗살처럼 퍼져 연못에 노란 빛방울을 뿌렸다. 밤이 찾아와 해무가 공원을 감싸면 희미한 가로등 불이 켜지고, 쌍쌍이 거닐던 남녀들은 하나둘씩 숲속으로 사라져버렸다. 가로등 아래 나무 의자에 앉아 있노라면 간드러지는 웃음소리나 나직한 속삭임이 침침한 숲속에서 새어나왔다. 어둠이 좀 더 깊어지면 연못 속의 금붕어들이 물 위에 뿌려진 먹이를 채가는 듯한 '쪽! 쪽!' 소리로 바뀌고, 간간이 여자의 숨죽인 신음 소리도 들려왔다. 두 사람은 심각한 이야기를 나누다가도 어디선가 교성이 들리면 말없이 킥킥대고 웃었다.

시원한 겨울이 지나고 봄기운이 돌면서 상해의 거리는 활기를 되찾았다. 아침저녁으로 불어오는 바닷바람에도 쌀쌀한 기운은 사라지고, 조화 장사들이 종을 울리고 다니면 중국인 아이들이 졸졸 따라다니며 종달새처럼 재잘거렸다. 움터 오르는 양수포의 버들가지들은 잔잔한 물결 위에 녹색과 회색의 수채화를 드리우고, 용화사의 오래된 탑 위에서 아침저녁으로 울리는 종소리는 한결 경쾌하게 울려 퍼졌다. 황포강 공원은 여기저기 피어난 봄꽃들과 여자들의 화사한 옷들로 긴 밤에서 깨어난 아침처럼 상쾌해졌다.

권오채는 봄빛 흩날리는 황포강 변을 걸을 때면 상해 폭동을 기리는 중국 혁명 가요를 불러주곤 했다. 김명시도 열심히 중국어를 배워 거의 알아들을 수 있었다.

> 하늘도 땅도 두렵지 않네
> 쇠사슬 아래 핏방울을 뿌려도 상관없다네
> 죽음을 각오하고 황제를 말에서 끌어내리네
> 살인은 머리가 땅에 떨어지는 것뿐이고
> 잘린 머리는 깨진 그릇 조각일 뿐이네
> 고문 의자, 교수대, 우리는 쇠사슬을 부순다네
> 하수구의 돌멩이는 뒤집어야 하네
> 뼈가 부서져도 무기를 놓지 않으리
> 승리하는 그날까지

김명시는 그의 노래를 듣는 게 좋아서 몇 번이고 다시 불러달라고 했다. 나중에는 자신도 함께 부를 수 있게 되었다. 뼈가 부서질 때까지 무기를 놓지 않으리라는 구절이 가장 좋았다. 뼈가 부서져도 동지들과의 맹세를 지키리라. 때로는 운동 현실이 실망스럽고 회의가 들지라도, 나와 동지들에게 아무리 슬픈 일이 벌어지더라도 포기하지 않으리라는 자기 자신과의 약속이었다. 또한 권오채와의 약속이었다.

권오채는 그 봄이 가기 전에 국내로 잠입하라는 명령을 받아 떠났다. 그의 임무는 조선의 핵심부인 경인 지역에 공장노동자 조직을 건설하라는 것이었다. 두 번째 이별이자 영원한 이별이었다.

7. 대륙의 유랑민

1930년 3월, 압록강 하구는 하품이라도 하듯 커다란 입을 벌린 채 잔잔한 물결을 먼바다 쪽으로 토해내고 있었다. 압록강을 경계로 남으로는 조선 땅 신의주, 북으로는 중국 땅 안동이었다.

선착장에는 세 척의 돛단배가 승선을 기다리고 있었다. 안동을 출발해 압록강을 거슬러 만주 깊숙이 올라가는 목선이었다. 한 배에 스무 명 정도가 탔는데 대부분이 만주로 이민가는 조선인 농부 가족들이었다. 젊은 부부도 있고, 노인부터 갓난아이까지 대가족을 이룬 일행도 있었다. 몇몇 가족은 한 고향에서 집단으로 떠나온 사이 같았는데, 어느 가족이나 두꺼운 솜이불과 솥단지에 쌀, 김치, 고추장, 된장이며 소금을 잔뜩 뿌린 갈치 같은 밑반찬까지 짊어져 사람이 반, 짐이 반이었다.

홍남표와 김명시는 상해를 떠나면서 중국 옷을 벗고 평범한 조선인 이민자처럼 흰옷을 입었다. 네모난 가죽 가방 속에는 위장이 필요할 때를 대비해 짱산 한 벌씩 들어 있었다.

장거리 여행을 위해 밥을 해 먹을 수 있는 기본적인 식기구
는 따로 챙겼다. 나이 차이가 많아 부녀지간으로 위장하려
했으나 홍남표는 경기도 출신이고 김명시는 경상도 출신이
라 말투가 달랐기 때문에 작은 부인이라 답하기로 했다.

　바람에 돛을 맡긴 원시적인 목선을 타고 수백 킬로미터
물살을 거슬러 오르는데 얼마나 걸릴지 알 수 없는 하염없
는 여정이었다. 배에는 갑판 한쪽에 화덕까지 갖춘 방이 두
개 있었는데, 굴뚝이 하나씩 달려 있었다. 큰 방은 승객용이
었고, 작은 방은 중국인 뱃사공 부부가 기거했는데 들여다
보기도 싫을 정도로 너저분했다. 승객들에게 팔려고 소금에
절이거나 말린 생선이며 곤쟁이젓갈 같은 반찬거리까지 쌓
아놓아 냄새마저 고약했다.

　중국 사공들 사이에 신호가 오간 끝에 닻을 올린 세 척의
목선이 나란히 포구를 빠져나가기 시작했다.

　두 사람이 만주에 가게 된 사유는 조선공산당 만주총국을
해체하기 위해서였다. 1928년 12월, 코민테른은 조선공산당
에 해산령을 내렸다. 조선공산당 집행부가 네 차례나 대대
적으로 체포된 것은 당이 지식인들로 이루어져 대중적인 기
반이 취약한 탓이니 노동자 농민 조직에서부터 다시 시작하
라는 명령이었다. 미국이 경제공황에 빠지자 사회주의의 승
리에 자신을 얻은 코민테른이 급진 좌경으로 선회해 계급투
쟁을 강조한 결과였다.

　코민테른의 결정이 상해에 전해졌을 때 누구보다도 반발

한 이는 조봉암이었다. 조봉암은 조선공산당 결성을 총지휘한 책임자이자 홀로 만주로 건너가 만주총국을 조직한 당사자였다. 그는 여운형의 집을 방문한 자리에서 울분을 토했다.

"우리가 국제공산당에 의지해온 이유는 조선의 독립운동을 지원해주기 때문입니다. 그런데 우리가 우리 당을 만드는 것조차 허가를 맡아야 하고, 또 일방적으로 해산시킨다면 이것을 어찌 우리 민족의 독립을 돕는 일이라고 할 수 있습니까? 이런 식으로 가다가는 나중에 일본이 물러난다 해도 소련의 지시만 따라야 할 것 아닙니까? 그것이 어찌 진정한 독립이라고 할 수 있겠습니까?"

홍남표도 당의 해산을 반기는 것은 아니었으나 원칙주의자인 만큼 침통한 표정으로 말했다.

"정확히 말하자면 해산령이 아니라 재조직 명령 아닌가? 대중적 기반을 쌓아 밑에서부터 다시 조직하라는 말을 민족주의적인 감정으로 반발하면 되겠나?"

조봉암은 그러나 분노를 억제하지 못했다.

"조선공산당이 네 차례나 검거된 것은 비좁은 조선 땅에 20만이나 되는 관헌이 깔려 있기 때문이지, 우리의 투지가 약해서 그런 게 결코 아닙니다. 노동자 당원의 비율이 적다고 해산시키다니, 이런 좌익 소아병적인 지령이 어디 있단 말입니까? 이런 식이라면 해방 후 조선에 사회주의 정부가 세워진다면 수상도 장관도 소련에서 마음대로 결정하지 않겠습니까?"

조봉암의 항변에 여운형도 공감을 표했다. 그 역시 코민테른의 결정에 실망을 감추지 않았다.

"조봉암 군의 말에 나도 동감이오. 국내 조직은 깨졌다 해도 만주총국과 일본총국은 튼튼한 것으로 알고 있어요. 그런데 멀쩡한 두 총국까지 해산시키라니 이는 심히 부당한 조치 같소이다."

조선공산당 해체 사건은 공산주의 운동 1세대라 불리던 여운형과 조봉암을 공산당에서 멀어지게 만든 계기 중 하나가 되었다.

만주총국 당원들도 코민테른의 해산령에 강력히 반발했다. 만주총국은 해산령이 떨어진 지 1년이 넘도록 그대로 조직을 유지했는데, 이를 해산시키라는 임무가 홍남표와 김명시에게 떨어진 것이었다.

돛단배가 출발하면서 차가운 해무가 얼굴을 발갛게 물들였다. 김명시는 갑판 난간에 기대앉아 편지를 열었다. 국내로 잠입한 권오채에게서 온 처음이자 마지막 편지였다. 상해에서 사용해온 여러 가명 중 하나인 김희원 앞으로 되어 있었다.

희원! 지금 그대가 내 옆에 있다면 열 번이고 스무 번이고 그 이름만 불러보고 싶소. 다른 아무 말도 필요 없이 오직 그대의 귀에 대고 속삭이고 싶소, 희원! 떠돌이 장사치로 조선 팔도를 누비는 내겐 다리 밑 돌밭이 잠자리요, 돌베개가 벗이라오. 때로는 광부들의 토굴에서, 어떤 겨울날은 쌓인 눈 속에 구멍을 뚫고 들어가 잠자는 내 몸은 언제나 차갑게 식어 있다오. 숨 막히게 무더웠던 황포강 공원의 날들이 그립소. 남방 정원의 꽃향기처럼 향기롭던 그대의 숨결을 다시 마실 수만 있다면 차가운 내 몸은 온기로 가득해질 거요. 언젠가 올 그날을 기다리며 오늘도 나는 산을 넘고 들을 지나 그리운 벗들을 찾아다닌다오.

연인 사이의 애틋한 연애편지처럼 썼지만, 아무것도 보이지 않는 뒷면에 소독약 옥도정기를 바르면 글씨가 나타나도록 한 비밀 서신이었다. 뒷면에는 그가 무사히 도착했으며 여러 공장노동자들과 학생들을 만나고 있다는 내용만 짧게 적혀 있었다. 서신 검열의 위험 때문에 무사히 도착했다는 사실만 알린 것이었다. 원래는 태워버려야 하지만 별다른 내용이 없기에 보물처럼 깊숙이 보관해오고 있었다.

권오채가 조선으로 떠난 지 꼭 2년이었다. 조선에서 나온 또 다른 운동가를 통해 그가 철도국 용산공작소에 들어가 노동자로 일하고 있다는 사실만을 확인했을 뿐, 구체적으로 어떻게 활동하고 누구와 살고 있는지는 알 길이 없었다. 국내에서 노동운동을 하라는 임무를 부여받고 들어간 사람은 권오채만이 아니었다. 모스크바 공산대학을 졸업한 고명자와 김조이를 비롯해 김명시가 아는 사람만 해도 수십 명이었다. 상해에서는 큰 그림만 그릴 뿐, 국내 활동을 구체적으로 지도할 수가 없었다. 국내 활동가들이 알아서 해야만 했다.

세 척의 돛단배는 낮에는 압록강을 거슬러 오르고, 밤이면 되도록 인가가 가까운 기슭에 정박해 각자 밥을 지어 먹고 갑판이나 강변에서 잠을 잤다. 날씨는 아침저녁에는 춥고 낮에는 햇볕으로 머리가 뜨거웠다. 비가 오는 날은 어쩔 수 없이 비좁은 선실에 갇혀 있어야 했는데, 선실에 하나뿐인 화덕에서 차례로 밥을 해 먹어야 하니 여간 불편하지 않았다.

돛단배라서 바람이 불면 잘 가다가도 바람이 멎으면 물살에 밀려 오히려 하구로 떠내려갔다. 그럴 때면 나란히 강둑에 배를 매어놓고 바람이 불기를 기다렸다. 이런 시간이면 여자들은 빨래를 해서 강변의 나뭇가지마다 널었다. 이주민 중에는 양반 출신들도 더러 있어 한시를 주고받으며 술잔을 나누기도 했다.

상류로 거슬러 올라가면서 강폭은 좁아지고 강물도 점점 줄어들었다. 봄가뭄에 어떤 곳은 강바닥이 거의 드러나 배 밑창이 모래사장에 닿았다. 그런 곳에서는 모두 배에서 내려, 노약자들은 강변을 따라 걷고 젊은 남자들은 배를 끌고 갔다.

"영차, 영차!"

남자들이 허벅지까지 빠지는 물속에서 줄지어 긴 밧줄을 어깨에 메고 박자를 맞추며 배를 끌고 가면 여자들은 강변을 따라 춤추듯 걸어가며 봄철 모내기 때 부르던 노동요를 불러주었다. 모내기 노래는 지방마다 달라서 경상도 상주에서 온 이들이 부르고 나면 황해도 은율에서 온 이들이 부르는 식으로 계속되었다. 이럴 때면 마치 소풍 가는 행렬처럼 한가하고도 즐거워 보였다.

"이렇게 물이 얕아지면 앞으로 어떻게 올라가나?"

걱정들을 했지만 신기하게도 일단 얕은 곳을 지나면 다시 깊은 강물이 시작되었다. 바람이 불지 않으면 어쩌나, 강물이 줄어들면 어쩌나 하는 걱정은 초행인 조선인들의 기우일 뿐, 중국인 뱃사공들은 태평스럽기만 했다. 몇 번을 물어봐도 그저 괜찮다고만 답할 뿐, 앞으로 어떤 일을 만나게 될지 미리 이야기해주는 법이 없었다. 강에 대한 정보가 그들이 가진 유일한 비밀이라도 되는 것처럼 도무지 풀어놓으려 하지 않았다.

공산대학의 교과서처럼 딱딱하기만 하던 홍남표도 시간이 남으니 두런두런 살아온 이야기를 해주었다. 고향인 경기도 양평과 이웃한 강원도 원주 부론면의 노림의숙에서 교사로 있으면서 3·1만세운동을 주동했던 이야기, 평양에서의 감옥살이, 석방된 뒤 상경해 조선일보 기자로 들어간 이야기가 끝이 없었다. 기자가 되기 전에 한때 가평에서 서당 훈장을 했다는 말에 김명시는 폭소를 터뜨리고 말았다. 찡그린 날카로운 눈매와 헝클어진 머리칼이 사나운 혁명가 그대로인 그가 어린 학동들을 앉혀놓고 사서삼경을 가르치는 모습이 상상이 되질 않아서였다.

"홍 선생님을 보면 고지식한 사람일수록 감상적이란 생각이 들어요. 조봉암 동무처럼 현실적인 사람일수록 인간사에 냉소적이고요. 왜냐하면 그는 인간이란 그리 착하지도 이타적이지도 않다는 현실을 잘 아니까요."

"내가 인간의 본성을 모른단 말인가? 그것참, 뜻밖의 분석인걸?"

김명시는 웃었다.

"제가 보기엔 그래요. 홍 선생님은 인간의 본성이 선하다는 믿음이 지나쳐서 소비에트연방이나 코민테른을 너무 이상주의적으로만 보시는 것 같아요."

"세상의 떠돌이가 되어버린 우리가 꿈마저 버린다면 무슨 힘으로 살아가겠는가?"

"하긴 그렇죠."

배가 내륙 깊숙이 들어가자 만주인들이 자주 눈에 띄었다. 밥을 해 먹느라 배를 대고 있으면 근처 마을의 만주인들이 몰려와 조선인 유랑민들을 구경했다.

"엄마! 또 귀신들이 왔어요!"

승객 중에는 부모를 따라온 어린애들도 있었는데 만주인들만 나타나면 기겁을 했다. 처음에는 정말 놀라서 그러더니 나중에는 장난으로 도망쳤다. 아이가 아니라도 만주인들의 행색에 겁을 먹을 만했다. 만주 여자들은 머리에 철사를 구부려 만든 반원형 틀을 올려놓고 머리카락을 그 위에 덮어 머리칼이 부풀어 보이게 했다. 게다가 얼굴은 경극 배우처럼 흰 가루분을 두껍게 발라 귀신 분장을 한 것 같았다. 남자들도 무섭기는 마찬가지였다. 머리 꼭대기에 밥뚜껑만큼만 머리칼을 남겨놓고 빙 둘러 말끔히 깎았는데 남겨놓은 머리칼은 꼬리처럼 길게 늘어뜨리고 다녔다. 상해에서는 거의 볼 수 없던 변발이었다.

만주인들이 위협을 하거나 해를 끼치지는 않았다. 조선인 승객들에게는 만주인이 구경거리였지만, 그네들에게는 거꾸로 조선인이 구경거리였다. 조선인들이 밥을 지어 먹고 빨래하는 모습을 신기한 듯 바라보다가 돌아갔다. 어쩌다가 대화를 하더라도 만주의 토속어라서 상해 말밖에 못하는 김명시는 잘 알아들을 수 없었다. 채소나 감자, 옥수수를 구매하는 정도는 손짓으로 소통했다.

만주는 황량했다. 아직 풀이 나지 않은 들판도 삭막하고, 사람 사는 집들도 조선처럼 오밀조밀한 맛이 없이 쓸쓸해 보였다. 지명을 알 수 없는 곳을 지나는데 바위 절벽이 층층이 솟고 그 아래 푸른 늪이 아름다웠다. 마을이 멀지 않아 하룻밤 유숙하려고 배를 대니 뱃사공이 어두워지기 전에 관왕묘를 구경하고 오라고 했다.

삼국시대 촉나라의 장수 관우를 모신 관왕묘는 바위 절벽 사이에 지어진 웅장한 기와집으로, 유비와 장비까지 사람 키의 두 배는 될 거대한 조각상을 만들어 모시고 있었다. 묘당의 단청은 화려했으나 빛이 바랬고, 장수들의 팔은 떨어져나간 데다 군데군데 칠이 벗겨져 있었다. 비스듬히 허리를 비치는 붉은 황혼이 쓸쓸함을 더해 마치 무너져가는 중국을 상징하는 것 같았다.

만주인들은 그래도 행복해 보였다. 들일을 마치고 묘당에
들러 향불을 피워 올리며 축원하는 만주인들의 모습을 바라
보는 조선인들의 표정에는 부러움이 흘렀다. 그들에게는 밤
이 되면 찾아갈 집도 있고, 농사지을 땅도 있었다. 아무리 부
패했다 하더라도 마적이 나타나면 보호해줄 경찰과 군대도
있었다. 집도 땅도 없고, 수중의 돈도 다 떨어져가는 조선인
유랑민들과는 비교할 수 없는 처지였다.

화강암 계단에 걸터앉은 홍남표는 부러운 표정으로 만주
인들을 바라보는 아낙네들을 보며 한숨을 쉬었다.

"우리 조상이 외침에 시달렸던 건 우리가 못나서가 아니
라 비옥한 농토를 가지고 있었기 때문이지. 만주의 여진과
거란이며 몽골족에 왜족들까지 풍요로운 조선반도를 차지
하려고 쳐들어왔던 거네. 우리만큼이나 기름진 땅인 중원의
한족들이 위대한 문명에도 불구하고 대부분의 역사를 변방
야만족에게 빼앗던 것처럼 말이지. 그런데 이제 자기 땅에서
쫓겨난 조선인들이 이 삭막한 만주로 밀려나와 여진족에게
빌어먹는 신세가 되었군."

뱃길은 열흘이 넘어서야 끝났다. 물살이 세어 더는 배가
갈 수 없는 상류였다. 두 사람의 목적지는 그곳에서도 동북
방향으로 수백 킬로미터 떨어진 연길현이었다. 만주를 지배
하고 있는 군벌 장학량이 장개석의 중앙정부와 손을 잡고
강경한 반공 정책을 펼 때였다. 상해도 그랬지만 만주에도

공산주의자를 색출하려는 광풍이 불고 있었다. 공산당원이라는 사실만 드러나도 그 자리에서 처참히 살해되었다.

중국공산당도 이에 맞서 전국적인 무장 폭동을 선동했다. 1928년 7월 모스크바에서 열린 중국공산당 제6차 전국대표회의에서 최고 지도자로 선출된 이립삼은 지금을 위대한 혁명적 고조기라 보고, 지방마다 농민 폭동을 일으켜 각 성의 중심 도시를 공격해 소비에트를 세우라고 지시했다. 미국의 경제공황에 고무된 코민테른의 좌경화는 폭동 노선을 더욱 부추겼다.

상해 폭동과 광동 코뮌을 경험한 공산주의자들은 또다시 중국 전역에서 크고 작은 폭동을 일으키기 시작했고, 국민당 정부와 지방 군벌들은 잔인한 학살로 응징했다. 상해에서는 경찰이 제공하는 첩보에 따라 자경단이 돌아다니며 공산주의자들을 암살했지만, 만주에서는 저 사람이 의심스럽다는 손가락질 하나만으로도 어떤 심문이나 조사 과정도 없이 공개적으로 총살되었다.

이런 와중에 만주 대륙을 관통하는 일은 조선 국내에서의 활동보다도 더 위험했다. 두 사람은 검문을 당하더라도 다른 조선인 유민들처럼 중국어를 못하는 양 행세하기로 했다.

힘겨운 육로 여행이 시작되었다. 겨우내 얼었던 땅이 녹으니 흙이 찰떡처럼 질겠다. 마차는 바퀴가 빠져 다닐 수 없었고, 걸어가려 해도 발이 푹푹 빠지는 데다 흙이 신발에 달라붙어 들어 올리기도 힘들었다. 사람보다도 짐이 더 문제였다. 말을 살 형편도 못 되고 탈 줄도 모르니 다들 중국인 마부가 딸린 말을 빌렸다.

호마라 불리는 만주 말은 조선의 조랑말보다 훨씬 크고 힘이 좋았다. 가족별로 짐을 잔뜩 싣고 그 위에 노약자를 태웠는데 너무 높아서 무섭다며 타지 않고 버티는 아이도 있었다. 비가 오는 날은 어른이고 아이고 옷이 흠뻑 젖은 채로 신을 벗어 들고 한 걸음 한 걸음 온 힘을 다해 차가운 진흙탕을 걸어야 했다.

홍남표와 김명시는 마부가 딸린 말을 두 필 빌려 따로 타고 갔는데, 처음 타보는 것이라 겁도 나고 무섭기도 했다. 한나절 지나니 익숙해지기는 했지만 하루 종일 말을 타니 온몸이 두들겨 맞은 듯 쑤시고, 양쪽 허벅지는 살갗이 벗겨지고 멍들어 불에 덴 듯 아팠다.

만주는 끝없는 평야인 줄 알았는데 그렇지도 않았다. 며칠에 걸쳐 첩첩산중을 넘기도 하고 지평선이 아련한 벌판을 지나기도 했다. 해가 저물어 찾아든 여관들은 무덤 속처럼 어두컴컴한 복도 양편에 방이 길게 늘어선 음산한 구조였다. 방들은 더러운 데다 빈대가 들끓었다. 혹한에 대비해 창문을 거의 내지 않은 탓이기도 하지만 청소를 하기는 하는지, 이불을 한 번이라도 빨았는지 의심스러울 지경이었다.

무엇보다도 음식이 맞지 않아 고생스러웠다. 만주인들은 쌀밥을 몰랐다. 콩, 수수, 옥수수 같은 밭작물로 죽도 끓이고 떡도 만들어 먹었는데 오래 묵은 것들이라 벌건 빛깔에 곰

팡내가 고약했다. 다른 지역처럼 어떤 음식이든 돼지기름에 튀겨내는데 기름이 오래되어 썩은 내가 나서 구역질이 올라 왔다. 상해에서 중국 음식에 익숙해진 두 사람은 버틸 만했으나 조선에서 갓 떠나온 유민들 중에는 역겨운 기름기를 넘기지 못해 굶다시피 하는 이가 여럿이었다. 가져간 쌀과 고추장도 다 떨어졌으니 어쩔 도리가 없었다.

중국인 마부들은 첫닭만 울면 아무리 깜깜해도 길을 떠났고, 비가 내려도 가던 길을 멈추지 않았다. 식비를 아끼려고 돌처럼 굳은 찐빵을 뜯어 먹으며 하루라도 빨리 목적지에 데려다주고 집으로 돌아가려는 마부들의 마음을 막을 길이 없었다. 이도백하에서 다시 말 두 필을 빌려 연길까지 며칠이나 걸려 도착한 두 사람은 완전히 기진해버렸다.

"선생님, 상해로 돌아갈 때는 무슨 일이 있어도 기차를 타겠다고 약속해주세요."

김명시의 말에 홍남표도 흔쾌히 그러마 했다. 하지만 이 황량한 땅에서 무사히 살아남아 상해로 돌아갈 수 있을지, 누구도 장담할 수 없었다. 게다가 두 사람 앞에는 육체적 피로보다도 더 머리 아픈 복잡한 정세가 기다리고 있었다.

만주총국 지도부는 두 사람이 도착하기 얼마 전에 공식적인 해산을 결의했으나 강력한 두 파벌인 ML계와 화요회 성원들은 이를 거부하고 있었다. 화요회는 마르크스의 생일이 화요일이라 해서 지은 이름으로, 홍남표, 조봉암, 박헌영 등 조선공산당 주류가 소속된 가장 큰 파벌이었다. 김명시도 그 직계라고 할 수 있었다. ML계는 마르크스와 레닌의 앞 글자를 딴 조직으로, 구성원은 많지 않았으나 관념적인 극 좌파로 분류되고 있었다. 두 파벌의 의견이 일치한 드문 경 우라 할 만했다.

만주총국은 이 무렵 세 차례나 대량 검거를 당해 화요계 만 2백여 명이나 체포되어 경성으로 이송되었지만 남은 당 원이 천 명이 넘었다. 해산을 거부하는 마음은 충분히 이해 가 되었다. 하지만 코민테른의 지시를 따라야 했다. 두 사람 은 교조주의자들로 불리는 ML계보다는 같은 계열이랄 수 있는 화요계부터 설득하기로 했다. 만남은 연길의 한 농가 에서 이루어졌다. 체포되지 않은 중간 간부 10여 명이 참석 했다.

"홍남표 서기께 묻습니다."

먼저 한 젊은이가 불만을 토해냈다. 그는 만주라는 고유 지명 대신 일본이 침략하면서 만든 간도라는 명칭을 쓰고 있었다. 3·1만세운동도 3·1폭동이라 불렀다.

"저희 만주총국은 현재 백 개가 넘는 조선인 단체와 긴밀 한 관계를 맺고 있습니다. 간도 주민의 8할이 조선인 농민들 이니 간도 전체가 우리 당의 영향력 아래 있다고 보아도 좋 습니다. 이곳 연길현과 화룡현만 해도 조선인 30만 명 중에 1만 6천 명이 청년단, 부녀회 등으로 조직되어 있습니다. 이 숫자는 그냥 주어진 것이 아닙니다. 김좌진 등 우파 민족주 의자들의 방해와 위협 속에서도 끊임없이 항일투쟁을 해온 결과입니다. 우리는 합법적 표면 운동으로는 문맹 퇴치와 농민 교육 운동에 주력하고 비합법적 운동으로는 3·1폭동 11주년 기념 군중대회 같은 활동을 해왔습니다. 그런데 갑자기 조선공산당이라는 명칭을 없애고 중국공산당 이름으로 활동하게 되면, 어느 조선인이 우리를 믿고 따르겠습니까? 국제당의 결정이라고 다 따라야 합니까? 간도는 제2의 조선 땅이라 해도 과언이 아닙니다. 간도를 제2의 조선으로 인정해 우리 당을 유지하면 안 되겠습니까?"

또 다른 젊은 당원도 말했다.

"저도 만주총국을 해체해서 우리가 얻을 게 무엇인지에 대해 매우 비관적입니다. 만주총국은 이미 중국공산당 만주성위와 밀접한 관계를 맺고 있으며 전략 전술을 공유하고 있습니다. 그러면 된 것 아닙니까? 조선공산당의 이름으로 연대하는 것과 중국공산당에 흡수되는 것은 다릅니다."

턱을 쓸며 곤란한 표정을 짓던 홍남표는 조용하고도 단호하게 설득했다.

"동무들의 심정을 모르는 바 아니오. 그러나 일국일당제를 만든 것은 누가 누구를 지배하고자 함이 아니라 좀 더 효과적으로 투쟁하려는 것이오. 일본이라는 공동의 적을 앞두고 두 개의 당이 존재하면 어떻게 효과적으로 싸울 수 있겠소?"

홍남표는 원칙적이지만 중년의 지혜를 가진 사람이었다. 단합하라는 대원칙만을 강조하기보다는 중국공산당에 합류했을 때 어떤 지원을 받을 수 있는지 설명했다. 그래도 합의가 쉽게 이루어지지는 않았다. 다음 날 다시 논하기로 하고 최근의 활동에 대한 보고를 들을 차례가 되었다. 젊은 당원 하나가 3·1만세운동 기념 대회에 대해 보고했다.

"3·1폭동 11주년 기념 준비위에서는 2월부터 수십 종의 전단을 30만 장이나 제작해 만주 전역에 뿌렸고, 3월 1일을 전후해서는 주요 도시와 마을마다 농민 시위를 벌였습니다. 농민들은 붉은 천에 검은 글씨로 일제 타도와 조선 독립 만세라고 쓴 깃발들을 들고 도시와 개척촌에서 시위를 벌였습니다. 낫과 괭이로 무장하고 일본 경찰지서와 악덕 지주, 친일파의 집을 때려 부순 곳도 한두 군데가 아닙니다. 이 일로 동포 130여 명이 체포되어 지금도 호된 고문을 받고 있습니다."

그는 한 달 전에 뿌렸던 전단지들을 보여주었다. 내용은 이립삼 노선을 그대로 따르고 있었다.

3·1폭동 11주년 기념일이 다가오고 있다. 이날 전 간도는 광범히 일어나서 적과 싸우라! 적기를 높이 들고 만세 시위장으로 나가자! 무장 폭동으로 일본 제국주의를 타도하자! 조선과 간도에서 일제에 체포된 혁명자를 탈환하라! 개와 같은 일제 강도의 참을 수 없는 학대와 학살에 반대하여 일어나라! 모든 방법을 이용하여 투쟁을 확장하고 폭동을 일으키자! 그리하여 즉시 노동자, 농민, 병사, 도시 빈민의 민주공화국을 건설하자! 타도 일본

제국주의! 조선 독립 만세!

홍남표는 '5월 폭동 계획서'라 쓴 문서를 보며 물었다.

"이것은 무엇이오?"

"중국공산당 만주성위와 합작해서 일으킬 5월 폭동 계획서입니다. 상해 폭동 5주년이 되는 5월 30일을 기해 간도 전역에서 무장 폭동을 일으키려는 계획입니다."

대충 읽어본 홍남표는 고개를 저었다.

"상해 폭동은 일본인이 세운 대공장인 상해내외면주식회사를 표적으로 한 것으로, 계급투쟁의 성격이 명확했소. 그런데 이 문건을 보니 5월 30일 폭동의 타도 대상은 너무나 많소. 국민당과 군벌의 군대와 경찰? 일본 경찰과 군대? 일본인 자본가와 조선인 앞잡이들? 민족주의 항일 단체까지? 이것은 만주의 모든 세력을 적으로 두고 싸우겠다는 계획이나 마찬가지요. 이래가지고 어떻게 힘을 집중하겠소?"

계획서를 들여다보던 김명시도 말했다.

"여기 보면 민족주의 항일 단체인 한족연합회, 정의부, 신간회, 근우회까지 타도하라고 되어 있네요. 한족연합회는 김좌진이 주도한 단체이고 정의부도 비슷한 단체라는 건 알겠는데, 좌우합작으로 만들어진 신간회와 근우회도 타도의 대상이라니, 이거 충분히 토론을 해서 내린 결정 맞나요?"

만주총국 간부는 고개를 끄덕이며 답했다.

"맞습니다. 코민테른과 중국공산당의 신노선에 따라 심사

숙고한 결정입니다."

미간을 찡그리며 듣고 있던 홍남표가 다시 의문을 제기했다.

"정의부는 일본 군대와 싸우는 무장 세력 아니오? 그런데 공산주의 계열이 아니라는 이유로 그들에게 총부리를 돌리겠다는 말이오? 나는 도무지 이해가 안 되오."

이 문제에 대해서는 화요계의 또 다른 젊은이가 대답했다.

"거기에는 긴 사연이 있습니다. 저희는 벌써 7년 전인 1923년에 오성륜 동무가 주도해서 만든 적기단을 주축으로 투쟁해왔습니다. 반면에 김좌진이 만든 신민부는 겉으로만 조선 독립을 표방할 뿐, 농민들을 착취하고 있습니다. 그들은 오일장이 열리는 곳마다 돌아다니며 강제 모금을 해서 오죽하면 '장터가 범 아가리다'라는 비명이 쏟아질 지경입니다. 이에 우리는 신민부에 반대하여 부락마다 소규모 농민조합을 조직해 자위단처럼 운영하면서 신민부니 정의부니 하는 내용을 알 수 없는 자들은 들여놓지도 않았고 의무금 징수 명령이 있어도 응하지 않게 했습니다. 폭력으로 강탈하려 하는 경우에는 모든 부락이 들고일어나 반대했지요. 그러자 놈들은 공산당원을 암살하기 시작했고 이미 많은 피해가 있어왔다는 것은 잘 아실 겁니다. 결국은 올 1월에 우리 만주총국에서 당원을 보내 김좌진을 척살하지 않을 수 없었던 것입니다."

김좌진이 공산주의자에게 암살되었다는 이야기는 들었지

만, 만주총국이 정식으로 사살 지시를 내렸다는 사실은 두 사람 다 몰랐다. 홍남표의 음성은 떨리고 있었다.

"김좌진 장군을 암살한 게 만주총국이었단 말이오? 일제의 밀정이 아니고?"

"그렇습니다."

당당한 대답이었다. 그때 다른 사람이 말했다.

"아, 우리 쪽에서만 김좌진 총살령을 내린 게 아닙니다. 민족주의 진영에서도 김좌진을 죽이기로 합의했습니다. 우리가 좀 더 빨랐던 것뿐이죠."

"아니, 그건 또 무슨 말이오?"

홍남표의 질문에 그는 좀 더 상세히 사연을 이야기해주었다. 김좌진이 청산리 전투에서 일본군을 타격해 유명해진 뒤 독단을 일삼아 많은 원망을 샀으며, 집에 방앗간을 세웠는데 그 돈이 일본 경찰에서 나왔다는 소문이 있었다는 이야기였다. 그래서 민족주의 계열에서도 김좌진을 척살하기로 결정했다는 것이었다.

"도무지 믿어지지 않는 이야기들이오."

홍남표는 한숨을 내쉬었다. 공산주의자들 사이에 서로 병적으로 의심하고 불신하고 누명까지 씌우는 모습을 여러 번 보았던 김명시도 심경이 복잡해져 아무 말도 할 수가 없었다.

이날의 만남은 어쨌든 성공적이었다. 얼마 지나지 않아 화요계와 ML계는 잇달아 별도의 회의를 열어 해산을 결의했다. 소수파인 경성계도 이에 따랐다. 이로써 조선공산당은 완전히 해체되었다. 이제 중국공산당에 입당하는 절차만 남았다.

그런데 중국공산당은 조선인들을 쉽게 입당시키지 않았다. 유소기가 이끄는 만주성위는 다가올 5월 30일 폭동에 얼마나 열심히 참여하는가로 입당 여부를 결정하겠다고 통보해 왔다. 조선인들은 파벌이 심해 신뢰할 수 없으므로 실천 활동을 통해 검증하겠다는 것이었다. 조선공산당원들을 무시하는 모욕적인 처사였으나 조선인은 어디서나 약자였다.

홍남표와 김명시는 만주총국이 해산된 뒤에도 만주에 머물며 무장 폭동을 지도하기로 했다. 예정에 없던 이 일을 하게 된 것은 당을 잃은 조선 청년들을 최대한 많이 중국공산당에 입당시키기 위해서였다. 두 사람은 만주 전역을 돌아다니며 무장 폭동을 조직하기 시작했다. 먼저 현해구에 가서 '재만 조선인 반제동맹'을 결성해 홍남표가 총책임자가 되고 김명시는 출판부를 담당해 기관지 『반일 전선』을 발행했다. 아성현에 가서는 아성현위원회를 조직하고 김명시는 부인부 책임과 청년단 위원장을 맡았다.

두 사람이 만주 일대를 순회하며 만주총국 해산의 의미를 설명하고 무장 폭동을 위한 조직을 건설하는 동안에도 조선인 유민들은 끊임없이 압록강과 두만강을 넘어 만주로 들어오고 있었다. 지칠 대로 지친 흰옷 무리들이 떼를 지어 들을 가로질러 산을 넘어오는 광경을 어디서나 쉽게 목격할 수 있었다. 어린 여자아이들까지 머리에 짐을 이고, 말도 빌리지 못해 등짐을 진 채 고개를 넘어오는 그들은 입가에 허옇게 거품이 끼어 말을 걸어도 제대로 입을 열지 못할 정도로 지쳐 있었다.

고향을 떠나며 집이나 땅을 팔아 마련한 여비는 만주에 들어올 때쯤이면 거의 다 떨어지기 마련이었다. 이민자들은 먼저 와서 사는 조선인 집단 부락에 들어가 얹혀살면서 중국인들도 손을 대지 못한 산기슭의 척박한 토지를 빌려서 개간했다. 먼저 온 조선인들 역시 제대로 자리 잡지 못해 끼닛거리조차 없는 집이 많다 보니 첫 한두 해는 중국인 지주에게 빚을 지고 머슴처럼 일하는 경우가 많았다.

땅을 빌린다 해도 농사가 제대로 되기까지는 시간이 필요했다. 청나라 왕실의 땅이라 해서 3백 년간 출입이 금지되었던 산야에는 무릎이 빠질 만큼 낙엽이 쌓여 있었다. 불을 지르면 불이 탄 자리만큼 공터가 생겼는데 쌓인 낙엽까지 다 태우지는 못했다. 산비탈 높은 데서부터 곡괭이로 길게 고랑을 파고 내려오면서 옥수수, 콩, 감자, 수수 같은 잡곡류 씨앗을 심은 뒤 꾹꾹 밟아 공기를 빼주어야 했다. 하지만 사방에 돌이 박힌 데다 불타지 않은 나무뿌리와 풀뿌리가 엉켜 있어 애써 밟아봤자 썩은 낙엽으로 푸석푸석한 부엽토에 뿌리를 내리는 씨앗은 얼마 되지 않았다. 잡초는 어떤 환경에서도 사람 키를 넘길 만큼 번성했지만, 정작 필요로 하는 작물은 아무리 보살펴도 뿌리를 내리기 힘들었다. 끊임없이 손을 보며 몇 년을 갈아야 겨우 쓸 만한 밭이 되었다.

김명시와 홍남표가 활동하던 4월이 논밭을 개간하기에 가장 좋은 때였다. 사방에서 밤새 숲이 타오르는 연기가 치솟고, 토굴 같은 집 안에 갇혀 있어 보이지 않던 사람들이 산언덕과 들판 곳곳에서 말과 소를 끌며 일했다. 며칠 사이에 들과 산이 연녹색으로 살아나면서 물통과 먹을거리를 이고 나르는 아낙들의 모습도 생기 있어 보였다. 그러나 집집마다 가슴 아픈 사연들이 있었다.

현청 소재지에서 꽤 떨어진 산촌 마을에 갔을 때였다. 산비탈을 깎아 토굴을 파고 나무껍질로 지붕을 얹은 두 칸짜리 집에 열 명이 넘는 가족이 뒤엉켜 살고 있었다. 한쪽 방에는 시어머니와 며느리가 잇달아 아이를 낳아 두 갓난아이가 쉴 새 없이 울어대고, 다른 방에는 뼈만 앙상히 남은 중년 여인이 누워 있었는데 곧 숨이 끊어질 듯했다.

"뉘신데 어디가 아파서 누워 계시는 겁니까?"

김명시의 물음에 집안의 가장인 큰아들이 대답했다.

"고모님이신데, 병명도 모른답니다. 만주 사람이 하는 약방에 가서 필담으로 한약을 지어 오는데 어디 효과가 있어야 말이지요. 아마도 수토병 같습니다. 우물이 없으니 도랑물을 퍼다 먹는데 물갈이 탓인지 다들 몇 달씩 고생했지요. 풍토병으로도 많이 죽었지만, 수토병으로도 많이 죽었답니다. 조선을 떠나온 지 2년 만에 우리 식구 무덤만 세 개나 생겼답니다."

집 안에서 불을 때는 중국식 화덕을 쓰다 보니 다들 폐가

146

나빴다. 아직 해가 지지 않은 초저녁인데도 어두컴컴한 방 안에 기침 소리가 끊이지를 않았다. 큰아들도 한바탕 기침을 하고는 말을 이었다.

"만주는 버려진 땅이 지천이라더니 세상에 주인 없는 땅이 어디 있습니까? 중국인 지주들은 처음 땅을 개간해 소출이 안 좋을 때는 1할만 소작료를 받아갑니다. 그러다 땅이 좋아지면 2할, 3할로 올리다가 온전한 논이 되면 절반을 빼앗아갑니다. 지옥을 벗어났더니 더 지독한 지옥이 열린 겁니다."

저녁이라고 나오는데 잘게 부순 옥수수와 수수, 콩을 섞어 만든 죽이었다. 쌀이라곤 찾아볼 수 없었다. 작년에 처음 개간한 논에서 소출이 거의 없어 겨울을 지내기도 전에 쌀이 떨어졌다고 했다. 산에서 뜯어온 봄나물이 들어간 죽에서는 생풀 냄새가 나는 데다 잡곡 알갱이가 덜 물러 제대로 씹지 않으면 먹을 수가 없었다. 더욱이 나이 든 이들은 이가 온전한 사람이 없어 고개를 이리저리 기울여가며 잡곡을 씹는 모습이 측은했다.

식사를 마친 홍남표가 큰아들에게 은화 두 닢을 건네며 말했다.

"오늘 숙식비라 생각하시고 받아서 아프신 분을 위해 쓰시오."

장례 비용으로 쓰라는 뜻이었다. 침침한 어둠 속에서도 큰아들의 얼굴이 환해지는 모습을 엿볼 수 있었다.

"받아도 되는 건지요? 독립운동한다는 사람들마다 와서 뜯어가기 바쁜데, 강냉이죽 한 그릇에 이런 큰돈을 주시다니요."

"공산당은 인민을 위한 인민의 당이오. 인민이 없으면 공산당도 없고, 공산당이 없으면 인민도 없습니다."

중국인들의 허장성세는 대단했다. 중앙정부의 힘이 미치지 못하던 길림성에서는 큰 상점마다 길림 관표라 해서 제각기 돈을 찍어냈는데 최소 단위가 1조였다. 창호지에 크레용으로 칠해놓은 듯 돈 같지도 않은 것이 액면가가 1조부터 1천조까지였다. 쌀 한 말이면 8만조를 주어야 했고, 추수 때 나락이라도 잘 팔면 수십경의 돈을 받아 왔다. 반면에 봉천에서 통용되는 은다냥이란 은화는 부피도 작고 돈의 가치도 높았다. 두 냥이면 상당한 가치가 있었다. 코민테른으로부터 활동비를 받는다지만 떠돌아다니는 홍남표의 형편으로서는 거금이었다. 감격한 큰아들은 누워 있는 고모가 듣지 못하도록 나직이 말했다.

"감사합니다. 고모님 가시는 길에 노잣돈이라도 섭섭지 않게 드릴 수 있겠습니다. 정말 감사합니다."

만주인들은 사람이 죽으면 널빤지로 한쪽은 높고 한쪽은 낮게 관을 짜서 들판의 미루나무 아래 같은 곳에 방치해두었다가 몇 년이 지나 탈골이 되면 그 위에 흙을 덮어주었다. 관혼상제에 엄격한 조선인들은 그들을 야만인이라고 경멸했다. 조선인들은 만주에 와서도 가족이 죽으면 빚을 내서라도 온 마을 사람들을 불러 고깃국을 끓여 먹이고 시신은 땅속 깊숙이 매장한 다음 봉분까지 높이 올렸다. 겨울에 초상이 나면 1미터도 넘게 언 땅을 녹이기 위해 사흘 동안이나 짚불을 때느라 칠일장을 치렀다. 초상을 앞둔 그 가족에게는 은전 두 닢이 큰 도움이 될 것이었다.

이민자라고 다 못사는 건 아니었다. 땅이 하도 넓으니 지역마다 동네마다 사정이 달랐다. 비옥한 들판에 덩그러니 산 하나가 솟았다 해서 고산자라 불리는 곳에는 조선인들이 백 가구 넘게 마을을 형성하여 윤택하게 살고 있었다. 지방정부에서는 이들에게 정식으로 호적까지 만들어주었다.

조선에서 양반으로 살다 온 이들은 적응하기가 힘들어도 본래부터 농사를 짓던 이들은 이민 와서 몇 해만 고생하면 먹을거리 걱정은 하지 않아도 되었다. 오히려 식량이 너무 많이 산출되어 사 갈 사람이 없다 보니 먹을 건 넘치는데 돈은 없는 현상이 벌어지기도 했다.

잘살든 못살든 가장 큰 골칫거리는 갈취해 가려는 세력들이었다. 큰아들은 한탄했다.

"만주에 와보니 조선은 양반의 나라입디다. 비록 일본 놈들 밑에 살아도 거긴 법이 있고 질서가 있지 않습니까? 이놈의 땅에는 온통 도둑놈들밖에 없어요. 마적들이 독립군 행세를 하며 몇 달씩 구장을 잡아 가두고 마을 사람들에게 돈과 식량을 내놓지 않으면 죽이겠다고 협박하질 않나, 중국군이 몰려와 강도질을 해 가질 않나……. 중국군은 마적이나 다름없어요. 우리도 토굴을 파고 돼지를 두 마리 키웠는데 겨우내 살을 찌워놓았더니 얼마 전에 중국군이 와서 몽땅 잡아가지 뭡니까. 한 마리는 새끼를 낳아야 하니 남겨달라고 하소연했다가 칼에 맞아 죽을 뻔했지요. 도둑놈 피해도망 온 곳이 도둑놈들 소굴이지 뭡니까."

만주 군벌 장작림이 일본인에게 암살된 지 2년째 되던 해였다. 마적 출신인 장작림은 한때 대륙의 3분의 1을 차지한거대 군벌로 성장하자 중국의 새로운 황제가 되기 위해 치안과 국방에 공을 들였다. 그러나 그의 영역 안에도 또 다른 소규모 군벌들이 헤아릴 수 없이 많았다. 대부분이 마적과 다름없는 소규모 군벌들의 군대 기강은 엉망이었다. 장작림이죽은 뒤 정권을 이어받은 아들 장학량이 그 나름대로 선정을하려 애썼으나 봉건제와 자본제에다가 공산주의까지 뒤섞여 각축을 벌이는 대혼란을 수습하기에는 역부족이었다.

아무 생각도 없는 듯 입을 다문 채 큰아들의 말을 듣고 있던 노인이 처음으로 입을 열었다.

"내가 보기엔 당신네 공산당도 오십보백보요. 나는 사서삼경도 못 읽은 촌부이지만 당신네들이 자유시에서 조선인독립군을 수천 명이나 학살했다는 얘기를 들었소. 당신네들은 이번에 중국인 지주들을 때려죽이자는데, 아니 지금 우리가 못사는 게 정녕 그 사람들 때문이란 말이오? 오히려 반대가 아니오? 그 사람들 아니면 우리는 벌써 첫해에 굶어 죽었을 거요. 일본 놈들을 물리치자는 말까지는 알아듣겠지만 그 이상은 도통 이해를 할 수가 없소이다. 나는 자기네가 권력을 잡으면 다 될 것같이 떠드는 사람들 하나도 못 믿겠소이다. 어느 놈 할 것 없이 백성의 고통을 팔아서 권세를 누리려는 것뿐이오."

홍남표는 당황하거나 언짢아하지 않고 진지하게 답했다.

"자유시 사변에 대한 어르신 말씀은 백번 옳습니다. 입이 백 개라도 드릴 말씀이 없습니다."

선선히 인정해버리니 노인은 더 말을 잇지 못했다. 김명시는 어색한 분위기에서 일어나 부녀자들이 있는 다른 방으로 건너갔다.

여자들은 등잔불 주위에 빙 둘러앉아 신발을 만들고 있었다. 만주인들은 헝겊신을 잘 만들었다. 낡은 헝겊을 여러 겹 붙인 뒤 발에 맞춰 재단한 다음 바느질로 단단히 누볐다. 발바닥은 두껍게 만들고 발등에는 색실로 예쁜 수를 놓았다. 중국 처녀들은 결혼할 때 이런 신발을 수십 켤레씩 해 갔다. 조선 여자들도 만주에 오면 제일 먼저 헝겊신 만드는 법부터 배웠다. 방구석에는 새로 만들어놓은 헝겊신이 여남은 켤레 쌓여 있었다.

"가녀린 처자가 어찌 이리 힘든 일을 하고 다닌대요? 이리 와보소."

큰며느리가 김명시를 신발 옆으로 부르더니 발에 맞는 것을 찾아 맞춰보았다.

"귀한 은다냥까지 주시구. 선물이라고는 우리가 만든 신밖에 없네요."

김명시는 사양하지 않고 자기 발에 맞는 것을 하나 얻었
다. 한참이나 울어대던 두 갓난아이 중 시어머니의 아기는
젖을 먹고 있고, 며느리의 아기는 실컷 젖을 먹고 났는지 잠
들어 있었다. 잠든 아기의 얼굴을 들여다보니 젖내가 밴 살
냄새가 뭉클하게 올라왔다. 깰까 봐 조심스레 코를 대고 아
기가 새근거리는 숨을 들이마셔보았다.

"결혼은 하셨수?"

작은며느리가 물어왔다. 김명시는 아기의 숨 향기에 취해
눈을 감은 채 미소를 지으며 말했다.

"정혼자는 있는데 결혼해서 살 처지가 못 되네요. 조선이
해방이나 되어야 저도 이런 행복을 누려볼 텐데요."

"과연 그런 날이 오겠수? 설사 온다 해도 그렇지, 언제 어
디서 죽을지 모르는 이 험악한 세상에 무얼 기다린단 말이
오? 기회가 있을 때 아무하고라도 가정을 꾸리고 아이를 낳
아야지요."

김명시는 아기의 향기에 취해 상상에 빠져들었다. 아기
를 갖고 싶었다. 그날이 오기 전에 권오채와의 사이에 아이
가 태어날 수 있을까? 그날이 오면 어떤 세상이 열릴까? 그
날이 오면 기뻐 춤추며 웃게 될까, 아니면 눈물을 흘리게 될
까? 기뻐서 울든, 죽은 동지들이 그리워 울든 펑펑 눈물을
쏟을 것 같았다. 아니, 그날을 생각만 해도 벌써 눈물이 고
였다. 그날만 오면 조선인의 고통과 슬픔은 한순간에 사라

져버리리라. 감옥에서 나가기만 하면 새로운 세상이 열리리라 기대하는 죄수처럼, 막연한 희망이 그녀의 가슴을 뛰게 했다. 아기의 입에서 새어나오는 향기로운 생명의 내음처럼 그녀를 설레게 했다.

8. 폭동의 시간

약속한 시간이 다가오고 있었다. 김명시는 콜트 권총을 꺼
내 치마 위에 올려놓았다. 달빛도 흡수해버리는 무광의 검
은 쇳덩이는 죽음을 압축해놓은 덩어리처럼 무겁게 치마폭
을 눌렀다. 고비사막을 지날 때 늑대들에게 몇 발 쏘아보고
는 처음이었다.

기밀은 잘 유지되고 있었다. 자정이 가까워지면서 하얼빈
주요 공격 지점마다 당원들이 수십 명씩 모여들어 어둠 속
에 몸을 숨기고 있었다. 중국군과 일본군이 눈치를 챈 기색
은 없는 듯했다. 기차역, 경찰서, 일본 영사관, 전기공사 등
공격 대상으로 삼은 모든 곳이 평소의 밤과 다름없이 한두
개의 전등만 남긴 채 어둠에 잠겨 있었다.

하얼빈 공격에 동원된 인원은 3백 명 남짓이었다. 그중 총
을 가진 대원은 70여 명밖에 되지 않았다. 나머지는 낫이나
쇠스랑 아니면 불을 지를 기름통과 헝겊을 감은 나무 막대
같은 것을 들었다. 맨손으로 동원되어 함성으로 응원하는
응원조는 맨 뒤에서 대기했다. 강력한 무기를 든 공격조일

수록 앞쪽에 전진 배치되었다.

　김명시가 속한 일본 영사관 공격조에는 서른 명의 무장대가 배치되었다. 중국 관공서들은 거의 무방비 상태였으나 하얼빈 일본 영사관은 경비가 삼엄했다. 정문에는 38식이나 99식 일제 소총에 대검까지 꽂은 초병들이 서 있었고, 모래주머니를 쌓아 만든 참호 위로 기관총이 총구를 내밀고 있었다. 목표는 영사관을 불태우는 것이었으나, 실패를 하더라도 영사관 내의 일본군이 밖으로 나오지 못하도록 막아 다른 공격조가 기차역과 전기공사를 파괴할 시간을 벌어주기로 했다.

　영사관 공격조는 다시 세 패로 나뉘었는데 김명시는 고무 공장 간판 밑에 잠복한 제1조에 속했다. 제1조는 선봉임에도 녹슨 총신에 간단한 격발 장치뿐인 러시아제 사냥용 엽총을 든 서너 명 외에는 그다지 성능을 보장할 수 없는 낡은 권총들을 쥐고 있었다. 총알도 넉넉한 사람이 없었고, 수류탄도 다 합쳐야 세 발뿐이었다. 손잡이가 나무로 된 긴 막대 모양의 수류탄은 격발 시간을 믿을 수 없었다. 날아가다가 터질 수도 있고, 땅에 떨어지고도 한참 뒤에 터져 적이 도망칠 시간을 줄 수도 있었다. 그럼에도 기관총좌를 폭파시킬 수 있는 유일한 무기였다.

　공격 개시 시간인 자정이 가까워오고 있었다. 영사관 공격의 책임자는 황진연이었다. 그는 수류탄을 든 세 사람을 영사관과 가까운 지점으로 보낸 뒤, 오리걸음으로 대원들 사이를 누비며 속삭였다.

"기관총 제압이 우선이오. 수류탄을 든 동무들이 참호에 접근하는 동안 우리는 최대한 적들을 교란시켜야 하오. 그래야 영사관 뒤쪽을 맡은 동무들이 기습을 할 수 있을 거요."

후방 응원조에는 여성들이 여럿 있었으나 선봉대 중에는 김명시가 유일한 여성이었다. 이 모습이 신기한 듯, 수염이 덥수룩하니 사냥꾼 풍모를 한 함경도 출신 당원이 김명시에게 웃으며 말을 걸어왔다.

"여성 동무레 권총은 쏘아봤소? 황새 다리같이 가는 그 손목으로 버티기엔 반동이 셀 텐데? 잘못하면 옆 사람 얼굴 날리는 수가 있수다."

조선인은 모스크바를 막사과로 불렀다. 황진연이 대신 답했다.

"여성 동무라고 낮추보지 마시오. 김희원 동무는 막사과에서 군관학교까지 나온 여걸이올시다."

공산대학은 군관학교가 아니었다. 사람을 죽여본 적도 없고, 전투에 참가해본 것도 처음이었다. 모스크바에서 권총을 지급받을 때 표적지에 대고 몇 방 쏘아본 게 전부였다. 살아 있는 사람의 머리나 가슴에 총알을 박는 게 어떤 기분인지 상상할 수 없었다. 오직 위로가 되고 힘이 되는 것은 자신이 혼자가 아니라는 점이었다. 그녀는 양손으로 콜트 권총을 감싸 쥐고 서늘한 냉기가 손바닥을 타고 올라오도록 내버려두었다.

1930년 5월 30일이었다. 중국에서도 가장 추운 도시여서 겨울이면 매일 영하 30도 이하로 내려간다는 하얼빈에도 여름은 오고 있었다. 자정이 가까워져도 냉기가 심하게 느껴지지는 않았다. 다들 담배가 피우고 싶으리라는 생각이 들었을 때였다. 손목시계 바늘이 정각 12시를 가리키는 순간, 황진연의 명령이 떨어졌다.

"공격하라! 왜적들을 한 놈도 남김없이 죽여라!"

시가지 곳곳에서 총성이 울리기 시작했다. 동시에 무기가 없는 응원조가 함성과 구호를 지르기 시작했다.

"일본 제국주의 타도하라!"

"자본의 주구들을 타도하라!"

고무 공장 간판 아래 몰려 있던 공격조는 일제히 영사관을 향해 달려나갔다. 밖에 서 있던 일본군 초병 하나가 털썩 주저앉고 다른 하나가 방어벽 뒤로 숨는 게 보였다. 기관총 총구에서 불꽃이 튀기 시작하면서 날아온 총탄이 쉭쉭 소리를 내며 스쳐가는가 싶더니 공격조 두 명이 돌에 걸려 넘어지듯 맥없이 쓰러져버렸다.

"벽에 붙어라! 엄폐! 엄폐!"

황진연이 소리쳤다. 공격조는 쓰러진 두 명을 남겨둔 채 양쪽 건물 모퉁이 뒤로 몸을 숨겼다. 수류탄 투척조가 참호를 향해 두 발을 날렸으나 한 발은 모래주머니에 튕겨나와 터지고 한 발은 불발이었다. 기관총은 계속해서 불꽃을 튀겨댔다. 기관총이 살아 있는 한 정면 공격은 무리였다.

영사관 안의 일본군이 몰려나오기 시작했다. 옷도 챙겨 입지 못한 채 속옷 바람으로 총만 들고 나와 담벼락이나 방호벽에 몸을 숨기고 총질을 해댔다.

돌담 모퉁이에 기대앉은 김명시는 양손으로 권총을 잡고 불꽃이 튀는 기관총 좌대를 겨냥해 신중하게 한 발씩 쏘았으나 수십 미터 거리에서 권총 사격은 무의미했다. 기관총은 멈추지 않고, 아까운 탄알만 줄어들었다. 몇 분이 지났을까, 영사관 벽에 붉은 빛이 번쩍하더니 불길과 연기가 솟아올랐다. 창문 안으로 던지지는 못했으나 영사관 벽을 맞힌 것이었다.

"와! 불이 붙었다! 왜놈들의 영사관이 불탄다!"

뒤쪽에서 응원조가 먼저 만세를 부르며 북을 쳐댔다. 그러나 불길은 금세 잦아들었고, 일본군 소대 병력이 영사관 담장 안에 배치되면서 더는 화염병 공격을 할 수 없게 되었다.

이때, 기차역 쪽에서 불길이 오르고 함성이 들렸다. 하얼빈 역사에 불을 지르는 데 성공한 모양이었다. 전기공사 쪽에서도 불길과 함성이 터져나왔다. 경찰서 쪽에서는 총성만 계속 울렸다. 겁에 질린 주민들은 아무도 나와보지 않았다. 하얼빈 시가지는 곳곳에 솟아오르는 화염과 총성으로 전쟁터가 되었다.

"살려주시오…… 제발……."

매캐한 연기가 영사관 앞까지 흘러와 눈이 매울 지경이었다. 그때, 쓰러져 죽은 줄 알았던 대원 하나가 움직이며 손을 흔들었다. 김명시에게 농담을 던지던 털보 사냥꾼이었다. 조금 전까지만 해도 당당하고 넉살맞던 음성이 비참하게 늘어져 있었다.

"구하러 갑시다!"

청년 하나가 소리치며 뛰어나갔다. 말릴 새도 없었다. 청년은 털보에게 달려가 부축하려 들었다. 순간, 잠깐 멈추었던 기관총이 다시 불꽃을 터뜨렸다. 청년과 털보는 반쯤 일어나다 말고 그대로 주저앉았다. 공격조는 영사관을 향해 일제히 총을 쏘아대며 소리쳤다.

"빨리 와! 달려와!"

서로 부둥켜안듯 하며 주저앉은 두 사람은 아무런 응답도 없이 옆으로 쓰러져버렸다. 그러곤 꼼짝도 하지 않았다. 흥분한 대원들이 일제히 영사관을 향해 총을 쏘아대자 황진연이 소리쳤다.

"총알을 아껴! 놈들이 못 나올 정도만 막아!"

퇴각을 준비할 시각이었다. 시가지 외곽의 공격조는 해관하 철교를 폭파시키는 데 성공한 뒤 곳곳의 전선을 끊고 전신주를 찍어 쓰러뜨리고 있었다. 같은 시각, 연길, 화룡, 두도구에서도 중국 관공서와 일본인이 운영하는 동양척식주식회사 건물이 불타고 있었다. 일본군이 지키지 않는 건물들이라 공격이 수월했다.

공격 개시 이후 20분쯤 지났을까, 지금까지와는 다른 요란한 총성이 들려왔다. 시 외곽에 주둔하던 장학량 부대가 출동해 밀고 들어오는 것이 분명했다. 대원들의 총알은 이미 거의 소진된 상태였다.

"철수! 철수!"

황 대장이 소리쳤다. 증원대가 온다는 것을 확인한 일본군 기관총은 더 요란하게 총탄을 퍼부어댔다. 일본군 병사들이 벽을 따라 밀고 들어왔다. 대원들은 시신을 챙길 새도 없이 빠르게 퇴각하기 시작했다.

시가지를 빠져나오는 내내, 김명시는 버려둔 시신들을 생각했다. 조선이 해방되는 날, 사회주의 혁명이 성공하는 날, 그들을 대신해 눈물을 흘려주리라 생각했다. 이미 시신이 되었음에도 다시 한번 일본도에 목이 잘려 장터에 전시된 뒤 기름에 불태워져 흔적도 없이 광야에 뿌려질 그들의 영혼을 위해 눈물을 흘리리라 생각했다. 그러나 지금은 울 때가 아니었다. 총탄은 대원들의 머리 위로, 귓전으로, 발아래 흙바닥으로 날아오고 있었다. 바람을 가르며 귓전을 스쳐가는 쉿쉿 소리, 흙바닥이나 담벼락에 부딪쳐 으깨지며 내는 둔탁한 소리들이 심장을 대바늘로 찌르는 듯했다. 그녀는 달리고 또 달렸다.

영사관 공격조가 지도부와 합류하기로 한 지점에 도착하니 홍남표가 손을 내밀어 맞이했다. 김명시는 후퇴할 때의 공포를 어느새 잊어버리고 다부지게 말했다.

"괜히 총알만 낭비했어요. 제 손으로는 한 명도 못 죽인 것 같아요."

"저만하면 충분히 성공한 것이니 자책하지 말게."

홍남표의 웃음소리에 뒤돌아보니 연기에 덮인 시가지 곳곳에 치솟아오른 불꽃이 하늘 높이 일렁이고 있었다. 불을 끄기 위해 뛰어다니는 사람들의 숫자는 점점 늘어나고, 은은히 들려오던 총성은 차츰 줄어들었다. 게으르고 겁 많은 중국군은 추적해 오지는 않았다. 대원들은 자랑스러움과 불안함이 뒤섞인 얼굴로 불길이 꺼져가는 광경을 지켜보았다. 폭동 총책임자 김근이 말했다.

"이만하면 대성공이오. 다음번 공격 때까지 다들 안전하게 자기 자신을 보위하시오. 놈들의 대대적인 탄압이 시작될 거요."

주둔지도 병영도 없는 인민의 군대였다. 다음번 동원령이 떨어질 때까지 대원들은 각자의 삶의 터전에서 정체를 숨기고 생업에 종사해야 했다. 경찰의 주목을 받은 적 없는 사람은 집으로 돌아가고, 경찰에 신분이 드러난 이들은 친구나 친척 집으로 갔다. 김근과 황진연처럼 검거가 확실한 대원들은 산중의 아지트로 들어가 빨치산이 되었다.

폭동은 계속되었고, 홍남표와 김명시는 폭동을 따라 광야를 헤매고 다녔다. 각 현의 구 조선공산당 당원들을 만나 상황을 점검하고 중국공산당 만주성위 책임자 유소기와 모스크바의 코민테른에 보고하는 일을 계속했다.

초여름 만주 벌판은 풍요로웠다. 넓디넓은 평야의 끝없는 경작지와 초원들 사이로 굽이쳐 흐르는 실개천 주위의 늪지 대에는 물고기가 무진장했다. 더위에 지쳐 물가에서 쉴 때 면 둘이서 바지를 걷어 올리고 들어가 물고기를 잡곤 했다. 그물도 낚시도 필요 없었다. 양 손바닥을 모아서 펼치고 풀 숲을 밀어붙이기만 해도 붕어와 메기들이 튀어올랐다. 잡은 물고기들을 풀줄기에 꿰어 하룻밤 머물다 갈 민가나 여관 주방에 맡기면 요리를 해주었다.

무릎 높이로 쌓인 낙엽을 거쳐 나온 물은 밤색을 띠었다. 미세하게 분해된 나뭇잎 가루가 섞여 들어간 때문이었다. 중국인들은 그래서 검은 용이 굽이친다고 해서 흑룡강이라 불렀다. 그 물을 먹고 자란 물고기들은 살에서도 낙엽 냄새 가 났다. 싱싱한 채로 살을 발라 고추장에 찍어 먹으면 최고 이지만, 푸성귀만 넣어 맑게 끓여도 비린내 하나 없이 고소 했다.

오염되지 않은 맑은 물이 고여 있는 늪지대는 작은 생물 들의 천국이었다. 혼자서 목욕을 하러 들어가면 개구리들이 첨벙거리며 달아나는 소리가 흥겨운 노랫소리 같았다. 얼마 나 적막한지, 지천에 널린 오랑캐꽃 위로 날아다니는 벌이 며 나비며 잠자리들이 내는 미세한 소리가 귀를 간지럽혔 다. 차가운 물속에 몸을 담근 채 손바닥으로 물을 떠 마시면 그윽한 낙엽 향이 입안을 적셨다.

광활한 들판 곳곳에 펼쳐진 경작지에는 사람보다 키 큰 옥수수와 사탕수수가 늘어서서 바람에 일렁였다. 여름이 깊어지면서 옥수수가 여물기 시작했다. 길을 가다가 배가 고프면 덜 익은 옥수수를 따서 모닥불에 구워 먹었다. 손가락으로 누르면 노란 즙이 나오는 옥수수구이만큼이나 맛있는 건 없었다. 주인에게 들킬 때도 있지만 먹을거리 풍족한 대륙인들이라 관대하게 봐주었다.

만주인들은 독이 있다고 더덕을 먹지 않았다. 계곡을 지나다 보면 코가 맵도록 더덕 냄새가 나는 곳이 있었다. 향을 따라가면 팔뚝만 한 더덕이 무더기로 널려 있었다. 양념이 없으니 뽀얀 진물이 흐르는 더덕을 그 자리에서 소금에 찍어 먹기도 하고 보따리에 넣고 다니며 배고플 때마다 씹어 먹기도 했다.

인적 없는 들길은 소풍처럼 즐거웠지만, 큰 마을마다 폭동과 진압이 계속되고 있었다. 곳곳에서 중국인 대지주나 친일파로 알려진 조선인에 대한 살육이 벌어지고 있었고, 이에 대한 보복이 뒤따랐다. 공산주의자들은 야밤에 중국군 부대까지 공격했고, 장학량은 경찰과 군대뿐 아니라 민간인까지 동원하여 토벌대를 편성해 이들을 추적했다. 수많은 사람이 체포되어 즉결 처형되었다. 만주의 감옥마다 공산주의자들로 가득 찼고, 사형장은 피가 마를 새 없었다. 훗날 중국공산당이 조사한 바에 따르면, 만주 지역의 조선인 열사는 3천6백여 명이었다.

만주가 소요에 빠진 동안, 중부 내륙에서도 이립삼의 지시에 따른 폭동이 거듭되고 있었다. 7월에는 인구 250만의 대도시 장사에서 폭동이 일어나 소비에트가 수립되었다. 대륙의 패권을 놓고 갈등하던 장개석의 중앙정부와 지방 군벌들은 충격을 받았다. 그들은 다시 동맹을 맺고 공산주의자들에 대한 대반격을 개시했다. 아무리 강인한 당원들도 정규군을 이길 수는 없었다. 잇달아 패전 소식이 들려왔고, 8월에는 홍군 총사령관 주덕과 모택동이 주도한 남창 공격도 실패했다는 소식이 전해졌다.

남창 봉기의 실패로 이립삼 노선은 위기를 맞게 되었다. 모택동을 중심으로 이립삼에 대한 비판이 시작되었고, 코민테른도 이립삼 노선을 맹동적 좌익 모험주의라고 비판하는 서한을 보내왔다. 유일한 승리였던 장사 소비에트도 무너졌다. 이로써 이립삼은 정치국에서 물러나고 모택동이 당의 주도권을 쥐게 되었다. 모택동은 도시의 무장 폭동을 중지하고 농민들을 조직해 농촌으로써 도시를 포위하자는 전략을 제시했다. 이 결정이 만주성위에도 전달되어 폭동 노선이 철회되었다.

그러나 만주 지역 폭동의 주역이던 조선인 청년들은 중국공산당의 결정을 수용하려 들지 않았다. 그들은 소규모 폭동을 계속했다. 많은 조선인이 체포되었고, 집에 돌아갈 수 없게 된 조선인 청년들은 동방혁명군을 결성했다. 그 숫자는 8백 명이나 되었다. 이들은 중국군과 중국 경찰, 대지주와 대상인, 친일파 조선인들을 눈에 띄는 대로 살상하고 다녔다.

홍남표와 김명시는 동방혁명군을 찾아다니며 폭동을 중지하고 중국공산당에 가입할 것을 설득하는 일을 계속해야 했다. 하지만 나라 잃고 떠도는 좌절감과 서러움, 일본인에 대한 증오에 사로잡힌 청년들을 설득하기는 쉽지 않았다. 그래도 어떤 날은 두세 개 조직을 만나서, 어떤 때는 며칠이나 한 군데 머물며 설득을 계속했다. 그사이 겨울이 왔다.

만주의 겨울은 혹독했다. 10월부터 영하의 추위가 밀려와 온 대지를 얼음덩이로 만들었다. 어떤 날은 새벽에 눈이라도 내린 듯 온 세상이 흰 서리로 덮였고, 하염없이 퍼붓던 눈폭풍이 그치고 구름이 걷히는 날이면 하늘과 땅 사이에 칼을 품은 듯 매서운 바람이 불어댔다. 영하 30도의 칼바람이 부는 들판을 걷노라면 아무리 머리를 털로 감싸도 귀와 뺨이 뻣뻣하게 얼어 감각이 없을 정도였다. 여관이나 민가에 들어가 옥수수죽이라도 한 사발 먹고 있노라면 얼었던 귓바퀴가 터져서 진물이 줄줄 나왔다. 두 사람은 한 운동가의 집에 틀어박혀 겨울을 지냈다.

끝나지 않을 것 같던 추위가 누그러지고 양지의 눈이 녹으면서 폭동은 다시 시작되었다. 두 사람의 설득 작업도 재개되었다. 지난해 폭동에 참가했던 공산주의자들 다수는 체포되거나 중국공산당의 명령에 따랐으나 동방혁명군 소속의 빨치산들은 다시 연길 일대에 출몰하며 방화와 살인을 일삼았다. 주민들은 이제 빨치산들도 미워하게 되었다. 주민들은 공산당원도 아닌 그들을 공산당이라고 싸잡아 비난했다.

폭동의 총책이던 김근이 체포된 뒤 연길 지역의 한 동방혁명군 지도자를 만났을 때였다. 당의 결정을 전달하고 해산하라고 하자 그는 흥분해서 퍼부어댔다.

"우리 동지 2천여 명이 옥에 갇혀 있습니다. 벌써 수십 명이 총살당했고요. 우리에게 무장 노선을 포기하라니요?"

"포기가 아니라 더 철저한 준비를 하자는 거요."

"포기나 중지나 뭐가 다릅니까? 도대체 어떻게 중지하란 말입니까? 각자 집으로 돌아가 얌전히 포박을 당하란 말입니까? 단체로 투항해 총살을 당하란 말입니까?"

분명 살인을 해본 사람의 눈이었다. 김명시는 배신자라고 봉변이라도 당할 것 같아 가만히 있는데, 고집스러운 홍남표는 거듭 말했다.

"솔직히 말해보시오. 조선인이든 만주인이든, 지금 여러분의 무장 폭동에 호응하는 농민이 얼마나 됩니까? 심지어 여러분을 마적과 다름없다고 봅니다. 반동이나 부자라고 해서 가족들까지 집단 학살하는 것은 인민과 혁명을 갈라놓을 뿐이오."

폭동 초기에 2백여 대원이 연길의 조선인 부잣집을 공격해 어린아이를 포함하여 일곱 명을 살해하고 집을 불태운 사건이 있었다. 해가 바뀐 이 무렵에도 조선인 부자들을 공격해 어린아이까지 온 가족을 죽이는 사건이 벌어졌다. 중국인 학교장과 교사, 중국인 순경 같은 이들도 잇달아 살해되었는데 그 일은 중국인들이 벌인 것이었다. 어쨌든 폭동으로 죽어나가는 것은 조선인과 중국인이었다. 그 많은 폭동에도 일본인 희생자는 거의 없었다. 경계가 삼엄했기 때문이다.

두 사람이 이런 식의 폭동으로는 혁명을 성공시킬 수 없다고 설득하자 동방혁명군 지도자는 말했다.

"왜 안 된다는 겁니까? 공산주의 혁명이 별겁니까? 두 분은 두도구의 공동체, 두도구 코뮌도 모르십니까? 여덟 군데 촌락에서 지주들의 토지 문서를 전부 빼앗아 불태워버리고 토지와 농작물, 소까지 모든 가구에 똑같이 분배하지 않았습니까? 중국인이 이사 오는 것도 막고 조선인들끼리 공산주의 제도를 실시하고 있는데 아주 잘되고 있습니다. 거기도 안 가보셨습니까?"

홍남표는 엷게 웃어 보였다.

"가보지는 못하고 보고만 받았소. 올해 첫 농사를 지어봐야 알겠지만, 토지와 소를 똑같이 나눠 갖는 게 공산주의는 아니잖소? 자본주의 안에서 더 평등한 조건을 만들어주는 것뿐이지요. 사적 소유를 인정하는 한 공동체는 오래가지 못하고 다시 빈부 격차를 낳게 될 거요. 설사 성공한다 해도 4억 인구가 살아가는 대륙에서 수백 명이 평등 생활을 하는 게 무슨 대수겠소? 잠시 동안 모범은 되겠지만 적들이 가만두지도 않을 거고."

동방혁명군 지도자는 이해가 안 되는 표정이었다.

"존경하는 혁명가께서 그리 말씀하시다니 실망이군요. 저는 그렇게 생각하지 않습니다. 한 알의 불씨가 광야를 태운다고 하지 않았습니까? 두도구 공동체가 농민들을 각성시켜 끝내는 모든 농민들을 봉기하게 만들 것입니다."

"그렇게만 된다면야 오죽이나 좋겠소."

두 사람은 결국 그들을 설복하지 못했다. 두도구 공동체의 한계를 이해시키지도 못했다. 이론가들이 언제나 앞서가는 것은 아니었다. 군중이 일사불란하게 그들을 따르지도 않았다. 일어나라고 아무리 설득해도 꼼짝도 않던 군중들이 이제 그만하라고 말려도 계속 달려가고 있었다.

이 무렵 홍남표가 코민테른에 보고하기 위해 집계한 것만 해도 7백 건이 넘는 크고 작은 폭동으로 2백 명 가까운 조선인과 중국인이 살해되었다. 3백여 채의 가옥과 서른 곳이 넘는 학교가 불탔고, 수십 군데 전화선이 절단되고 다리가 파괴되었다.

피해도 컸다. 장학량 정권은 폭동에 참가한 2천 명을 체포해 24명을 사형시켰다. 폭동 과정에서 사살된 이는 그보다 훨씬 많았다. 350명은 유죄 판결을 받아 감옥살이를 했다. 만주성위가 이립삼 노선을 고수했다면 사망자 수는 헤아릴 수 없을 만큼 늘어났을 것이다.

폭동은 1931년 10월이 되면서 갑자기 소멸되었다. 중국공산당의 노선 변화 때문에 줄어든 것은 아니었다. 폭동을 잠재운 것은 다름 아닌 일본군이었다. 일본군은 9월 18일 봉천의 중국군 대본영 공격을 시작으로 삽시간에 만주 전역을 차지했다. 중국군과 비교할 수 없는 체제를 갖춘 일본군 앞에 폭동은 저절로 잦아들었고 동방혁명군도 소멸했다.

사태가 이렇게 되자 중국인들은 조선인을 원망했다. 조선인들이 폭동을 일으켜 관동군을 불러들이는 바람에 만주가 일본에 넘어갔다고 생각했다. 일본군이 조선인을 보호하려고 만주에 들어왔다는 명분을 내세웠기 때문에 더욱 미움을 받았다. 중국인들은 조선인과 일본인을 한패로 보고 미워했다. 조선인에 대한 증오는 쫓기는 중국군이 가장 심했다. 수백 명씩, 수십 명씩 떼를 지어 퇴각하면서 조선인 마을만 보면 들이닥쳐 빼앗고 불태웠다.

홍남표와 김명시가 중국군 패잔병들을 만난 곳은 서란현의 한 조선인 마을이었다. 중국군의 방화로 수십 채 가옥이 모두 불타 잔해만 앙상했는데, 밭 가장자리에는 시신들을 모아 가매장한 듯 납작한 흙무더기가 길게 늘어서 달빛을 받고 있었다. 살아남은 누군가 묻고 떠난 것인지, 모두 죽어 이웃 조선인들이 묻어준 것인지 알 수 없었지만, 유달리 작은 흙더미에는 어린아이가 묻혀 있을 게 분명했다. 아직 화염의 냄새도 가시지 않은 마을은 달빛 아래 음산한 침묵에 잠겨 있었다.

"홍 선생님, 인간이란 동물은 어찌 이리도 잔인할까요? 교전 중인 적군도 아니고, 아무런 저항도 하지 못하는 민간인을 이렇게 죽이다니요. 이런 짓을 하는 인류를 구제하겠다고 싸우는 게 무슨 의미가 있을까요? 인간의 존재에 회의가 느껴지네요."

홍남표는 침통하게 말했다.

"이 역시 자본주의 제국들의 침략 전쟁이 빚어낸 비극이
지. 자본주의만 아니라면, 전쟁만 없다면 평범한 농민이던
그들이 왜 이런 짓을 하겠나?"

군벌은 별도의 모병 제도가 없었다. 들판에서 일하는 농부
들을 붙잡아 새끼줄로 나란히 묶어서 끌고 가 간단한 훈련을
시킨 뒤 군복을 입혔다. 너무 약하거나 늙은 남자는 돌려보
냈지만 한번 잡혀간 사람들은 언제 돌아올지 알 수 없었다.

평범한 농부였던 이들이지만 군복을 입혀놓으면 달라졌
다. 돈과 권력을 양손에 쥔 군벌의 개가 되어버린 그들은 무
자비해졌다. 그들은 유독 흰말을 좋아했다. 백마를 타면 총
알이 피해간다는 미신 때문이었다. 마을을 습격하는 군인들
은 서로 먼저 백마를 차지하려고 다투었다. 잔학한 학살과
강간을 저지르고 다니면서도 자기들은 불운을 피하겠다는
속셈이었다. 하지만 전장에서 맨 먼저 표적이 되는 것이 흰
말이었다. 눈에 잘 띄기도 하지만, 주로 장교들이 타기 때문
에 매복병들은 흰말의 주인부터 쏘기 마련이었다.

"선생님, 과연 자본주의라는 것만으로 이 잔혹한 광경을
해석할 수 있을까요? 자본주의 이전에도 인간은 얼마나 잔
인한 전쟁을 해왔나요? 더군다나 지금 이 잔인한 짓들을 하
는 이들은 엊그제까지도 평범한 농부들이었잖아요? 이런 게
바로 인간인데 단지 토지를 똑같이 나눠준다고 해서 세상이

평화로워질까요?"

"글쎄, 하기 나름 아닐까?"

홍남표가 자신 없이 대답할 때였다. 어두운 숲속에서 뭔가 어른대는 듯하더니 시커먼 그림자 셋이 튀어나왔다. 총을 든 중국군이었다.

"손들어!"

모자도 쓰지 않고 뒤에 다른 자들이 없는 것으로 보아 탈주병들이 분명했다. 그들은 만주어로 소리쳤다.

"너희들 조선인이지? 조선어로 말하는 것 다 들었다. 가진 것 다 내놔!"

도리가 없었다. 두 사람은 가방과 주머니의 돈과 먹을거리들을 바닥에 내려놓기 시작했다. 한 명이 만주어로 계속 떠들어댔다.

"너희들이 일본을 끌어들여 전쟁이 났다. 나라가 없어졌으니 우리는 도둑이나 되기로 했다. 다 너희들 때문이다."

다른 하나는 총구로 김명시의 가슴을 쿡쿡 찌르며 물었다.

"이 밤에 어딜 가는 길이냐?"

김명시가 방금 떠나온 동네 이름을 대고 그곳에 산다고 답했으나 그의 관심은 다른 데 있었다. 총구로 저고리를 들추려 들었다.

"보시오! 그 여자는 내 딸이오!"

홍남표가 중국어로 항의하는 순간, 다른 하나가 개머리판으로 뒤통수를 가격했다. 홍남표는 그대로 고꾸라져 일어나지 못했다. 두 명은 쓰러진 홍남표를 몇 대 더 걸어차더니 그의 가방을 뒤지기 시작했다.

김명시에게 총을 겨눈 자는 총구로 치마를 내리는 시늉을 해 보이며 소리쳤다.

"어서 벗어라!"

치마 속 비상 주머니에 넣어둔 콜트 권총에는 탄알이 세 발밖에 들어 있지 않았다. 한 발에 한 명씩 맞혀 셋을 죽이는 건 불가능했다. 권총 한 방에 사람이 죽지도 않거니와, 아무리 빨리 쏜다 해도 자신을 겨누고 있는 장총이 먼저 불을 뿜을 것이었다. 그러나 다른 방법은 없었다. 어차피 강간당하고 둘 다 죽임을 당할 것이었다. 차라리 권총을 쏘다가 놈들의 총알에 맞아 죽는 게 나았다. 부끄러운 체하며 몸을 뒤로 돌려 치마끈을 풀자마자 권총을 빼 들었다.

탕! 탕! 탕!

마주 선 중국군이 대응할 새도 없이 세 발의 총탄이 날아갔다. 한 발만 쏘려고 했는데 너무 긴장한 탓에 세 발이 모조리 발사된 것이었다. 중국군은 그대로 주저앉아 쓰러졌다. 쪼그려 앉아 금품을 챙기던 두 중국군이 바닥에 내려놓은 장총을 집으려 했으나 김명시가 먼저 권총을 겨누며 외쳤다.

"손들어! 쏜다!"

두 중국군은 번쩍 양손을 들어 올리더니 가라고 소리치자 황망히 달아나버렸다.

"선생님! 정신 차리세요!"

172

홍남표는 뒷머리가 피범벅이 된 채 일어나 앉았다. 급한 대로 수건으로 머리를 묶어주고 부축해 일으키는데 쓰러진 중국군이 신음 소리를 냈다. 배에 총탄을 맞은 것은 확실한 데 다른 두 발은 어디에 맞았는지 알 수 없었다. 달아난 자들이 다시 올지도 모른다는 생각에 장총을 주워 탄창을 뽑아보았다. 총알이 한 발도 들어 있지 않았다. 노리쇠를 당겼다가 놔도 총알은 튀어나오지 않았다. 다른 자들이 버리고 간 총도 마찬가지였다. 마을을 습격해 조선인들을 죽일 때 다 썼을 것이었다. 김명시는 권총만 챙기고 쓰러진 자가 천천히 죽어가도록 내버려둔 채 홍남표를 부축해 그곳을 떠났다.

밤새 걷고 걸어 날이 밝을 무렵, 두 사람은 반대편에서 걸어오는 한 무리의 조선인들을 만났다. 중국군에게 재산을 다 빼앗기고 조선으로 돌아가는 이들이었다. 이민 오는 이들보다도 더 초라한 행색이었다.

"왜놈들 싫어 만주까지 왔건만, 여기도 왜놈 땅이 되었으니 여기 있을 이유가 없잖우. 굶주리고 핍박받아도 내 고향에서 죽으려고 돌아가는 길이라우."

노파는 거의 직각으로 굽은 등을 지팡이에 의존해 후들거리며 걷고 있었다. 압록강에 도달하기도 전에 죽을 것 같았다. 나귀도 없는 그들은 하천을 만나자 바지와 치마를 걷어 올리고 살얼음이 낀 물속으로 걸어 들어갔다. 깊은 곳은 허벅지까지 빠지는 하천을 건너가 저편 언덕에서 옷을 내리는 모습들이 아련했다. 일본인 없는 땅을 찾아서, 아니면 먹을 것을 찾아서 그토록 어렵게 찾아온 만주 땅을 버리고 맨몸으로 되돌아가는 조선인들을 바라보며, 홍남표는 중얼거렸다. 눈에는 눈물이 고여 있었다.

"섬나라 야만족이라고 비웃던 왜놈들이 자본주의 제국으로 성장해 아시아인의 삶을 송두리째 불태우니, 어떻게 이 원한을 갚는단 말인가?"

언덕 너머 아스라이 사라지는 조선인들을 바라보는 김명시의 눈에도 눈물이 고여 세상이 흐릿해졌다.

9. 이별

흑룡강을 건너 하얼빈, 천진을 거쳐 상해로 가는 길은 험난했다. 기억할 수도 없을 만큼 수많은 위험한 고비와 굶주림을 견디고 상해에 도착한 것은 1931년 11월 중순이 다 되어서였다.

조봉암과 재회했을 때 처음 들은 소식은 오빠 김형선이 바로 얼마 전에 국내로 파견되어 갔다는 것이었다. 파견된 사람치고 체포되지 않은 이가 없으니 오빠를 언제 다시 만날지 알 수 없었다. 조봉암이 두 번째로 전해준 소식은 김무정이 또다시 무장 폭동에 참가했다가 전사했다는 것이었다.

"김무정 씨가요? 그 날랜 사람이 어쩌다가……."

안타까워하는 김명시를 넌지시 바라보며 조봉암은 조심스럽게 말을 이었다.

"대단한 친구인데 참 안됐지. 그리고 이건 참 말하기 힘든 이야기인데, 권오채 동무가 적들의 손에 숨지고 말았소."

쇳덩이에 맞은 듯 머리가 띵했다. 앞선 이야기는 권오채의 비극을 알리기 위한 서두에 불과했다. 조봉암은 침통한 표정으로 말했다.

"공장에서 파업을 이끌다가 체포되었는데 극심한 고문을 당한 끝에 감옥에서 다 죽어가다가 병보석으로 나오자마자 숨이 끊어졌다오. 죽을 때까지도 동지들 이름을 한 명도 팔지 않았답니다."

충격을 받은 김명시가 아무 반응도 보이지 않고 멍하니 바라보기만 하자 조봉암은 한숨을 내쉬고 말을 이었다.

"벌써 여러 달 전 이야기인데, 김명시 동무가 만주에 있으니 연락할 길도 없고, 또 알린다 해서 무슨 수가 생기는 것도 아니어서 돌아오기만 기다리고 있었소."

조봉암이 하는 위로의 말은 하나도 들리지 않았다. 멍하니 앉아 있던 김명시는 아무 말 없이 거리로 나갔다. 그리고 하염없이 걷기 시작했다. 영마대로 빌딩 숲을 지나 황포강 변을 마냥 걸어다녔다. 눈물이 마를 때까지, 아무 데나 걸터앉아 손바닥으로 얼굴을 가리고 울었다. 권오채와 같이 갔던 식당의 문고리를 잡아볼 때면, 그와 살던 셋집의 대문 앞에 설 때면 미친 여자처럼 혼자 미소를 지었지만 눈물은 멈추지 않았다.

배화여고 시절, 스스로 신탁을 받은 아이라고 생각한 적이 있었다. 미국인 여교사에게 그리스 신화를 배우고 나서였다. 자기 곁에 있어주는 사람, 자기를 사랑해주는 사람에게는 행운이 따르는 신화의 여주인공이 되고 싶었다. 자신이 사랑하는 사람들에게는 좋은 일만 생기리라는 자기최면을 걸어 좋은 사례만 골라서 기억했다. 그러나 이제, 가장 사랑하는 사람을 잃은 그녀는 신탁을 받은 소녀가 아니었다. 혁명이 희망과 사랑을 주었다면, 그 대가로 슬픔도 받아야 한다는 사실을 깨닫게 된, 스물다섯 살의 평범한 여자일 뿐이었다.

김명시가 슬픔에 빠져 한동안 아무 일도 하지 못하고 있던 11월 27일, 중국공산당 홍군은 강서성 서금에서 정부군을 몰아내고 중화소비에트공화국을 수립했다. 일본은 점령지 만주에 만주국을 세워 청나라의 마지막 왕 부의를 왕으로 앉혔다. 일본은 중국군이 만주 수복 전쟁에 집중하지 못하도록 해군을 동원해 상해를 공격했고, 몇 달간의 시가전 끝에 정전을 하는 사이 만주는 온전히 관동군의 지배 아래 들어갔다. 이로써 중국 대륙은 국민당, 공산당, 일본 등 세 정부로 분할되었다. 혼돈은 더욱 깊어졌다.

상해의 공산주의 운동에도 변화가 있었다. 홍남표와 김명시가 만주에 가 있는 사이, 상해에는 코민테른 조선위원회 위원들이 와 있었다. 조선위원회는 코민테른이 조선공산당을 해체한 대신 새로운 공산당 건설의 임무를 맡긴 조직으로, 책임자는 박헌영이었다. 모스크바에서 레닌대학을 마친 박헌영은 기관지 편집 책임자로 임명되어 벗이자 동지인 김단야, 그리고 아내 주세죽과 함께 상해에 온 것이었다. 홍남표와 조봉암은 여전히 중국공산당 내 조선인 지부의 책임자로서 박헌영과 협조하게 되었다.

권오채의 죽음으로 인한 슬픔을 많이 완화시켜준 이는 주세죽과 김단야였다.

주세죽은 조용하고 섬세한 여자였다. 그녀와 관련된 사건을 보도한 기사마다 서구적 미인이라는 수사를 앞세울 만큼 미모의 그녀는 중요한 회의나 논쟁에 끼더라도 조용히 듣다가 꼭 필요한 말만 간략히 하는 편이었다. 그녀에게서는 격렬한 혁명적 열정도, 애교스러움이나 즐거운 수다도 찾아보기 어려웠다. 그럼에도 남녀 할 것 없이 누구에게나 믿음과 사랑을 받았다. 오로지 사랑받기 위해 세상에 태어난 여자 같았다.

주세죽을 무덤덤하게 대하는 유일한 인물이 있다면 남편 박헌영이었다. 그는 후배들에게는 자기 손으로 보리밥도 해주고 된장찌개도 끓여주는 소탈하고 온후한 사람이었지만, 아내에게만큼은 살갑게 굴지 못했다. 코민테른에서 임명한 조선 공산주의 운동의 총책임자로, 선배들인 조봉암과 홍남표를 넘어서는 권위가 있었지만 외양은 보잘것없는 남자이기도 했다. 사람들은 홍남표를 표범에 비유하고, 조봉암은 호랑이에 비유했다. 실제 생김새나 성격이 그랬다. 반면에 박헌영은 새색시라는 별명을 얻고 있었다. 아내 주세죽보다도 작은 키에 뺨이 통통한 동안인 데다 대중 연설을 좋아하지 않는 수줍은 성격에 꼭 맞는 별명이었다.

박헌영은 여운형이나 조봉암과 달랐다. 누구를 만나든 말을 절제했고, 환하게 소리 내어 웃는 법도 없었다. 어쩌다가 웃을 때면 억지로 지어낸 듯 수줍은 입꼬리가 영 어색한 사람이었다. 목소리는 낭랑하니 듣기 좋았지만, 연설은 옛 서당의 고루한 훈장이 말하는 듯 아무런 높낮이가 없이 점잖기만 할 뿐 지루했다. 그가 코민테른의 절대적인 신뢰를 받게 된 이유는 대중 활동 능력보다는 사회주의 이론에 밝은데다 집필 능력이 탁월했기 때문이었다. 그는 조선공산당 간부 중 거의 유일하게 혁명 이론과 정세 분석을 대중적인 글로 써내는 능력을 갖춘 인물이었다. 그것이야말로 조봉암도, 여운형도, 홍남표도 못 하는 일이었다.

상해의 주세죽에게 친구이자 남편 같은 역할을 하는 이는 김단야였다. 그는 밝고 낙천적인 성격에 자상한 성품까지 여자들이 호감을 느낄 만한 매력을 모두 갖춘 남자였다. 주세죽은 무뚝뚝한 남편 박헌영과는 별 대화를 하지 않아도 김단야와 있을 때에는 수다스러워지고 농담도 곧잘 했다. 김단야의 아내 고명자는 모스크바에서 귀국해 활동하다가 체포되어 수감되어 있었는데, 가만히 지켜보고 있으면 주세죽이야말로 김단야의 진짜 아내 같았다. 두 사람은 늘 함께 다니며 애틋한 부부 같은 묘한 분위기를 풍겼다.

주세죽이 아니라도 김단야는 여자들에게 친밀한 감정을 불러일으키는 태생적인 매력을 지니고 있었다. 김명시도 어려서부터 그를 알고 있었고 또 좋아했다. 김단야는 조선공산당이 창당 준비를 하던 1924년, 김형선을 만나기 위해 마산에 자주 왔다. 한번 오면 며칠씩 김명시네 집에서 숙식을 했는데, 김명시는 그를 무척이나 좋아해서 싱싱한 생선을 사다 밥을 해주고는 맛있게 먹는 모습을 마냥 지켜보곤 했다. 배화여고를 자퇴한 그녀의 공산당 입당을 보증하고 모스크바 유학을 적극 추천해준 것도 김단야였다.

대중 조직가로서 김단야의 능력을 잘 알고 있던 박헌영은 그를 국내 조직을 책임지는 전권위원으로 임명했다. 그러나 김단야는 조선에 파견되자마자 경찰의 대대적인 추적을 받아 쫓기듯 상해로 돌아오고 말았다. 한번 보면 잊기 어려운 외모 때문에 많은 사람이 그를 기억하고 있던 탓이었다.

박헌영이 새 전권위원으로 지명한 이는 김형선이었다. 이론 수준이나 조직가로서의 능력이 탁월한 데다 마산 이외의 지역에는 얼굴이 알려지지 않았기 때문이었다. 김명시가 만주에 있을 때 국내에 들어간 김형선은 잡히지 않고 잘 활동하고 있었다.

김명시도 조선으로 돌아가고 싶었다. 중국공산당원의 신분으로 중국의 혁명을 위해 목숨을 걸고 싶지는 않았다. 끝없이 합작과 배신을 거듭하는 장개석 정부와 공산당과 군벌, 여기에 일본까지 가세한 대륙의 혼란 속에 자신의 일생을 바치기에는 아까웠다. 조선인이 할 일은 조선으로 돌아가 조선공산당을 재건하는 일이라고 생각했다. 권오채가 못다 한 그 일을 대신하고 싶었다. 복수를 하고 싶었다. 권오채의 원한을 풀어주고 싶었다.

박헌영에게 말하니 흔쾌히 승낙했다. 마침 국내의 김형선에게 활동 자금과 기관지를 전달할 사람이 필요하던 참이었다. 김명시에게 주어진 임무는 활동 자금 4백 원과 기관지 『코뮤니스트』 1~3호를 전달하는 것이었다. 임무를 완수한 뒤에는 인천 지역 공장노동자들을 조직하기로 했다. 이에 필요한 접선 대상자 명단과 주소는 머릿속에 암기했다.

박헌영은 동행도 한 명 붙여주었다. 이상훈이었다. 국경의 검문검색을 통과하는 데에는 여자가 훨씬 유리했다. 여자 혼자 이동하는 것이 가장 안전했다. 이상훈을 동행시킨 것은 김명시를 보호하기 위해서가 아니라, 거꾸로 이상훈을 보호하려는 것이었다. 어차피 국내에 들어가서도 함께 인천에서 활동해야 했다.

이상훈은 김명시와 동갑이었다. 조선인치고는 큰 체격에 먹성도 좋고 힘도 좋았다. 상해 시절 온갖 일을 도맡아 뛰어다니면서도 늘 웃는 얼굴로 재치 있는 농담을 즐기는 유쾌한 청년이었다. 허술하기에 더 정이 들기도 했다. 김명시가 만주에 가 있던 사이에 왔기 때문에 오래 함께 일할 기회는 없었지만, 금방 친해져 조선에서도 함께 일하라는 명령을 받은 것이었다.

상해를 떠나던 날, 주세죽이 부두까지 배웅을 나와주었다. 주세죽은 오랫동안 김명시를 안아주고 등을 도닥여주었다. 언제나처럼 박헌영 대신 김단야가 그녀 옆을 지키고 있었다. 마산에 드나들 때 쓰던 김단야의 본명은 김태연이었다.

"태연 오빠, 내가 어렸을 때 오빠랑 결혼하는 꿈을 꾸었다는 것 알아요?"

김단야는 활짝 소리 내어 웃었다.

"왜 몰랐겠니? 네 눈에 다 쓰여 있었거든?"

"내가 청혼했으면 받아주었을까요?"

"그거야 모르지. 명시 너는 참 당돌한 꼬마였어. 지금도 그렇지만."

김단야는 양팔을 펼쳐 그녀를 힘껏 끌어안아주었다.

"꼭 무사히 돌아와라."

"걱정 마세요, 오빠. 아수라 같은 북만주에서도 살아 돌아온걸요."

미래에 대한 어떤 약속도 무의미한 순간이었다. 무사히 돌아올 확률은 거의 없었다. 언제 다시 만날지 알 수 없는 이별이었다.

상해에서 요령성 안동현으로 가는 중국 내륙선이었다. 포동 항구를 벗어나는 증기선의 갑판에 서 있으려니 상해가 바다에 뜬 도시처럼 둥실둥실 멀어져갔다. 김명시는 울지 않았다. 상해에서의 추억을 뒤로하고, 지난해쯤 권오채가 홀로 지나갔을 귀환로를 더듬어 가는 길이었다. 어딘가에 남아 있을 그의 체취를 찾아가는 길이었다. 자신을 제외한 모든 사람에게 친절했던, 한 따뜻한 영혼이 뿌리고 간 빛의 흔적을 쫓아가는 길이기에 그녀는 울지 않았다. 그것은 또 다른 희망과 사랑을 찾아가는 길이었다. 1932년 3월이었다.

10. 코뮤니스트

안동역은 새벽부터 부산했다. 봉천에서 밤 9시에 출발해 밤새 남만주 들판을 달려온 경성행 특급열차를 기다리는 승객들이었다.

양복에 중절모를 쓰거나 양장을 입은 이들도 있고 기모노 차림의 일본인들도 있었으나 승강장을 메운 승객의 다수는 흰옷의 조선인이었다. 직사각형의 누런 여행용 가죽 가방을 광목 띠로 등에 둘러멘 남자도 있고, 중국에서 산 상품들을 싸맨 커다란 보따리들 위에 걸터앉아 기차를 기다리는 보따리 무역상들도 보였다.

김명시가 상해로 온 직후 만주에 세워진 만주국은 청나라의 마지막 황제 부의를 왕으로 내세웠지만 모든 중대사를 일본인이 결정하는 명백한 식민지였다. 그럼에도 형식상으로는 독자적인 국가처럼 되어 있어서 만주국과 조선을 가르는 국경 도시 안동에는 일본 세관원들이 우글거렸다.

정사복 경찰과 장총을 멘 헌병들, 완장을 찬 세관원들이 그물망처럼 배치되어 오가는 승객들을 매서운 눈으로 훑어

보고 있었다. 이상훈이 담배를 피우며 혼잣말을 했다.

"개나리가 지천에 널렸구나."

개나리는 일본 관헌들을 야유하는 조선인들 사이의 은어로, '개 같은 나리'라는 뜻이었다. 그런데 일본의 식민지 지배가 20년을 넘으면서 조선어에 능숙한 일본인도 많았다. 김명시가 팔꿈치로 옆구리를 찔러 경솔함을 나무랐으나 그는 실실 웃기만 했다.

두 사람은 만주로 농사지으러 갔다가 중국군 등쌀에 못 이겨 조선으로 돌아가는 가난한 부부로 가장하고 있었다. 상해에서 안동까지 며칠 걸려 기선을 타고 오는 동안 옷은 검게 더렵혀진 데다 옷가지며 식기구 몇 개밖에 들어 있지 않은 보따리는 가난한 귀환민으로 보이기에 충분했다.

그러나 국경을 지키는 관헌들은 옷차림만으로 판단하지 않았다. 젊은 남자는 무조건 의심했다. 수배자 사진이 붙은 두꺼운 수첩을 가지고 다니며 일일이 얼굴을 대조해보고 짐을 샅샅이 뒤졌다. 경성에 들어가기까지 행정 구역마다 담당 경찰서 형사들이 기차에 올라타 수상쩍은 젊은이들을 몇 번이고 심문했다. 조금이라도 의심스러운 구석이 발견되면 곧바로 끌고 내려가 혹독한 고문과 구타를 가했다.

김명시는 평생 만져보지 못한 거금 4백 원과 콜트 권총을 치마 속 비밀 주머니에 감추고 있었다. 안동현에 배치되어 있던 국내 파견 실무 책임자인 이봉춘에게서 수령한 것이었다. 돈이나 총보다 더 위험한 것은 기관지 『코뮤니스트』였

다. 너무 눈에 띄는 '공산주의자' 대신 러시아어 발음으로 제
목을 달아놓기는 했지만, 고등계 경찰이라면 단번에 알아볼
수 있을 것이었다. 치마 안감 속에 넣고 이중으로 꿰맸어도
경찰서에 끌려가면 신체검사에서 바로 발각될 것이었다.

새벽을 뚫고 달려온 증기기관차가 수증기를 뿜어대며 승
강장으로 미끄러져 들어왔다. 승객보다 관헌들이 먼저였다.
그들은 길게 누운 애벌레를 뜯어 먹으려 달라붙는 개미 떼
처럼 칸칸이 올라타 수색과 검문을 시작했다. 정차 시간은
20분이었다. 짧은 시간 안에 검문검색을 해야 하는 터라 바
빴다. 세관과 형사들은 일본인은 아예 건드리지도 않았고,
일등칸의 조선인들에게는 모자까지 벗어 들고 공손하게 조
선어로 양해를 구했다.

"대단히 수고로우시겠지만 가지신 물건을 잠시 보여주십
시오."

푹신한 의자에서 긴 잠을 자던 조선인 부자들이 귀찮은
표정으로 가방을 건네면 세관들은 뚜껑을 열어보는 시늉만
하고 지나치기 마련이었다. 그러나 삼등칸에 들어서면 태도
가 돌변했다. 나이에 상관없이 위압적인 반말로 명령을 해
댔다. 그럴 때면 일본 관헌들의 어눌한 조선어가 더욱 귀에
거슬렸다.

"영감! 선반의 짐을 꺼내 바닥에 내려놔라!"

비좁고 딱딱한 나무 의자에서 졸음에 시달리던 가난한 승
객들이 옷 보따리며 행상 보따리를 풀어놓으면 세관들은 죽

은 사람 물건 다루듯이 발로 툭툭 차보고는 쏟아보게 했다. 뒤를 따르던 형사들이 살펴보다가 뭐라고 의심하는 말만 하면 당사자는 열차 밖으로 끌려가 승강장 바닥에 손가방까지 다 풀어놓고 검사를 받아야 했다.

두 사람이 탄 삼등칸에서는 한 중년 남자의 옷 보따리에서 스무 갑은 될 담배가 쏟아져 나왔다. 세관은 대뜸 반말이었다.

"담배를 왜 이리 많이 사 가나?"

"중국 담배가 맛이 좋아서 사 가는 거지요. 친척들에게도 나눠주고……."

실실 웃으며 대답하던 중년에게 세관은 철썩 소리가 나도록 뺨을 갈겼다. 엉거주춤 일어서 있던 중년은 의자에 털썩 주저앉았다.

"매국노 같으니라구! 밀수가 불법인 것도 모르나? 압수다!"

중년은 한 마디 항의도 못 한 채 벌겋게 부어오른 뺨을 문대며 멍청히 앉아 있었다. 세관은 담배를 전부 빼앗아 가버렸고, 뒤따르던 형사는 그나마 체포되지 않은 것을 다행으로 알라며 엄포를 놓았다.

세관의 눈은 매서웠다. 머리에 흰 수건을 두른 어떤 여자는 중국산 패물을 허리춤에 몰래 감추고 있다가 들통나버렸다. 겁을 먹고 긴장한 얼굴 표정을 보고 알아챈 것이었다. 여자는 부들부들 떨리는 손을 비비며 애원했다.

"나리, 참말로 잘못했습니다. 큰딸 시집갈 때 주려고 무리해서 산 건데, 돈으로는 얼마 안 되는 겁니다. 제발 봐주십시오."

일본인 세관은 야멸찼다.

"누굴 속이려고 해? 너희 같은 양심 없는 탈세자들 때문에 조선인이 욕먹는 거다. 다른 짐도 검사해야 하니 다 들고 내려라!"

"아이구, 나리! 제발 살려주소!"

가련한 여자의 호소를 도와줄 이는 아무도 없었다. 여자는 한참이나 동정을 호소하며 버텨보았으나 결국은 보따리까지 모두 들고 끌려 내려갔다. 덕분에 뒤에 앉은 김명시와 이상훈은 검문을 당하지 않았다.

다시 출발한 기차는 이내 압록강 철교에 올랐다. 홍남표와 함께 만주에 갈 때 보았던 압록강 하구에 초겨울이 오고 있었다. 바다는 서쪽으로 더 가야 하지만 육지로 둘러싸인 깊고 넓은 강의 품이 고향 마산 앞바다처럼 느껴졌다. 7년 만에 돌아가는 조국이었다.

몇 분 안 되어 도착한 신의주역에서는 안동현보다 두 배는 되는 승객들이 오르내렸다. 삼등 객차 안은 거센 평안도 사투리에다가 쿨리라 불리는 중국인 노동자들의 목소리로 귀가 먹먹해졌다. 사이다와 도시락을 팔러 다니는 열차 매점의 점원들이며 창문 아래서 떡과 삶은 계란을 사라고 소리치는 행상들도 한둘이 아니었다.

안동에서는 주로 세관 검사를 했다면, 본격적인 신분 검사는 이제 시작이었다. 열차를 타고 몇 정거장씩 자기 경찰서 관할 구역을 왕복하며 의심스러운 인물을 집중적으로 검문검색하는 이동 경찰이 올라탔다. 일본인과 조선인이 짝을 이룬 형사대는 꼼꼼하고 날카로웠다. 형사들은 승객의 얼굴 표정과 눈빛만 보고도 독립운동가를 가려내는 능력이 있었다. 신비하다고 할 것도 없었다. 보통의 농민과 내면에 이상을 품은 지식인은 표정과 눈빛부터 달랐다. 그렇게 해서 열차에서 체포된 운동가가 한둘이 아니었다.

형사대는 수배자 사진이 붙은 두꺼운 수첩을 꺼내 들고 유심히 젊은 남자들의 얼굴을 대조하며 다가왔다. 안동역은 정차 시간이 제한되어 있는 데다 보석을 밀수하던 여자 덕분에 무사히 통과했으나 열차가 달리는 가운데 한 명씩 심문하는 신의주 경찰은 피해 갈 수 없었다. 다행히 뒷자리라서 열차가 신의주경찰서 구역을 거의 벗어날 무렵에야 형사들이 다가왔다. 조선말에 능숙한 일본인 형사가 이상훈을 지목했다.

"기차표 내놔라. 행선지가 어딘가?"

이상훈은 경성행 차표를 건네며 함경도 억양으로 천연덕스럽게 말했다.

"경성 갑니다요. 길림으로 농사지으러 갔는뎁쇼, 되놈들이 얼마나 괴롭히는지요. 경성 가서 지게꾼이라도 해보려고 가는 길입니다요."

"길림성 어디 있었나?"

뒤에 서서 수배자 사진첩을 하나씩 넘기며 얼굴을 대조해 보던 조선인 형사가 물었다. 이상훈이 미리 준비해둔 동네 이름을 말하는데 조선인 형사가 앞장을 다시 열어보며 물었다.

"너 이름이 뭔가?"

이상훈이 가명을 대자 형사의 표정이 사납게 변했다.

"거짓말! 가방 들고 따라와!"

형사들은 그를 객차 끝 세면장으로 데리고 나갔다. 이상훈은 수배자가 아니니 사진이 있을 리가 없었다. 무언가 의심스러우니 무작정 끌고 가서 반응을 보자는 게 분명했다. 김명시는 보통의 젊은 아낙처럼 잔뜩 겁먹은 표정을 지은 채 지켜보기만 했다. 섣불리 항의하거나 변명을 했다가는 그녀까지 몸수색을 당할 수 있었다.

형사들은 이상훈의 가방을 뒤집어 물건을 모두 바닥에 쏟아놓고는 하나하나 뒤지며 질문을 해대더니 아무 단서도 발견하지 못했는지 그냥 보내주었다. 그러나 한 번 검문을 통과했다고 끝이 아니었다. 한번 의심받은 사람은 다음 관할 경찰서로 인수되기 때문에 관할 구역이 바뀔 때마다 새로 올라탄 경찰에게 똑같이 검문검색을 당했다. 다음번에는 틀림없이 김명시도 심문할 것이었다.

두 사람은 다음 정거장에서 내렸다. 경성행 표를 내자 의아해하는 개찰구 역무원에게는 김명시가 임신해 헛구역질 때문에 쉬었다 간다고 말하고 빠져나왔다. 역을 나와 걷는

데 아무도 뒤따르는 이는 없었다.

이틀 밤이 지난 오후, 두 사람은 정주읍이 멀지 않은 평안
북도의 한 작은 마을을 지나고 있었다. 각각 마부가 딸린 아
담한 조선 말을 탔는데 모르는 사람처럼 멀찌감치 떨어져서
갔다. 이틀을 걷다 보니 너무 지쳐서 마부 딸린 말을 하루만
빌린 것이었다. 정주에서 다시 기차를 탈 계획이었다. 처음
부터 말을 따로 빌렸기 때문에 마부들은 두 사람이 일행인
줄 몰랐다.

오일장이 서는 마을이래야 장터 주변으로 백 가구도 안
되는 그곳에도 경찰 주재소가 있었다. 이미 여러 마을을 무
사히 지나쳐 왔기 때문에 크게 긴장하지 않고 다가가는데
하필 주재소 앞에 순사부장이 나와 서서 보초 서는 순사에
게 무언가를 지시하고 있었다. 외길이라 피할 수도 없었다.
이상훈은 허리를 곧게 편 채 앞만 보고 지나쳐 갔지만 순사
부장의 예리한 시선을 피하지 못했다.

"거기 서라!"

순사부장이 마부를 불러 세우더니 이상훈을 말에서 내리
게 했다. 이상훈은 의심을 사지 않으려고 순순히 주재소로
따라 들어갔다.

뒤에서 따라가다가 그 광경을 본, 김명시를 태운 마부가
욕을 해댔다.

"멀쩡한 젊은이 하나 또 병신 되어 나오겠군. 쳐 죽일 놈
들! 찢어 죽일 놈들!"

김명시는 겁먹은 척 아무 말도 하지 않았다. 수배자가 아니니 무사히 풀려날 가망도 없지는 않았다. 만일 한 사람이 연행되면 정주읍에서 하룻밤은 기다려주기로 사전 약속도 해놓았다. 그래도 불안을 떨칠 수가 없었다.

해가 떨어질 무렵에 도착한 정주읍은 제법 너른 평야 주위로 화강암 능선이 운치 있는 돌산 아래 형성된 유서 깊은 도시였다. 평안북도에서 신의주 다음으로 큰 읍이라지만 떠들썩한 중국에서 온 그녀에게는 적막한 시골 마을로만 보였다. 경찰이 마부에게 자신의 행선지를 물을지도 몰라 시내 입구에서 돌려보낸 후 혼자 여관을 찾았다.

새로 지은 여관들은 대개 마당 가운데 작은 화단과 우물을 두고, 사방으로 미닫이방을 나란히 붙여놓은 단층집이었다. 지붕은 검정 기와 아니면 일본식으로 까만 양철을 덮었는데, 큰 여관은 방이 스무 개가 넘었다. 돈이 있는 사람은 독방을 썼지만, 보통 사람은 모르는 이들과 댓 명씩 합숙했다. 식사 시간이 되면 방별로 사람 숫자만큼 따로 작은 밥상을 들였다. 반찬과 밥을 모두 놋쇠 그릇에 따로 담아오니 끼니때마다 무거운 밥상을 나르는 일도, 수백 개의 놋쇠 그릇을 설거지하는 일도 보통이 아니었다.

이상훈이 찾아올 때를 대비해 독방을 얻어 밥상을 받아놓고 보니 불안하고 걱정되어 밥이 넘어가지 않았다. 긴 시간은 아니지만 상해에서 함께 일하며 정이 든 데다 며칠간 위험한 여행을 통해 더욱 친해진 그가 주재소에서 매를 맞고 있으리라 생각하니 가슴에 돌덩이가 얹힌 듯 무거웠다.

밤이 깊어지기를 기다려 여관을 빠져나온 김명시는 정주 우체국을 찾았다. 예측하지 못한 사고로 누군가 먼저 정주에 가게 되면 우체국을 등지고 오른쪽으로 첫 번째 골목 첫 번째 전봇대 아래쪽에 행선지를 알리는 쪽지를 남겨두기로 약속했다. 무인포스트였다.

우체국은 멀지 않았다. 김명시는 어둠 속에서 여관 이름과 방 호수를 적은 종이를 전봇대 갈라진 틈에 끼워놓고 돌아섰다. 초가을 파리한 달빛에 뒷산의 화강암들은 백골이 널린 듯 빛나고, 들판에 깔린 밤안개는 음산했다. 만주 벌판, 폐허가 된 조선인 마을 앞에서 홍남표를 잃을 뻔했던 때처럼 무섭고 초조했다.

방에 돌아와 일찍 불을 끄고 누워 있다가 잠이 든 지 얼마나 지났을까, 뭔가 어깨를 살살 누르는 기분이었다. 손가락이었다. 놀라 눈을 떠보니 달빛이 비치는 미닫이문을 등지고 앉은 사람의 그림자가 가로막았다. 넓은 어깨에 커다란 머리와 굵은 허리, 분명 이상훈이었다.

"어떻게 탈출했어?"

자기도 모르게 터져나온 큰 소리에 이상훈은 재빨리 그녀의 입을 손바닥으로 막았다. 김명시는 얼른 그를 이불 속으로 끌어들여 편한 자세로 마주 보고 눕도록 했다. 깜깜한 어둠 속에서도 그가 웃고 있는 게 느껴졌다.

"순사들이 신원 조회를 하겠다기에 강원도 원산에 산다고 가짜 주소를 댔지. 원산경찰서로 전보를 쳐서 답이 오는 데 하루가 걸리니 그동안 주재소에서 기다리라는 거야. 몰래 손가락으로 목을 찔러 주재소 바닥에 토해놓고 배가 아프다고 뒹구니까 귀찮다고 여관에 보내더라고. 일단 여관에 방을 얻은 다음 여관 주인에게 산책 좀 하겠다며 옷가방에 모자에 돈까지 맡기니 의심 않고 보내주더라고. 그대로 줄행랑을 놓았지."

들고만 있어도 유쾌한 무용담에 김명시는 참지 못하고 키득거리며 그를 힘껏 끌어안아주었다.

"잘했어. 잘했어."

끌어안고 다독이고 있으려니 권오채가 생각났다. 혼자 국경을 넘어 경성까지 얼마나 마음을 졸였을까? 또 얼마나 외로웠을까? 같은 또래의 지식인 청년들은 종로 거리의 현대식 카페를 전전하며 여급이나 희롱하면서도 식민지 애환을 자기들이 다 떠안은 듯 애상조의 서정시나 읊고 불륜의 사랑에 절망하며 죽음의 찬미 같은 노래나 부를 때, 스스로의 죽음을 예감하며 감옥의 찬 마룻바닥에 누워 있었을 그는 얼마나 외로웠을까?

"우는 거야 지금?"

이상훈은 자기 뺨에 묻어나는 그녀의 눈물을 느끼며 물었다. 김명시는 대답 대신 그를 더욱 꽉 끌어안았다. 권오채가 살아 돌아온 듯 힘껏 껴안았다. 이상훈은 잠시 가만히 안겨 있더니 그녀의 고개를 들어 올려 눈물 젖은 눈에 입술을 갖다 댔다. 김명시는 망설임도 떨림도 없이 그를 받아들였다. 이상훈은 그렇게, 또 다른 권오채가 되었다.

길지 않은 육체의 시간이 끝나고, 두 사람은 곧장 짐과 옷을 챙겨 들었다. 달아난 이상훈의 인상착의가 평안도 모든 경찰서에 통보되었을 테니 정주에서 열차를 타는 것도 위험했다. 여관 주인이 깨지 않도록 살그머니 빠져나와 남쪽을 향해 걷기 시작했다.

시가지를 한참이나 벗어나 너른 들판을 지날 무렵 날이 밝기 시작했다. 전날 밤만 해도 백골이 널린 듯 음산해 보이던 화강암 능선이 경성의 북한산처럼 아름다워 보였다. 들판에 피어오르는 엷은 새벽안개는 아편 연기처럼 몽환적이었다. 숲에서 밤을 지새운 청둥오리 떼가 먹이를 찾아 물가로 내려오기 시작하고, 일찍 일어난 농부들이 봄맞이를 위해 괭이를 메고 들로 나가는 모습도 보였다. 비로소 조선에 돌아온 실감이 났다.

이상훈은 욕망을 감추지도, 자제하지도 않았다. 평양역까지 걸어가는 며칠 동안 줄곧 김명시의 손을 놓지 않았다. 맑고 따뜻한 날에는 인적 없는 산속 얕은 계곡에 들어가 옷을 빨아 널고, 알몸으로 함께 냉수욕을 하고, 새순으로 단장한 벚나무 아래서 사랑을 나누기도 했다. 그는 새로운 사랑이 지나간 사랑을 잊게 해줄 수 있음을 가르쳐주었다.

평양에 들어간 두 사람은 진짜 가난한 농민 부부 같았다. 평양에서 경성으로 가는 기차에서는 아무 의심도 받지 않았다. 두 사람이 앉은 칸에는 형사 둘이 죄수를 호송 중이었음에도 햇볕에 까맣게 타고 남루한 옷을 입은 농민 부부에게 아무 관심도 보이지 않았다.

형사들에게 끌려가는 죄수는 만주에서 잡힌 독립운동가임에 틀림없었다. 겁먹지 않은 당당한 태도 하며 검은색 짱산을 입은 것만 봐도 알 수 있었다. 형사들은 유람이라도 나온 듯 사이다에 삶은 계란을 까먹으며 여유를 부렸는데, 청년에게도 계란을 권했지만 청년은 홱 고개를 돌려 거부했다.

사상운동만 한 사람은 조봉암, 박헌영 같은 최고 지도자라도 7년 이하의 형을 선고받지만, 만주에서 무장투쟁을 하다 잡힌 이들은 사형에 처해지는 경우가 많았다. 어쩌면 그 청년은 1년쯤 뒤에는 목재로 새로 지었다는 서대문형무소 사형장 교수대 앞에 서 있게 될 것이었다. 그러나 두 사람은 그를 구할 수 없었다. 기억에 남겨두기 위해 간간이 깡마르고 침울한 얼굴을 훔쳐보았을 뿐, 눈도 마주치지 않았다.

형사들은 두 사람에게 아무 관심도 두지 않았다. 덕분에 두 사람은 모처럼 눈을 붙일 수 있었다. 기차가 개성을 지나면서 긴장이 풀려 깜빡 잠이 들었다. 얼마나 잤을까, 퍼뜩 눈을 떠보니 경기도의 마지막 역인 신촌역이었다. 아현리 고개만 넘으면 경성이었다.

꼬박 7년 만에 돌아온 조선의 수도였다.

11. 공장 뉴스

두 달 뒤, 김명시는 인천 제물포의 한 성냥 공장 담장을 따라 걷고 있었다. 조선반도에서 제일 큰 성냥 공장이었다. 4개 동의 붉은 벽돌 건물에서 온종일 성냥개비를 생산하고 있었다. 유황 냄새며 염산과 송진이 뒤섞인 역한 화학약품 냄새가 담장을 넘어와 코를 맵게 했다. 나무를 잘게 부수는 톱날 소리도 요란했다.

맞은편으로는 한 떼의 여학생들이 줄지어 걸어오고 있었다. 해군 병사처럼 흰 칼라를 단 검정 상의에 종아리가 살짝 드러난 주름치마를 입은 여학생들은 참새 떼처럼 시끄러웠다. 성냥 공장으로 수학여행을 온 경성의 여고보 학생들이었다. 여학생들이 교사의 인솔에 따라 공장 정문으로 들어가는 것을 보면서 김명시는 오른쪽 빈민가 언덕으로 향했다.

산동네 빈민굴은 성냥 공장의 연장이었다. 경사지를 뒤덮은 판잣집 지붕이며 햇살 드는 골목길마다 말리기 위해 내놓은 성냥갑들이 널려 있었다. 공장 안에서는 5백여 명의 노동자가 성냥개비만 만들었다. 성냥갑에 풀칠을 하고 성냥개비를 담는 일은 공장 밖 빈민들의 몫이었다. 이 부업에 종사하는 이들의 숫자만 2천5백 명이라고 했다.

제물포 일대 공장노동자의 조직 책임자 정갑용의 흙집은 빈민굴 가운데 길로 끝까지 올라가, 성냥 공장이 한눈에 내려다보이는 언덕바지에 있었다. 방문 대신 걸어놓은 멍석을 젖히고 들어가니 대낮에도 컴컴한 방 안에 담배 연기가 꽉 차 있었다. 비좁은 방에 이상훈과 정갑용, 그리고 성냥 공장에 다니는 남성 노동자 둘이 앉아 있었는데 하나는 앳된 소년이었다. 바닥에는 종이 장판 대신 멍석이 깔려 울퉁불퉁했고 벽은 수수깡에 진흙을 바른 그대로였다.

"미행은 없었지?"

이상훈이 물으며 쌀자루를 받아들었다. 쌀자루 속에는 수백 장의 전단이 숨겨져 있었다. 김명시는 전단 뭉치를 꺼낸 후 한 장씩 나눠주며 주의를 주었다.

"전단지에 지문이 남지 않도록 조심들 해요. 손가락이 닿은 부분은 반드시 손바닥으로 쓸어내어 지문을 지워야 해요. 경찰의 지문 채취 기술이 갈수록 정교해지고 있대요."

전단지 '공장 뉴스'에는 제물포 성냥 공장 여성 노동자들의 현실을 알리는 글과 평양의 고무신 공장 여성 노동자들의 파업 소식이 실려 있었다. 뒷면에는 인터내셔널가의 가사가 실렸다.

현장 배포를 맡은 노동자들은 전단 뭉치를 바지춤과 저고리 안주머니에 집어넣기 시작했다. 정갑용이 말했다.

"다시 한번 점검합니다. 점심시간 5분 전에 공장 안의 동무들이 전기를 꺼버리고 선동을 시작하면 정확히 5분을 기다렸다가 뛰어 들어가야 합니다. 경비원들이 공장 안의 우리 동무들을 잡으러 몰려갈 때 넘어야 한단 말이지. 너무 일찍 넘어갔다가는 경비원들에게 잡히고 말 겁니다. 알았지요?"

출정 준비를 마친 이들은 멍석을 젖히고 공장을 내려다보며 시간이 되기를 기다렸다. 붉은 벽돌 건물 사이로 여고생들이 줄지어 이동하며 공장 안을 구경하고 있었다.

"온 세계가 제국주의 전쟁에 휩쓸려 들어가고 있는데도 사람들은 참 평화롭게 사는 것 같지 않습니까?"

긴장으로 얼굴까지 창백해진 소년 노동자가 말했다. 손가락이 눈에 띄도록 떨리는 것이 겁을 먹은 게 분명했다. 김명시는 인천에서는 김휘성이라는 남자 이름으로 불리고 있었다. 소년이 말했다.

"김휘성 동무! 지난번에 간도 폭동에 대한 경험담, 참으로 감동 깊게 들었습니다. 그런데 저는 과연 이런 평화적인 파업으로 조선을 해방시킬 수 있을까 의문입니다. 무기도 없이 맨몸으로 희생되는 이런 방식 말고, 총칼 들고 싸우고 싶습니다. 저도 만주로 가고 싶습니다. 저를 만주에 보내주시면 안 됩니까?"

며칠 전 야간에 '붉은 5·1절'이란 제목의 담홍색 전단지를 노동자 주거지에 배포할 때도 소년 노동자는 유별나게 떨고 있었다. 그러나 열정과 의지는 대단해서 어떤 위험한 일도 마다하지 않았다. 겁이 많다고 해서 용기가 없는 것은 아니었고, 의지가 약한 것도 아니었다. 김명시는 말했다.

"제국주의 국가권력과 맞서려면 무장투쟁은 반드시 필요해요. 그렇지만 비행기에 탱크까지 세계 최고의 전력을 가진 일본군 백만 대군을 우리의 무장력으로 물리칠 수 있을까요? 빨치산의 무장력으로는 결코 일본군을 이길 수가 없어요."

소년 노동자는 의아해했다.

"빨치산으로도 안 되고, 파업으로도 안 된다고요? 아무리 싸워도 안 된다는 말이잖아요? 그러면 도대체 왜 우리가 아까운 목숨을 버려야 합니까?"

김명시는 웃으며 말했다.

"내 말은 공장 파업이나 빨치산 투쟁이나 같은 가치를 갖고 있다는 것이지, 둘 다 무의미하다는 말이 아니에요. 혁명 전사는 무엇이든 기꺼이 감당해야 해요. 기회가 된다면 총을 잡고 싸우기도 하고, 파업을 하기도 하고, 농촌에서 소작쟁의를 할 수도 있어야 해요. 그 작은 싸움들이 합쳐져서 거대한 적을 무너뜨리는 거예요. 누군가 이렇게 말했죠. 암송할 테니 들어봐요."

김명시는 광주 코뮌이 무너진 직후 오빠 김형선이 보내온 편지를 한 자도 빠짐없이 외우고 있었다. 소년 노동자에게 그 일부를 암송해주었다.

"산속의 조그만 샘물은 하찮아 보이지만 아래로 흘러내리는 동안 다른 샘들과 합쳐져 개울이 되고 강이 되고 바다가 된다. 강물은 결코 바다를 포기하지 않는다. 샘 줄기일 때는 낙엽 한 장을 흘려보낼 힘도 없지만 강이 되고 바다가 되면 기선도 띄우고 군함도 띄울 수 있게 되는 것이다. 지금의 우리는 하찮은 작은 샘에 불과하지만 우리와 같은 수많은 샘들이 만나서 뭉치다 보면 개울이 되고 강이 되는 것이다."

소년 노동자는 얼굴이 밝아져서 말했다.

"강물은 결코 바다를 포기하지 않는다!"

김명시는 소년의 손을 꼭 쥐어주었다. 시간이 되었다.

"자, 출정합시다!"

정갑용의 말에 두 노동자는 벌떡 일어섰다. 옷 속에 숨긴 전단 때문에 조금 어색한 걸음걸이로, 그러나 빠르게 공장을 향해 내려갔다.

소년 노동자가 지나간 골목길에는 샛노란 유채꽃이 바닷바람에 흔들리고 있었다. 농사를 짓다 올라온 이들은 한 뼘 넓이의 땅만 보여도 농작물을 심었다. 토막집들 사이 공터마다, 또는 좁은 길 양편마다, 아니면 생선 상자에 흙을 담아 지붕 위에 올려놓고라도 온갖 채소를 심었다. 하수구도 없고 쓰레기장도 따로 없어 더럽고 냄새나는 빈민가였지만 구석구석 토지에 대한 그리움이 서려 있었다.

멀어져가는 두 노동자를 바라보고 있을 때였다. 어딘가 텃밭에 뿌려졌을 인분 냄새가 바람을 타고 밀려왔다. 갑자기

헛구역질이 올라왔다. 아주 짧은 순간이었으나 지금까지 겪어보지 못한 울렁임이었다. 봄철이면 조선의 농촌 어디서나 맡을 수 있는 인분 냄새 때문일 리는 없었다. 언제나 배가 고픈 상태이니 허기 때문일 리도 없었다. 달거리가 끊긴 지 두 달이 넘었다는 생각이 들면서 문득 그 의미를 깨달았다. 임신이었다.

혼란스러웠다. 임무를 받고 조선에 들어온 지 석 달 만에 임신을 하다니, 본부에 뭐라고 보고를 해야 할지 난감했다. 경성에서 활동하고 있는 오빠 김형선에게는 뭐라고 말해야 할지도 난감했다. 이상훈이 어떻게 받아들일까도 궁금했다. 유리하게 해석할 거라곤 아이를 밴 여자는 검문검색을 피해가기 좋다는 점뿐이었다. 자신의 피로 만든 아이가 생긴다는 게 어떤 의미인지를 경험해보지 못한 그녀는 일단 좋은 점만을 생각하기로 했다.

약속한 시각이 되었다. 공장 안에서 몇 명의 선동가들이 동마다 들어가 선동을 시작하고, 경비들이 이들을 잡으러 몰리는 사이, 두 노동자는 정문을 통과해 달려 들어갔다. 점심시간에도 돌아가던 공장의 기계들이 하나둘씩 꺼지기 시작하고, 놀란 여학생들은 밖으로 몰려나왔다.

경찰은 며칠 전의 노동절 삐라 사건으로 비상이 걸려 있었다. 공장에 상주하던 인천경찰서 고등계 형사들이 이리 뛰고 저리 뛰어다니는 사이 2백여 명의 여성 노동자들이 공장 마당으로 줄지어 나와 연좌 농성을 시작했다. 완성된 성냥갑이 담긴 나무 상자들을 가득 실은 트럭들이 서둘러 공장을 빠져나가고, 사이렌을 울리며 달려온 두 대의 경찰 승합차에서 정복 순사들이 내려 공장 정문 앞에 도열했다.

방 안에서 성냥갑에 풀칠을 하던 언덕마을 사람들도 사이렌 소리를 듣고 밖으로 몰려나왔다. 주로 아낙들이지만 열 살도 안 된 아이들도 있고 걸어다닐 힘도 없는 노인들도 있었다. 일자리를 구하지 못해 집에서 성냥갑을 붙이는 것으로 소일하던 청년들도 꽤 많았다.

언덕에 모여 서서 공장을 내려다보던 주민들은 점차 공장 정문 앞으로 내려가기 시작했다. 김명시 일행도 무질서하게 몰려가는 주민들 속에 섞여 공장으로 향했다. 사방에서 터지는 불만의 소리들이 들려왔다.

"하루에 열댓 시간씩 일하고 고작 60전이 뭔가? 같은 일을 해도 내지인에게는 두 배를 주면서 말여."

"자네 딸은 그래도 취직이 됐으니 얼마나 좋은가? 우리는 온 가족이 모여 앉아 성냥갑 만 개를 붙이는데도 겨우 1원 70전밖에 못 받네. 그것도 작년에 1할이 삭감된 것을 지난번 파업으로 원상 복구한 것 아닌가?"

경찰이 출입을 차단한 가운데 공장 안에서는 노동자들이 임금 인상 구호를 외치고, 밖에서는 가족들이 웅성거리는 형상이 되었다. 가족이라 해도 대부분 집에서 성냥갑 붙이는 일을 하니 노동자라고 할 수 있었다.

"내지인과의 차별을 철폐하라!"

"임금을 인상하라!"

"악질 감독 교체하라!"

공장 안의 여성 노동자들이 구호를 외칠 때마다 밖에서도 박수를 치고 함께 구호를 외치는 이가 늘어났다. 몇 년째 정기 행사처럼 벌어지는 파업에 익숙해진 노동자와 가족들은 누가 이끌지 않아도 자연스럽게 안팎에서 농성과 시위를 벌였다. 공장 안에서는 서로 먼저 손을 들고 앞에 나와 그동안의 불만을 토로하고 구호를 선창했고, 밖에서는 박수를 치며 격려했다. 마치 동네 운동회라도 열린 듯 흥겨워 보였다.

고등계 형사들이 제일 바빴다. 그들은 회사 간부들과 노동자들 사이를 오가며 타협을 종용했지만 강제로 진압하지는 않았다. 조선반도에서 해마다 수백 건의 파업이 터지고 있었지만 경찰이 직접 나서서 강제로 해산시킨 경우는 드물었다. 경찰은 오히려 회사 측에 압력을 가해 일단 파업을 풀기에 급급했다. 그 대신 주동자가 누구인지 파악했다가 파업이 끝난 뒤 개별적으로 체포해 혹독한 고문으로 배후 조직을 캐내는 것이 그들의 업무였다.

경찰의 압력 때문인지 일본인 지배인이 한 시간도 안 되어 노동자들 앞에 나섰다. 지배인이 일본어로 연설하면 조선인 직원이 확성기를 들고 통역을 해주었는데 밖에서도 대강 알아들을 수 있었다.

"우리 조선인촌회사는 조선반도에서 소비되는 성냥의 3분의 1을 생산해왔습니다. 그런데 최근 일본 본토의 성냥 공장들이 인력을 대폭 감축하고 수작업을 기계로 바꿔서 고급 품질의 성냥을 아주 싸게 생산하고 있습니다. 이 성냥들이 반도로 들어오면서 수공에 의존하는 우리 성냥의 판매는 나날이 줄어드는 현실입니다. 여러분이 이렇게 해마다 파업을 한다면 우리도 기계를 도입하는 수밖에 없습니다. 자동기계가 들어오면 여러분에게 주는 임금의 절반으로 더 품질 좋은 상품을 만들 수 있습니다. 그렇게 되면 여러분 대다수가 실업자가 되고 말 것입니다."

곳곳에서 야유가 터져나왔다.

"지금 누굴 협박하는 거요?"

"악질 지배인은 물러나라!"

지배인은 야유에 굴복하지 않고 연설을 계속했다.

"좀 들어보세요! 당장 기계화를 도입하겠다는 뜻은 아닙니다. 회사는 여러분의 고용을 유지하기 위해 애쓰고 있습니다. 판매량 급감과 대량 해고라는 난관을 헤쳐나가기 위해 경영진은 머리를 싸매고 고민하는 중입니다. 인천부청과 상공회의소 같은 공공단체의 원조를 얻어 수작업 공임을 유지하면서도 생산량을 늘리기 위해 팔방으로 뛰어다니고 있습니다. 여러분은 이 점을 헤아려서 무리한 파업을 즉시 중단해야만 합니다."

야체이카에 소속된 선동조 노동자가 나섰다.

"지배인은 우리를 우롱하고 있습니다. 물어보겠습니다. 지금 일본 내지의 성냥 공장 노동자들은 얼마나 받고 있습니까? 일본인 노동자가 우리 조선인들처럼 60전을 받고 있습니까? 우리의 두 배는 받는 걸로 압니다. 그런데도 성냥 가격은 우리 것과 비슷합니다. 비싸면 안 사니까요. 도대체 어떻게 이게 가능합니까?"

"우리 사장이 그만큼 많이 버는 거지!"

여기저기서 호응하고 나섰다. 그러나 지배인은 달변이었다.

"우리 공장의 1년 수입금 40만 원 중 10만 원이 임금으로 지출되고 있습니다. 이것은 결코 적은 비율이 아닙니다. 그뿐만 아닙니다. 내지 공장과 달리 우리는 이 땅을 사고 공장을 짓느라 은행 빚을 많이 얻어 이자만도 엄청납니다. 인천 부청에 내는 세금도 막대합니다. 만일 임금을 두 배로 올리면 어떻게 되겠습니까? 공장 문을 닫거나 아니면 만주로 공장을 옮겨서 30전에 중국인을 고용하는 수밖에 없습니다. 여러분은 이 점을 헤아려야 합니다."

노동자 쪽에서도 지지 않고 논박했다.

"언제 회사 경영이 좋다고 월급을 더 준 적이 있소? 잘 벌때는 모른 척하고, 경영이 어려워지면 우리보고 책임지라는 거요? 당신네도 우리가 받는 임금을 받고 살아보시오, 과연 인간으로 살아갈 수 있는가!"

지배인이 조선인의 통역에 귀를 기울이는 사이, 사방에서 구호가 터져나왔다.

"동일 노동, 동일 임금!"

"차별 대우 중단하라!"

공장 밖의 주민들도 점차 소란해졌다. 경찰 트럭이 또 한 떼의 경찰 병력을 실어왔다. 경찰을 본 노동자들은 더 흥분했다.

"경찰은 물러가고 공장장 나와라!"

김명시는 공장 안팎이 고함과 야유, 구호로 파묻히는 것을 보면서 그곳을 빠져나왔다. 본래 자신의 임무가 전단을 만들어 갖다주는 것까지이기도 했지만 입덧 때문이었다. 이상훈은 남아서 '공장 뉴스'에 실을 새 소식을 가지고 돌아올 것이었다.

공장 지대를 벗어나 기차역 앞 시장을 지나는데 속이 계속 느글거렸다. 신 과일이 먹고 싶었다. 쌀도 보리도 과일도 채소도 다 품귀인 시기였다. 시장에 나온 과일이라곤 껍질이 주글주글하니 물기가 빠진 배와 사과뿐이었는데 엄청 비쌌다. 만지작거리기만 하다 포기하고 난전에서 녹두부침을 사 먹고는 일본에서 건너온 밀감 몇 개를 사서 아지트로 향했다.

걸으면서도 자꾸만 손이 아랫배로 갔다. 배가 나오지도 않았고 어떤 움직임도 감지되지 않았으나 인생의 두 번째 관문에 들어선 기분이었다. 문득 마산의 엄마가 보고 싶었다. 엄마는 어떻게 지내고 있을까? 세 아이를 항일투쟁에 바친 엄마의 마음이 이해되면서 바늘이 가슴을 찌르는 기분이었다.

더욱 형선 오빠 생각이 났다. 경성에 온 지 두 달이지만 오빠를 만난 건 단 한 번뿐이었다. 오빠와 만났을 때도 활동 자금과 기관지를 전달했을 뿐, 엄마나 동생들에 관해서는 한 마디도 나누지 못했다. 그럴 시간이 없었다. 인파가 넘치는 파고다공원에서 만난 오빠는 엿장수로 위장해 있었고, 부부로 위장한 이상훈과 함께 엿을 사는 체하면서 꼭 필요한 대화만 나누고 헤어진 게 전부였다.

출산이 자신의 혁명운동에 방해가 되리라는 생각은 들지 않았다. 주세죽과 더불어 여성운동계의 큰언니로 유명한 허정숙은 세 남자로부터 성이 다른 세 아이를 낳고서도 중국과 국내를 오가며 하고 싶은 일은 다 하고 있었다. 주세죽은 망명지 블라디보스토크에서 낳은 딸을 모스크바 고아원에 맡긴 채 상해에 파견되어 있었다.

"애기 이름이 뭐예요?"

상해에서 김명시가 물었을 때, 주세죽의 얼굴에는 묘한 기쁨이 흘렀다.

"박영. 러시아 이름으로는 비비안나."

"보고 싶지 않아요?"

"보고야 싶지. 그치만 우리에겐 임무가 있는걸."

서양 조각상 같은 얼굴에 스쳐 지나가던 희미한 슬픔이 잊히지 않았다. 간혹 혁명운동을 위해 결혼을 않겠다거나 아이를 낳지 않겠다는 운동가들을 본 적도 있지만, 진정한 혁명가들은 그 어떤 조건에도 좌우되지 않는다는 점을 김명시는 알고 있었다. 도피와 감옥살이는 본인과 아이 모두 힘들게 하겠지만, 새 생명은 언제나 축복이었다. 약한 자들을 위해 자신을 희생하는 이들에게 하늘이 내려준 선물이었다.

불안과 희망이 뒤섞여 들뜬 기분으로 언덕길에 접어들었을 때였다. 마을 입구 공터에서 벌어진 실업자들의 윷놀이판에 김형선과의 연락을 맡고 있는 김점권의 모습이 눈에 들어왔다. 막일꾼 출신임에도 차분하고 신중한 언행과 투지로 장차 당 중앙위원이 되기에 충분한 자질을 갖춘 인물이었다. 한가로이 윷놀이를 하고 있었지만 김명시를 기다리고 있었음에 틀림없었다. 눈길이 마주치자 모르는 사람처럼 앞장서 아지트로 향하는 것이었다. 무슨 일이 생겼구나 하는 직감이 왔다.

"비상 연락망이 가동되었소. 김명시 동무를 즉각 이동시키라는 김형선 동무의 연락이오. 경찰이 김형선 오누이를 집중적으로 찾고 있답니다. 벌써 여러 사람이 체포되었소."

들떴던 가슴이 서늘하게 내려앉았다.

"이상훈 동무는 어떻게 하지요?"

"이상훈 동무에게는 따로 연락을 할 거고, 등사 장비도 오늘 밤 다른 아지트로 옮길 거요. 이곳 걱정은 말고 즉시 개인 짐을 챙겨 경성으로 떠나시오. 주소는 여기 있소."

김점권은 손톱만 하게 접힌 미농지를 내밀었다. 난수표가 없으면 무슨 글인지 알 수 없도록 숫자로만 된 암호문이었다. 난수표는 한글의 자음과 모음에 무작위로 숫자를 매긴 숫자판이었다. 연락할 사람끼리 똑같은 난수표를 만들어 나눠 가진 다음 그 숫자에 의거해 암호문을 만들어 주고받았다. 매번 새 난수표를 만들 수 있기 때문에 당사자들이 아니면 풀이가 불가능한 암호문을 만들 수 있는 기발한 방법이었다.

김명시는 저고리 옷고름 속에 숨겨놓은 난수표를 꺼내 암호문을 읽어보았다. '종로구 훈정동 4번지 황일헌'이라고 쓰여 있었다. 적어둘 필요도 없는 주소였다. 주세죽이 박헌영과 신혼살림을 했던 집으로, 김명시가 모스크바 유학길에 오르기 전에 주세죽에게 저녁을 대접받은 적도 있었다. 미농지를 씹어 삼켜버렸다.

한 시간도 뒤, 김명시는 경인가도를 걷고 있었다. 이상훈에게 아이를 가졌다는 말도 못 한 채, 행선지도 남기지 않은 채 떠나는 길이었다. 언제 다시 만날지도 알 수 없는 길이었다. 평범한 사람들은 적어도 며칠, 몇 달 앞의 미래는 내다볼 수 있겠지만 혁명가들은 모든 것이 불확실한 세계 속에 살고 있었다.

인천이 멀어지면서 이상훈에 대한 애틋한 감정이 점점 더 커졌다. 그는 김명시 자신보다도 더 그녀를 사랑해준 사람이었다. 넘치는 사랑을 받는 데에만 익숙해진 그녀는 굳이 그에게 애정을 표시할 필요를 느끼지 못했다. 사랑이라는 단어까지는 쓰지 않았지만, 과도한 애정 표현은 언제나 그의 몫이었다. 그래서 그는 가끔 김명시가 자기를 동지로서 좋아하기는 해도 남자로서 사랑하지는 않는 것 같다며 서운함을 표하곤 했다.

"사랑이란 물과 같아서 언제나 한쪽으로만 흐르는 것 같아."

어느 날 그가 말했을 때, 김명시는 무심히 동의하기도 했다. 그가 권오채와 자신의 과거를 알고 말하는 것 같아서 부인할 수가 없었다.

"사람 마음을 어쩌겠어? 나를 만난 당신이 운이 나쁜 거지."

그런 말을 했다는 게 갑자기 부끄럽고 미안하게 느껴졌다. 이상훈이 마음을 아주 편하게 해주기 때문에 표현할 필요를 느끼지 못했을 뿐, 자신이 얼마나 그를 신뢰하고 좋아했는지 떠올랐다. 이제라도 기회가 주어진다면 얼마나 그를 좋아했는지 말해주고 싶었다. 그러나 그런 기회가 올지는 알 수 없었다.

도보와 버스, 전차를 갈아타며 훈정동에 도착했을 때는 늦은 밤이었다. 중문에 뒷문까지 갖춘 꽤 큰 골기와집이었다. 김명시를 기다리던 주인댁의 안내에 따라 들어간 뒷방에는 뜻밖의 인물이 마중을 나왔다. 고명자였다.

"명자 언니! 언제 올라왔어요?"

"명시야!"

모스크바에서 귀국한 고명자가 감옥살이를 하고 나와 고향인 충남 부여에 내려갔다는 소식까지는 들었는데 공산당 재건 운동의 연락책이 되어 혼자 방을 얻어 살고 있는 줄은 몰랐다.

"언니가 이제 스물아홉 됐죠? 근데 어쩜 이리 하나도 변한 게 없수?"

아주 잠깐, 두 여자는 서로의 얼굴을 어루만지며 반가워했다.

"명시 너는 더 예뻐진걸?"

시베리아 횡단 열차에서처럼 아무런 시간 제약 없이 수다를 떨고 싶었다. 헤어져 있던 수 년 동안 벌어진 사건들에 대해, 새로 만난 사람들과 다시 만나기 어렵게 된 사람들에 대해 밤을 새워 하염없이 길고 긴 이야기를 나누고 싶었다. 그러나 시간이 없었다. 고명자는 돈부터 내밀었다. 40원이었다.

"날이 밝기 전에 경성을 떠나. 상해로 가."

"상해로요? 입선한 지 석 달도 안 됐는데요?"

"형선 씨는 이미 출발했어."

"벌써요?"

모든 연락이 인편으로 이루어지다 보니 불과 몇 시간 전에 김점권에게서 들은 상황과 또 달랐다. 김형선과 고명자는 동갑내기 친구였다.

"형선 씨가 조선공산당 재건 국내 총책을 맡아서 들어왔다는 사실을 경찰이 이제야 알아냈나 봐. 잡혀갔다 나온 동무들 얘길 들으니 경찰이 상해에서 찍은 네 사진까지 갖고 있다네. 무슨 부녀회 창립 대회에서 찍힌 모양이더라. 그러니 무조건 출발해. 이미 알려진 형선 씨와 너를 보호하려는 게 아니야. 두 사람이 잡히면 지하에 있던 우리 조직이 고구마 줄기처럼 줄줄이 엮여 나올까 봐 그래."

고명자는 서둘러 깨끗한 옷과 버선을 챙겨주었다. 하룻밤만 주어졌더라도 권오채의 죽음을 함께 슬퍼했을 것이었다. 그리고 새로운 남자 이상훈과의 사랑을 축복받았을 것이었다. 그러나 사사로운 이야기를 나눌 시간은 없었다. 고명자는 신의주에서 국경을 넘을 때까지 들러서 도움을 받을 수 있는 집을 몇 군데 알려주고 암기하도록 했다.

어둠이 깊어지기도 전에 김명시는 고명자의 집을 떠났다. 경성에서 북경까지 가는 기차 요금은 20원, 동경까지의 요금도 20원이었다. 고명자가 준 돈이 아니라도 여비는 넉넉했다. 기차를 탈 수만 있다면 상해까지 며칠이면 갈 수 있었다. 그러나 역마다 사진을 들고 지키고 있을 경찰을 피해야만 했다. 오로지 걷는 수밖에 없었다.

서대문을 지나 영천고개 여관에서 하룻밤을 자고 해가 뜨기 전에 경성을 등졌다. 임진강을 건너 황해도와 평안도를 거쳐 신의주까지 가는 5백 킬로미터가 넘는 머나먼 길이었다. 지서가 있을 만한 큰 마을은 우회하고, 한적한 산촌 마을에 들어가 돈을 주고 하룻밤씩 유숙했다. 발바닥에 생긴 물집으로 도저히 걸을 수가 없어 고명자가 소개해준 정주의 오산학교 선생 집에서 사흘을 유숙하기도 했다. 입선할 때처럼 마부 딸린 말을 타고 이동한 날도 있었으나 지난번 사건 이후 경찰이 말 탄 사람들까지 검문한다는 말에 그만두었다.

신의주까지 가는 데 16일이 걸렸다. 기차를 타지 못하는 사정은 김명시만의 고충이 아니었다. 유일한 장거리 운송 수단이 기차인데, 역에서 차단당하면 걷는 수밖에 없었다. 함흥에서 마산까지, 원산에서 부산까지 걸어갔다는 보고를 받은 적도 있었다. 남자들은 자전거를 타고 다니기도 했지만 여자가 자전거를 탔다가는 온 동네의 구경거리가 되니 오로지 걷는 수밖에 없었다.

고명자가 가르쳐준 신의주 시내의 정씨 집에 도착한 김명시의 얼굴은 햇볕에 그을려 새까만 데다 바싹 말라서 누가 보아도 가난한 농촌 아낙네 같았다. 정씨는 그녀가 오리라는 것을 미리 알고 있었다.

"오는 길에 김형선 동무를 보지 못했습니까?"

"아뇨?"

"사흘 전에 김찬 동무와 함께 왔다가 어제 다시 걸어서 남쪽으로 돌아갔는데요?"

김명시는 놀라 물었다.

"아니, 여기까지 왔다가 왜 돌아갔어요?"

"요즘 검문이 너무 삼엄해서 도저히 압록강 철교를 넘을 수가 없었지요. 겨울에 얼면 모를까, 지금은 어렵습니다. 김형선 동무는 차라리 잘 됐다고, 죽어도 내 나라 내 땅에서 죽겠다고 돌아가버립디다. 물론 내가 잡히면 두 동무가 압록강을 넘어갔다고 거짓 진술을 할 겁니다만."

김명시는 댓돌에 주저앉아 중얼거렸다.

"경성으로 가는 길이 더 검문이 심한데 어쩌자고…… 형선 오빠는 폐도 안 좋은데……."

"김찬 동무가 함께 다니고 있으니 너무 걱정 말아요."

김찬은 이제 갓 스물을 넘긴 청년이었지만 학생 때부터 어떤 고문에도 굴복하지 않는 용맹한 인물로 유명했다. 폐병을 앓아 몸이 허약한 김형선을 경호원처럼 수행하는 중이었다. 김형선이 김찬과 함께 움직이고 있다니 조금은 안도가 되었다.

"경찰이 신의주 일대의 사상범 전과가 있는 사람의 집을 모두 뒤지고 있으니 우리 집도 위험합니다. 일단 오늘은 여기 머물고 내일 일찍 출발하십시오."

정씨가 마련해둔 거처는 신의주에서 멀지 않은 백마강역 부근의 한 농가로 차씨라는 사람의 집이었다.

정씨의 집에서 하룻밤을 자고 난 다음 날 아침 7시, 김명시는 시골 여자처럼 감자와 호박을 담은 큰 광주리를 머리에 이고 부지런히 걸어 백마강역으로 향했다.

일반 사람들은 민족주의와 공산주의에 차이를 두지 않고 다 같은 독립운동가로 존중했다. 또 안전한 범위 내에서 돕고 싶어 했다. 당원이 열 명이라면 이러한 심정적 지지자는 서른 명이었다. 심정적 지지자를 줄여 '심파'라고 부르기도 했다. 심파도 아무나 할 수 있는 게 아니었다. 운동가의 가족은 해당되지 않았다. 가족 중에 사상범 출신이 없어 경찰의 감시를 받지 않아야 했다. 차씨도 정씨의 외가 쪽 친척으로, 경찰이 전혀 의심을 하지 않으니 안전하다고 했다.

정씨가 가르쳐준 대로 차씨 집은 백마강역 부근의 한가한 농촌 마을에 있었다. 정씨가 보냈다고 하니 반갑게 맞아들였다. 차씨 집은 그러나 그녀의 마지막 도피처가 되었다.

도착하고 겨우 두 시간도 안 되었을 때였다. 요란한 사이렌 소리와 함께 마을 입구에 경찰차들이 몰려오는 것이었다. 총검을 든 순사들이 마을을 에워싸 피할 길도 없었다. 김명시가 떠난 직후 정씨 집을 덮친 경찰은 정씨를 연행한 뒤에 그의 가족으로부터 머리에 광주리를 인 20대 중반의 여자가 백마강역 쪽으로 떠났다는 진술을 받아낸 것이었다. 잡혀간 정씨는 두들겨 맞으면서도 김명시의 행방을 지켰으나 아무 소용이 없게 되었다.

떼를 지어 백마강 마을로 몰려온 경찰은 집집마다 뒤지기 시작했다. 집 안에 숨어 있는 게 더 위험해 보였다. 김명시는 차씨의 갓난아이를 등에 업고 싸리문 가에 서서 여염집 여자처럼 아이를 어르고 있었다.

예상대로 정사복 경찰들은 갓난아이를 업고 문간에 서서 인사까지 하는 시골 아낙을 무심히 지나쳐 갔다. 그런데 사복형사 하나가 지나가다 말고 발길을 멈추더니 홱 돌아섰다. 형사는 김명시의 얼굴을 노려보더니 대뜸 권총을 들이대고 일본어로 윽박질렀다.

"당신 김명시지?"

평안북도 경찰부의 일본인 경부였다.

"김명시가 누굽니까? 난 애 키우는 유모입니다."

무심코 유창한 일본어로 대답이 나왔다. 순간, 형사가 침착하게 호루라기를 불었다. 눈은 김명시를 무섭게 쏘아보고 있었다. 소름이 오싹 끼쳤다. 실수였다. 조선어로 답했어야 했다. 수배자 사진으로 김명시의 얼굴을 외우고 있던 형사는 설마 갓난아이를 업은 여자일까 싶어 한번 찔러보았던 것이다. 그런데 유창한 일본어로 답변을 하자 금방 알아챈 것이었다. 경찰이 몰려와 김명시를 둘러싸자 형사는 비로소 득의만만하게 웃으며 말했다.

"무식한 시골 여자가 어찌 일본말이 이렇게 유창한가?"

사회안전법으로 체포된 경험이 있는 이들에게는 경찰서에 끌려가서 겪은 일에 대해 말하지 않는 것이 하나의 불문율처럼 되어 있었다. 되새겨보기에 너무 고통스러운 기억이기도 하고, 잔혹하게 당한 이야기가 오히려 항일운동에 가담하려는 이들을 위축시킬 수 있기 때문이었다. 하지만 더 깊은 내면에는 구타와 고문 과정에서 자신이 얼마나 비참하게 무너져버렸는지, 지켜야 할 비밀을 지키지 못하고 보호해야 할 동료를 보호하지 못했던 일이 드러나는 것에 대한 수치심이 감추어져 있었다. 경찰이 원하는 것도 정보만이 아니라 그 공포와 좌절감이었다.

신의주경찰서로 연행된 김명시는 어떤 매질과 고문에도 비명을 지르지 않았다. 제발 살려달라고 울부짖거나 잘못했다고 빌지도 않았다. 처음 한 대를 맞을 때는 자기도 모르게 신음이 터져나오고, 처음 옷이 벗겨져 알몸이 되었을 때는 혀를 깨물어 죽고 싶도록 수치스러웠다. 그러나 이내 피부 감각이 마비되고 고등계 형사들을 사람으로 보지 않으니 수치심도 없어졌다. 자기도 모르게 새어나오는 신음조차 억누르며 그녀는 권오채가 했던 말을 기억하며 생각했다.

'꼭 복수할 거다. 너희 놈들의 이름을 절대 잊지 않고 기억해두었다가 혁명의 그날 한 놈도 남김없이 죽일 것이다. 한 놈도 남김없이 죽여버리리라! 복수하리라!'

고문은 주로 조선인 형사들이 맡았다. 일본인 형사들이 꼬치꼬치 심문하며 조서를 작성하다가 화를 내고 욕을 퍼부으면 조선인 형사들이 알아서 몽둥이를 휘두르고 고문틀에 매달았다.

'그날이 오면 너희 놈들은 말하겠지? 같은 조선인끼리 용서하고 화합해야 한다고. 가족을 먹여 살리기 위해 어쩔 수 없이 일본인이 시키는 대로 했다고 사정하겠지? 용서치 않으리라. 결코 용서하지 않고 너희 놈들을 모조리 고문대에 매달아 처형하리라! 한 놈도 남김없이 다 죽여버리고 말 거야!'

총독부를 헐어버리고 광화문을 재건해 그 앞에서 조선인 반역자들을 모조리 처단하는 상상을 하며 버텨냈다. 오로지 복수하겠다는 의지로 입을 악물고 비명을 참았다. 지하 취조실 가운데에는 씨름장처럼 모래가 깔려 있었는데 피와 땀

과 오줌똥으로 악취를 풍겼다. 속옷까지 완전히 벗겨진 상
태로 더러운 모래밭에 눕혀져 팔다리를 구둣발에 눌린 채
곤봉으로 음부를 찔리는 고문을 당할 때는 치욕과 통증으로
미쳐버릴 것 같았지만, 울거나 비는 대신 미친 사람처럼 저
주를 퍼붓고 고함을 쳐댔다.

　일주일쯤 지나서부터 몸의 구멍이란 구멍에서는 다 피가
나오기 시작했다. 처음에는 시도 때도 없이 코피가 흘러내
리더니 오줌이 붉다 못해 보랏빛으로 나왔다. 체포 열흘 만
에 처음 나온 대변도 피범벅이었다. 생리도 아닌데 하혈이
계속되었다. 피를 많이 흘려서인지 않으나 서나 어지러워
견딜 수가 없었다.

　하혈 이틀째인가, 아랫배에 극심한 통증이 왔다. 유치장
의 나무 변기에 앉아 있을 때였다. 마치 내장이 쏟아져 나오
는 듯, 뜨거운 덩어리가 몸에서 쑥 빠져나가는 느낌이었다.
희미한 붉은 전등 하나만 켜놓아 변기에 무엇이 빠졌는지도
보이지 않았다. 아랫배가 찢어지는 것 같은 고통을 참으며
차가운 유치장 바닥에 눕는데 몸이 견딜 수 없이 춥고 떨려
왔다. 늘 울렁이던 현상이 사라지고, 간간이 느껴지던 미미
한 움직임도 없어졌다. 자기 안의 또 다른 생명이 빠져나가
버린 것이었다. 딸인지 아들인지도 모를 새 생명의 체온이
빠져나간 몸과 마음이 너무도 추웠다.

　지금까지 잡혀온 여자 사상범 중 최고의 독종이라는 저들
의 말을 위안으로 삼아 버텨오던 김명시는 그날 밤 처음으로

울었다. 아무리 몽둥이와 구둣발로 얻어맞고 대바늘로 손톱 밑을 찔려도 저절로 터지는 신음 말고는 비명 한번 지르지 않았는데 더는 참을 수가 없었다. 감방의 차가운 벽에 머리를 박고, 소리가 들리지 않도록 입을 가리고 이를 악문 채 울었다. 권오채의 죽음을 확인한 그날만큼 슬픈 밤이었다.

12. 봉암새

비둘기 한 마리가 창턱에 날아와 앉았다. 감방의 창문치고는 큰 편인 여섯 쪽짜리 격자창이었다. 커다란 눈송이들이 쇠창살 너머 하늘 가득히 흩날리고, 비둘기의 몸에도 금방 하얗게 내려앉았다가 미끄러졌다.

"밥 먹으러 왔니?"

밤톨만 하게 뭉쳐놓은 잡곡 덩이를 손에 들고 창가로 다가갔다. 창문을 조금 열고 창틀에 먹이를 놓자마자 다른 비둘기들이 날아와 서로 쪼아 먹으려 달려들다가 그만 밑으로 떨어뜨리고 말았다. 비둘기들도 먹이를 따라 내려가 시야에서 사라져버렸다.

1939년 겨울이었다. 신의주형무소 여사는 긴 단층 기와집으로 다른 형무소보다 창문이 컸다. 그러나 감옥의 창문이 아무리 넓다 해도 보이는 것은 높다란 회색 담장과 감시탑밖에 없었다. 창틈을 타고 차가운 바람과 함께 거대한 웅성거림이 밀려 들어왔다. 감방마다 가득한 수천 명의 말소리였다. 죄수들끼리 무슨 할 말이 그리 많은지 몰랐다. 수감된

지 7년째, 새벽부터 한밤까지 계속되는 지긋지긋한 소음이었다. 석방되면 사람의 목소리라곤 전혀 들리지 않는 산중에서 하룻밤이라도 자보고 싶었다.

창문을 닫고 마룻바닥에 누워 솜이불을 뒤집어썼다. 이빨은 사정없이 부딪치고 손발은 경련을 일으키듯 떨렸다. 복도 가운데 간수를 위한 석탄 난로가 하나 놓였을 뿐, 감방 안에는 어떤 온방 장치도 없었다. 사람의 체온조차 없는 독방의 겨울은 더욱 혹독했다. 얼음장 같은 마룻바닥에 거적 한 장을 깔고 얇은 이불을 덮고 홀로 누워 있으면 밤새 몸이 떨려 잠도 오지 않았다. 이가 아프도록 떨다가 잠이 들지만 잠시뿐, 몇 시인지도 모르고 깨어나길 밤새 되풀이해야 했다. 첫겨울부터 동상에 걸린 발가락이 겨울만 되면 가렵고 아파서 더 잠을 이룰 수 없었다.

셋이 누우면 딱 맞을 감방에 살림살이라곤 잡다한 몇 권의 책과 물주전자, 수저, 대야, 걸레 따위가 전부였다. 형무소 도서관은 한 달 기한으로 책을 빌려주었으나 읽을 거라고는 사서삼경이니 한시 작법 같은 책뿐이었다. 예전에는 서적 반입이 자유로워 감방에서 자본론을 독학했다는 이들도 있었다지만 이제는 정치, 경제라는 단어만 들어가도 금지였다. 러시아어 서적은 애초에 구할 수도 없었고, 일본이 미국과 대치하면서 영어 원서도 금지되었다. 히틀러가 지배하는 독일과 동맹을 맺은 덕분에 독일어 서적은 허용한다는데 읽을 줄 모르니 빌려봤자 소용없었다.

이불을 뒤집어쓴 채 최남선이 '해당화'라는 제목으로 번안한 톨스토이의 『부활』을 집어 들었다. 얇은 축약본인 데다 수많은 죄수들의 손을 거쳐 표지가 너덜너덜했지만 읽을거리가 없다 보니 벌써 몇 번째 대출해 왔는지 기억도 나지 않았다. 줄거리는 물론 문장까지 다 외울 지경이었지만, 글씨들 너머로 아득히 그려지는 모스크바의 모습에 위안을 받으려고 책장을 열고 꽁꽁 언 손가락으로 몇 장을 겨우 넘겼을 때였다. 간수가 감방 문에 달린 조그마한 철창으로 얼굴을 내밀었다. 몇 년째 김명시를 담당해서 친해진 조선 여자였다.

"김명시 군! 선물 왔어. 또 조봉암 씨가 보내왔네."

여자 간수는 감방 문 아래쪽, 밥이나 물건을 넣어주는 작은 나무문인 식구통을 열었다.

"이번엔 뭔가요?"

벙어리장갑 한 켤레였다. 낡은 헝겊을 덧대어 만든 것이었다. 장갑 속에 손을 넣어보니 알사탕도 몇 개 들어 있었다.

"장갑이 따뜻하네요. 사탕 같이 먹어요."

철창 사이로 사탕을 내밀자 간수는 손을 내저으며 말했다.

"조봉암 씨가 바느질 솜씨가 여간 아니야. 손가락도 성치 않은 사람이. 그렇게 성실한 사람은 처음 봤어."

조봉암은 한겨울 감옥살이 때 걸린 동상으로 손가락 끝을 여러 개 절단했는데도 바느질을 잘하기로 소문이 나 있었다. 김명시보다 조금 늦게 상해에서 체포되어 신의주형무소에서 7년째 죄수복과 이불을 꿰매는 보철공으로 일하고 있으니 그럴 만도 했다.

"조 선생님은 잘 지내고 있답니까?"

"그 양반을 괜히 수인 전옥이라 부르겠어? 단 하루 휴역도 않고 병감에도 안 가고 그리 열심히 일하는 모범수라네. 체력도 참 대단해."

형무소장을 전옥이라 불렀는데, 조봉암은 죄수 중의 소장이란 뜻으로 수인 전옥이라 불렸다. 보철공으로 일하는 죄수들을 감독할 뿐 아니라, 언제쯤 솜옷과 솜이불을 나눠주어야 할지, 재고가 얼마나 되는지를 소장보다 더 잘 알고 있어서 간수들도 그가 시키는 대로 한다고 해서 붙여진 별명이었다. 남자 감방과 여자 감방 사이에 물건을 주고받는 일은 금지되어 있었으나 조봉암에게만은 예외인 것도 그 때문이었다.

"박헌영 씨하곤 딴판이지. 댁의 오빠 김형선하고 박헌영이라면 지금도 간수들이 이를 간다우."

여자 간수는 웃는 얼굴로 손을 휘젓고는 자기 자리로 갔다. 입안에 단것이 들어오니 살 것 같았다. 김명시는 다시 이불 속으로 파고들어 톨스토이가 그리는 러시아 풍광 속으로 빠져들었다. 2년이나 살았던 그리운 러시아였다.

상해의 조봉암과 홍남표가 체포된 것은 김명시와 같은 해인 1932년 연말이었고 이듬해인 1933년 여름에는 경성의 김형선과 고명자, 상해의 박헌영이 거의 동시에 체포되었다. 이들은 조선공산당 재건 사건으로 묶여 함께 재판을 받고 신의주형무소에 수감되었다.

신의주형무소가 시끄러워진 것도 이때부터였다. 박헌영과 김형선은 상해 시절부터 단짝이었다. 감옥에서도 어찌나 죽이 잘 맞는지 몰랐다. '한일합병치욕일'부터 시작해 '광주학생운동일', '러시아혁명기념일'마다 단식투쟁을 주동했다. 목욕 횟수와 식사 개선을 요구하는 투쟁으로 형무소를 흔들어놓기도 하고 반말하는 간수들과 싸워 독방에 갇히기도 했다. 덕분에 한겨울에도 찬물이지만 일주일에 한 번은 목욕을 할 수 있게 되었고, 간수들이 죄수를 대하는 태도도 한결 나아졌다.

형무소 내 투쟁은 사상범들끼리의 통방으로 이루어졌다. 중대한 사상범은 독방에 가두어 서로 통할 수 없게 했지만, 박헌영과 김형선은 모르스부호 방식으로 한글을 한 글자씩 벽을 두드려 통신하거나 식구통 밖으로 머리를 내밀고 대화를 했다. 느리고 부정확한 방식임에도 의사소통에는 문제가 없었다. 박헌영의 결정이 떨어지면 집단 단식에 들어가거나 문을 걷어차고 고함을 질러대는 소동이 벌어졌다.

간수들은 난리가 날 때마다 주동자들을 묶어 매달아놓거나 한 사람이 들어가 겨우 서 있기에도 비좁아 벽관이라고 부르는 징벌방에 가두었다. 그러나 박헌영과 김형선은 선동을 계속했고, 결국 둘 다 서대문형무소로 이감되었다.

조봉암은 달랐다. 그는 소내 투쟁이 터지면 대표로 뽑혀 전옥과 협상하는 역할이나 할까, 앞장서서 싸움을 일으키지는 않았다. 묵묵히 노역을 하면서 운동 시간에 일반 죄수들에게 글을 가르치거나 시문 짓기 같은 놀이를 하는 게 일과였다. 엄격히 말하면 그런 것도 규칙 위반이지만 간수들도 그가 하는 일은 모른 척해주었다. 생명을 아끼는 조봉암은 끼니마다 밥을 아껴 새들과 나눠 먹었는데 나중에는 참새들이 그의 손바닥에 올라와 밥을 먹고 갈 정도가 되었다. 사람들은 이 새들을 '봉암새'라고 불렀다.

박헌영이 어떻게 혁명을 일으킬까를 고민하는 사람이라면, 조봉암은 어떻게 민중을 따뜻하게 먹여 살릴 수 있을까 고민하는 사람이라고 할 만했다. 박헌영이 소수의 정예 혁명가를 사로잡는 이론가라면, 조봉암은 다수의 군중에게 사랑받는 대중적 지도자였다. 상해에 있을 때부터 그랬다. 박헌영은 상해에서 공개적인 행사나 집회에 나가본 적이 없지만, 조봉암은 해맑은 음성으로 군중을 웃고 울리는 명연설을 하여 인기를 끌었다.

김명시는 박헌영도 조봉암도 모두 좋아했다. 같은 형무소에 갇혀 있으면서도 재판정에서 만난 이후 6년이 되도록 얼굴 한번 보지 못하는 조봉암과 홍남표가 보고 싶었다. 고명자는 짧은 옥살이를 마치고 석방되었다. 석방되기 전날, 세면을 하러 가는 길에 쇠창살 앞에 와서 눈물지으며 이별을 고하던 고명자가 보고 싶었다. 누구보다도 오빠 김형선이 보고 싶었다. 어디서 기침 소리만 들려도 폐병에 시달리는 오빠 생각이 났다.

신의주 정씨의 거짓 진술에 속아 김형선과 김찬이 중국으로 돌아갔으리라 믿었던 경찰은 이듬해 여름에 체포한 하부 조직원에게서 김형선이 아직도 경성과 인천을 오가며 노동운동을 지도하고 있다는 사실을 알아냈다. 경기도경은 매일 3백여 명을 특별 차출해 경인선 철도와 도로에 대한 무차별 검문검색에 들어갔다.

김형선은 그래도 경인 지역을 떠나지 않았다. 자신이 위급하다는 것을 알고 조선공산당 재건의 국내 전권을 함경도 출신 노동운동가 이재유에게 넘긴 뒤 오히려 더 자유롭게 경성과 인천을 오가며 노동자 소모임 교육을 주도했다.

체포되기 전날에도 김형선은 경호 담당인 홍 모와 함께 그의 아버지 승용차를 빌려 한밤중에 경성으로 들어가려다가 노량진에서 일제 검문을 맞닥뜨리게 되었다. 경찰이 다가오자 홍이 일부러 나가 시비를 걸었고, 몸싸움이 벌어지는 사이 김형선은 어둠을 타고 빠져나와 시외버스를 잡아타고 김포까지 갈 수 있었다.

일단 김포는 안전했다. 한동안 은둔하거나 남쪽으로 내려가면 경찰의 그물망을 벗어날 수 있을 것이었다. 그러나 아지트로 얻어놓은 경성의 자취방을 정리하는 일이 더 중요했다. 부엌 흙바닥에 김명시의 콜트 권총과 탄알들, 기관지 『코뮤니스트』, 상해의 박헌영에게 보낼 활동 보고서가 든 항아리를 묻어놓았기 때문이었다.

다음 날 아침, 노량진 한강대교 입구에서 시외버스를 검문하던 고등계 형사 하나가 수배자 사진에 나오는 김형선과 흡사한 인물을 발견했다. 검문에 걸린 이는 자신은 김원식이라고 주장했으나 형사의 직감을 피하지 못했다.

"당신 김형선 맞지?"

"그 사람이 누굽니까? 나는 김원식이오. 난 그런 사람 모릅니다."

"거짓말 마라! 당장 내려!"

"종로에 약속이 있어서 빨리 가야 하는 데 어딜 내리란 말이오?"

김형선은 15분이나 승강이를 하며 버스 안에서 버텼다. 자신이 체포되는 현장을 되도록 많은 사람이 알도록 해 다른 동지들이 피할 수 있는 시간을 벌기 위해서였다. 결국 수십 명의 경찰에게 둘러싸여 포박된 그는 서대문경찰서로 압송되었다.

혹독한 고문과 행적 조사로 주변의 관련자들을 연행한 경찰은 김형선의 아지트를 찾아내는 데 성공했다. 박헌영과 주고받은 문건들이 나오면서 상해의 박헌영에게도 체포령이 떨어졌다. 박헌영은 프랑스 경찰의 묵인 아래 일본 영사관 경찰에 체포되고 말았다. 같은 무렵 여운형이 체포된 것도 프랑스 경찰의 협조 때문이었다.

이 와중에도 김단야와 주세죽은 체포를 면했다. 먼저 붙잡힌 박헌영이 경찰과 격투를 벌이는 와중에도 고함을 질러 신호를 해준 덕분이었다. 공식 책임자인 박헌영이 없는 데

다 프랑스 조계지에 더는 머물 수 없게 된 두 사람은 모스크
바로 돌아갔다. 그리고 그곳에서 정식으로 결혼해 아들까지
낳았다. 김명시는 두 사람의 결혼 소식을 들었을 때 별로 놀
라지 않았다.

눈발은 어둠이 드리워지면서 더욱 굵어졌다. 눈이 귀한 마
산에서 태어나 러시아와 만주에서 지겹도록 보았건만 언제
보아도 반가운 게 함박눈이었다. 비는 잔다란 가랑비도 좋고,
줄기찬 장맛비도 좋고, 번개와 천둥을 동반한 폭풍우도 좋았
다. 그런데 눈만은 하늘 가득 펑펑 쏟아지는 폭설이 좋았다.
책을 덮고 창살 너머 하늘 가득히 흩날리는 눈송이들만 바라
보고 있을 때였다. 등 뒤에서 문 두드리는 소리가 났다.

"명시 군! 잠깐 나 좀 봐."

친한 여자 간수였다. 평소 같지 않게 표정이 어두웠다.

"왜요? 무슨 일이 있나요?"

간수는 사전 검열로 개봉된 봉함엽서를 들고 있었다.

"어머니 이름이 김인석 씨 맞지? 어머니가 돌아가셨다는
연락이 왔네."

뭐라고 위로의 말이 이어졌으나 하나도 귀에 들어오지 않
았다. 엽서를 받아 드는 손이 후들거렸다. 남동생 김형윤이
보내온 엽서였다. 동생은 인천 공산주의 운동의 대부라 불
리던 이승엽이 수배를 피해 마산에 내려왔을 때 만든 조직
인 '볼셰비키'에 가담했다가 3년간 옥살이를 하는 등 감옥과
경찰서를 제집처럼 드나들었는데 얼마 전부터 마산 집에서

엄마를 수발하고 있었다. 3·1만세운동 때 온몸이 새까매지도록 매를 맞은 엄마는 늘 신경통과 두통을 앓았는데 나이가 들수록 고통이 심해지더니 온몸이 통통 부은 끝에 숨이 막혀 사망한 것이었다.

누님, 모질게 춥다는 신의주에서 겨울 옥살이에 얼마나 고생이 많으신지요. 형선 형님은 서대문형무소에서 폐렴이 도져 줄곧 병감에 누워 계십니다. 지난번에 병세가 위급하다는 소식에 급히 경성까지 가서 면회를 했는데 다행히 힘찬 모습으로 잘 버티고 계셔서 제가 거꾸로 깊은 감사를 올리고 왔습니다. 그런데 얼마 전 어머님이 온몸이 통통 부어 손가락도 맘대로 움직이지 못하시더니 결국 숨이 막혀 돌아가시고 말았습니다. 의사는 병명도 모르겠다는데, 만세운동 때 당한 후유증으로 평생 고통받으신 걸 생각하면 짐작이 되고도 남습니다. 숨이 막혀 괴로워하시면서도 형선 형님과 명시 누님을 얼마나 그리워하시던지, 눈을 감으시고도 이승으로 떠나지 못하고 두 분이 돌아오실 날만을 기다리고 계실 것 같습니다. 다행히 장례는 잘 치러드렸습니다. 어머님이 본래 인덕이 많으셔서 인근 주민들이 함께 슬퍼해주신 데다, 형님과 누님을 존경하는 조문객들이 멀리서까지 얼마나 많이 찾아오셨는지 모릅니다. 잠자리와 식사도 제대로 대접할 경황이 없었는데 이웃들이 너도나도 자기 집을 내주고 음식을 만들어 오셔서 자못 성대한 장례가 되었습니다. 출옥하시면 꼭 마산에 들르셔서 어머님 묘소에 참배할 수 있게 되기를 바랍니다. 누님, 부디 건강히 뵙기를 꿈에서도 기다립니다.

최종 판결이 나던 날, 이틀이나 걸려 신의주까지 와서 재판을 방청하고 형무소에 면회를 왔던 게 엄마와의 마지막 만남이었다. 본인도 만세운동을 주동했던 엄마는 짧은 면회시간 동안 울지도 한탄하지도 않았다. 보통의 부모들은 무조건 잘못했다고 빌어서 석방되라고 간청한다지만 엄마는 당당했다. 마음속으로는 끔찍한 고통을 삭이고 있었겠지만 바닷가 햇볕에 타서 까만 얼굴에 두 눈을 반짝이며 말했다.

"머지않아 좋은 세상이 올 것이다. 그때는 너희들이야말로 애국자요 민족의 지도자로 대접받게 될 것이다. 아무리 힘들어도 희망을 잃지 말고 늘 당당해야 한다."

어쩌다 한 번씩 주고받는 엄마의 편지 어디에서도 생선 바구니를 머리에 이고 동네방네 돌아다니는 가난한 여인의 말투를 발견할 수 없었다. 순 한글로 된 편지마다, 김명시라는 이름마다 '자랑스러운 나의 딸'이라는 수사를 붙였고, 조선인의 명예를 더럽히면 안 된다는 말을 관용구처럼 썼다.

엄마는 그토록 당당했으나, 김명시는 엄마의 죽음 앞에 담담할 수가 없었다. 석방이 되면 얼마간이라도 마산에 내려가 엄마와 다정한 시간을 가지려 생각하고 있었다.

엄마는 지나치도록 깔끔한 성격이라 집 안에 먼지가 쌓일 때가 없었다. 온몸이 쑤시고 아프다고 하소연하면서도 문틀과 창틀은 물론 장롱 밑과 위까지 청소하는 사람이었다. 구

멍 난 양말을 신거나 찢어진 옷을 입고 나간다거나 댓돌에
신발 한 짝도 사선으로 놓인 꼴을 못 보아 넘기는 사람이었
다. 석방되어 마산에 간다면 꼬박 15년 만의 귀향이 될 것이
었다. 15년 만에 집에 가서 하고 싶었던 일은 마음껏 어지르
기였다. 언제나 간수 눈에 거슬리지 않게 정리 정돈을 해야
하고, 감방 문조차 자기 손으로 열지 못하고 간수가 열어주
기를 기다려야 하는 규칙적이고 억압된 생활에서 벗어난 즐
거움을 누리고 싶었다. 옷도 아무 데나 벗어 던지고, 먹던 그
릇도 그냥 머리맡에 놔두고, 설거지도 몇 끼씩 미루어두고
싶었다. 방문도 대문도 늘 활짝 열어두고 싶었다. 그러면 엄
마는 자신이 다시 떠난 뒤 그것들을 치우며 딸을 생각하리
라고 생각했다. 엄마가 외롭지 않음을 사람들에게 보여주고
도 싶었다. 엄마의 손을 잡고 어시장도 돌아다니고 이웃집
에도 놀러 가 독립운동하는 장한 딸을 두었다는 칭찬을 듣
게 해주고 싶었다. 독립운동으로 신문에 몇 번씩이나 이름
과 사진이 나온 잘난 자식들이라지만 15년이나 집에 찾아오
지 않으니 동네 사람들 보기에 얼마나 민망할까 마음 아프
기도 했었다.

　이 하찮은 꿈마저도 이제는 소용없게 되었다고 생각하니
참을 수가 없었다. 이불을 뒤집어쓴 채 이를 악물고 울기 시
작했다. 배 속의 아이를 잃고 난 뒤로 8년 만에 처음 터진 눈
물이었다. 저녁도 먹지 않은 채 몇 시간이나 울고 있으려니
이상훈도 떠올랐다. 그녀가 수감되어 있는 동안, 이상훈은

항일운동을 포기했다. 예심 기간까지 3년의 감옥살이를 하고 석방되자 고향에 내려갔다는 이야기를 끝으로 소식이 끊기고 말았다. 한 달에 한 번 주어지는 면회 시간도 친족 외에는 허용하지 않으니 면회는 바라지도 않았지만 편지조차 한 번 오지 않았다. 감옥 안에서는 편지도 한 달에 한 번만 쓸 수 있는데 주소도 모르고 소식을 전해줄 사람도 없으니 먼저 연락할 길이 없었다. 기억을 지울 수는 없지만 마음에는 더 남겨두지 않기로 했다. 그래도 엄마의 죽음을 생각하니 죽은 아이와 이상훈이 새삼스럽게 떠오르는 것이었다. 마음이 아프니 몸까지 아파왔다.

며칠 동안 김명시는 몹시 앓았다. 엄마처럼 두들겨 맞고 고문당한 후유증에 늘 신경통을 앓았지만 이번에는 더 심했다. 몸살 비슷한 전신 통증이었다. 때때로 숨까지 막혀 벌떡 일어나 방 안을 맴돌곤 했다.

13. 얼음의 강

아직 깜깜한 시간이었다. 사동마다 긴 호루라기가 울렸다. 노역 갈 시간이었다. 남사 여사 할 것 없이 감방마다 말소리 며 이불을 개어 쌓느라 마룻장 밟는 소리로 웅성거렸다.

"문 앞에 정렬! 번호!"

간수들이 차례로 감방을 들여다보며 점호를 하는 소리가 복도마다 울려댔다. 독방인 김명시는 따로 번호를 외칠 필 요가 없었다. 마룻바닥에 앉아 떨고 있으려니 여자 간수가 철창문에 얼굴을 대고 물었다.

"몸살은 어때? 하루 쉬어도 되는데?"

엄마의 죽음과 함께 찾아온 몸살이 아직 몸에 남아 있었 다. 밤새 추위에 시달리느라 자다 깨다 자다 깨다 한지라 머 리는 무겁고 몸은 얼음 속에서 빠져나온 것처럼 차갑게 식 어 뼛속까지 쑤셨지만 대답했다.

"아닙니다. 일하러 갑니다."

공장에 가야 난로도 있고 밥도 먹을 수 있었다. 홀로 슬픔 을 삭이는 게 더 힘들기도 했지만 방 안에 혼자 있다가는 다시는 깨어나지 못할 긴 잠에 떨어질 것 같았다.

"출역 준비!"

간수들의 고함 소리가 시끄러운 가운데 김명시는 겉옷을 벗고 속옷 차림으로 방문이 열리기를 기다렸다. 남자 죄수들은 아무리 추운 날이라도 속옷까지 완전히 벗겨 공장에 보냈다. 공장에서 작업복을 입고 일하다 끝나면 다시 알몸으로 돌아와야 했다. 탈옥의 도구나 무기가 될 만한 것들을 감방으로 가져오지 못하게 하려는 조치였다.

인원 점검을 마친 간수들이 차례로 방문을 따주자 여자들은 일제히 공장으로 달려가기 시작했다. 김명시도 추위를 이기려 종종걸음으로 복도를 지나는데 다른 감방의 벽에 낀 하얀 성에가 눈에 띄었다. 김명시의 독방은 안팎이 다 추우니 성에조차 끼지 않는데 여럿이 자는 방은 사람의 입김으로 오히려 성에가 끼는 것이었다. 그래도 여사는 죄수가 적어 여유가 있는 편이었다. 남자 죄수들은 비좁은 방에 열댓 명씩 수용되었다. 어깨를 나란히 하고 누울 수가 없어 차례로 얼굴과 발을 교차시키고 옆으로 누워 칼잠을 자다 보면 서로의 팔다리가 뒤엉키고 발바닥이 남의 얼굴을 짓뭉개기 일쑤였다. 그나마 겨울에는 혹한을 이겨내는 방법이 되지만, 폭염이 밤까지 계속되는 한여름이면 지옥이 되어 진짜 미쳐 버리는 죄수도 생기곤 했다.

여사 보철 공장은 남사 보철 공장과 분리되어 있었다. 아직 온 세상이 깜깜한데 종아리까지 쌓인 눈을 헤치며 걸어가는 여자들의 입에서는 저절로 비명이 터져나왔다. 새벽하늘에 남은 별들도 얼어서 쏟아져 내릴 듯했고, 영하의 매서운 바람은 속옷 차림의 여자들을 날려버릴 것만 같았다.

겨우 공장에 도착해 난로를 피우고 한 컵도 안 되는 물을 세면용으로 배급받아 눈가만 닦아내니 아침이 나왔다. 쌀 알갱이라곤 한 톨도 보이지 않고 기름을 짜고 난 콩깻묵에 벌레 먹은 콩이며 옥수수, 수수 같은 것을 섞어 찐 잡곡 덩어리였다. 콩깻묵에서는 썩은 냄새가 났고, 옥수수는 덜 익어 나무토막을 씹는 기분이었다. 그래도 다들 한 톨 남김없이 먹고 바로 작업에 들어갔다.

보철 일도 여러 가지였다. 낡아서 구멍이 나거나 찢어져 솜이 튀어나온 죄수복을 꿰매는 조도 있고, 못 쓰게 된 천을 몇 겹으로 누벼 걸레를 만드는 조도 있었다. 고참 기술자인 김명시는 새로 들여온 붉은 천을 자르고 솜을 넣어 수인복을 만드는 조에서 일한 지 오래되었다.

이날은 처음 보는 30대 후반의 여자가 조수로 배치되었다. 사상범을 표시하는 붉은 번호표가 아니라 일반 죄수들의 흰 번호표를 달고 있었는데 온화한 느낌을 주는 인상인 데다가 말투도 차분했다.

"무슨 죄로 들어왔어요?"

바느질하느라 시린 손을 비비며 물으니 그녀는 유심히 김명시의 붉은 번호표와 얼굴을 살펴보고는 나직하게 말했다.

"아! 댁이 그 유명한 김명시 씨로군요?"

아무리 신문과 잡지에 자주 이름이 나온다 해도 그걸 접할 수 있는 지식인들이나 기억하기 마련이었다. 여자 죄수는 대개 절도범 아니면 치정 관계 범죄자들이었다. 지식인 여자 죄수는 드물었다. 김명시가 만나본 여고보 출신 죄수라고는 애인의 꼬임에 넘어가 돈을 훔친 은행원 하나뿐이었다.

여자는 먼저 자신에 대해 말했다.

"김명시 씨는 배화여고 다녔지요? 나는 이화여고 나왔어요."

성이 임씨인데 나이가 많아 언니라 부르기로 했다.

"임 언니는 죄명이 뭔데요?"

그녀는 간수가 다른 쪽으로 갈 때까지 기다렸다가 나직이 대답했다.

"신의주 무역회사 경리로 일하면서 임시정부에 보낼 공작금을 마련하려고 회사 공금을 빼돌렸다가 잡혔다오. 놈들의 고문을 당할 것도 없이 있는 거 없는 거 다 불었는데도 횡령죄만 적용하더군요."

흔히 벌어지는 일이었다. 만주에서 일본군과 싸우다 체포된 이들은 사회안전법 대신 살인강도나 방화, 폭력 같은 죄명만 씌워 총살시켜버리는 경우가 많았다. 항일운동가들을 파렴치범으로 몰아 치욕을 주고, 대중으로부터 외면받게 하려는 속셈이었다. 국내에서 잡힌 경우에도 무장 강도나 폭력범으로 몰아 일반 죄수 취급을 해버리는 경우가 흔했다.

"훔친 돈은 무사히 보냈나요? 임시정부 양반들, 상해에서 아주 힘들게 사시는데요."

임씨는 자랑스럽게 답했다.

"그럼요! 무사히 임시정부에 전달됐다는 전갈까지 받았지요. 그래서 저놈들이 나를 도둑으로 몰거나 살인범으로 몰거나 관심 없어요. 이 끔찍한 겨울을 앞으로 다섯 번이나 견디고 과연 살아나갈 수 있을까 걱정일 뿐. 5년 형을 받았거든요."

"정말 큰일을 하셨군요. 대단하세요."

김명시의 칭찬에 기분이 좋아진 임씨는 좀 더 바짝 의자를 당겨 앉으며 말을 걸어왔다.

"김명시 씨는 수감된 지 꽤 오래됐지요? 신문에서 여러 번 보았는데 이렇게 만나게 되다니 영광이네요. 신의주형무소에 갇혀 있다는 소식도 알고 있었지요. 임시정부 쪽에서는 여자들은 밥을 하거나 심부름만 하는데, 사회주의 쪽에서는 여자도 지도자로 활동하니 그 점은 참 부럽더군요."

백설에 반사된 여명이 창문을 연붉게 물들이는 시간이었다. 난로를 땐다지만 손발이 시린 것은 마찬가지라 다들 손을 비벼대거나 발을 동동 구르는데, 임씨는 손가락이 새빨갛게 얼었는데도 추운 내색도 않고 느릿느릿 바느질을 했다. 여간 꼼꼼하고 야무진 솜씨가 아니었다. 양반집에서 살아본 적은 없지만, 양반집 규수가 저러려니 하는 생각과 함께 상해에서 보았던 또 다른 이화여고 출신들이 떠올랐다. 대한부인회라고 명칭은 그럴듯했지만 모여서 하는 이야기라고는 고향에 남겨둔 농토며 남편들의 직책 같은 것에만 관심이 있던 부유한 여자들이었다. 임씨는 달랐다. 비록 파렴치범으로 옥살이를 하지만 진짜 독립운동을 한 여자라 생각하니 남 같지 않았다.

간수의 눈을 피해 이런저런 이야기를 나누는 사이 햇살이 유리창 맨 위부터 비추기 시작해 찬찬히 밑으로 내려왔다. 감방 지붕에 쌓인 눈에 반사된 눈부신 햇살이 공장 안을 깊숙이 비추자 솜과 옷감에서 일어난 먼지들이 드러나기 시작했다. 임씨가 물었다.

"김명시 씨, 요즘 러시아 소식 들었어요? 스탈린이 혁명 동지들을 전부 죽이고 있다는 끔찍한 소식이오."

"네에?"

감옥살이를 하느라 7년간 신문 쪼가리도 구경 못 한 김명시는 갑작스러운 질문에 뭐라고 답을 해야 할지 몰랐다. 무역회사에서 일해 널리 세상 소식을 접해온 임씨는 소련 상황에 대해 상당히 깊이 알고 있었다.

"트로츠키가 박해받다가 멕시코로 망명한 건 벌써 옛날 얘기고, 부하린, 지노비예프, 카메네프도 제국주의 간첩으로 몰려 처형됐답니다. 모르고 있었어요?"

"전혀……."

부하린이 처형되었다는 말이 쇳덩이처럼 머리를 때렸다. 공산대학에 사상 검증의 바람이 불기 시작할 때 스쳐 지나가듯 보았던, 젊고 활력에 찬 혁명가 부하린이 반역자로 처형되었다니. 코민테른 의장이면서 공산대학 교수로 있던 지노비예프의 강의도 여러 번 들었는데, 볼세비키의 원로다운 명석함에 다들 감탄사를 쏟아내곤 했다. 카메네프는 본 적은 없지만 명성은 들어 알고 있었다. 이들이 모두 처형되었다니, 입술이 떨려 말이 제대로 나오지 않았다.

"언니, 그거 일본이 소비에트연방을 비방하려고 꾸며낸 거짓 선전 아닌가요? 말이 안 되는 일이라 도저히 믿을 수가 없네요."

남자 사동은 항일운동가들이 워낙 많아 새로 들어오는 이들을 통해 바깥소식을 전해 듣지만 인원이 없는 여자 사동은 거의 차단되어 있었다. 독방에 사는 김명시는 더욱 정보에 어두웠다. 임씨는 바느질을 멈추고 김명시를 직시하며 찬찬히 말했다.

"잘 모르고 있었군요. 혹시 김단야라고 알아요? 물론 잘 알겠죠. 내가 고등계에서 조사를 받으면서 형사들끼리 하는 말을 들었는데, 김단야 씨도 얼마 전에 일제 간첩으로 몰려 총살되었다는 정보가 입수됐답니다."

김단야 이야기가 나오니 자기도 모르게 탄식이 터져나왔다.

"정말인가요?"

모스크바에 돌아간 김단야가 공산대학의 조선부 책임자가 되었다는 소식까지는 듣고 있었다. 그런데 일제 간첩이라고 처형되었다니? 간밤의 뒤숭숭한 꿈이 연장되는 게 아닌가 착각이 들 지경이었다.

"김단야 씨가 일제 간첩이라니요? 그런 말도 안 되는 황당한 누명이 어딨나요? 지금 하시는 말들이 전부 사실이에요?"

임씨는 단호히 답했다.

"사실이고말고요! 내가 분명히 들었어요. 형사들끼리 아주 고소하다는 식으로 떠들던걸요. 철없는 공산주의자들의 말로라는 식으로. 대숙청이 시작된 뒤로 지식인이고 노동자고 군인이고 수많은 사람이 소련을 탈출하고 있어요. 그들을 통해 나오는 정확한 정보들이에요."

침착하고도 느린 그녀의 음성이 동굴 저편에서 나오는 것처럼 귀에 웅웅거렸다. 처형된 게 사실이라면 주세죽은 어떻게 되었을까? 박헌영이라면 이럴 때 이 여자에게 뭐라고 대답할까? 머릿속이 백지가 되어버리는 기분이었다. 혹시 이 여자가 경찰이 자신을 염탐하기 위해 보낸 밀정이 아닐까도 생각해보았으나 7년째 갇혀 사는 자기에게 갑자기 그런 공작을 할 이유는 없어 보였다. 더구나 그녀는 경찰에 잡혀가서조차 자신의 생각과 행동을 솔직히 털어놓는 우국지사형 민족주의자였다. 본인의 사상이나 조직을 숨기는 일에 익숙한 공산주의자들과는 확실히 다른 부류였다. 조선이나 해방이란 단어 대신 임시정부에서 만든 대한민국이니 독립이니 같은 단어를 쓰는 것만으로도 알 수 있었다.

정신이 빠져 멍하니 앉아 있는 김명시를 동정하듯 임씨가 말했다.

"공산주의자들이 대한민국의 독립을 위해 제일 열심히 싸우는 건 알겠지만, 아무리 생각해봐도 공산주의는 틀려먹은 것 같아요."

김명시는 아무 대꾸도 하지 못했다. 일본인 여자 간수장이 잡담을 중지시킨 게 고마울 뿐, 아무 반박도 할 수 없었다. 며칠간은 김단야가 처형되는 광경이 떠올라 꿈자리도 사나웠다.

대화가 이어진 것은 며칠 뒤였다. 간수장이 다른 일로 바빠 죄수들은 다소 여유가 있을 때였다. 이번에도 임씨가 먼저 말을 걸어왔다.

"김명시 씨, 재작년에 소련 극동 지역에 살던 고려인들이 강제로 중앙아시아로 이주된 사실은 알고 있나요? 17만여 명이 강제로 끌려가 황무지에 버려져 수많은 사람이 굶어 죽고 얼어 죽었대요."

역시 처음 듣는 얘기라 뭐라고 대꾸하기 어려웠다.

"언니, 그런 이야기는 또 어디서 들었어요?"

"신문과 잡지에 자주 나오는 이야기예요. 그걸 보면 정말이지 믿을 건 우리 자신밖에 없다는 생각이 들어요. 여러분은 독립운동을 한다면서 실은 코민테른의 지시를 받고 있지 않나요? 그러면 독립이 되더라도 소련의 속국이 되는 것 아닌가요?"

이 부분은 듣고만 있을 수는 없었다. 스탈린이 무슨 잘못을 범하든 지도자 개인의 문제이지, 공산주의 이론 자체의 잘못은 아닐 거라는 막연한 믿음이었다.

"언니, 고려인의 이동은 뭔가 이유가 있을 거예요. 머지않아 일본과 전쟁을 해야 하기 때문에 일본인과 똑같아 보이는 조선인들을 내륙으로 이동시킨 건지도 모르죠. 내가 가본 소련은 소수민족을 철저히 보호하는 나라예요. 소련에는 150여 인종이 있지만 한 민족이 다른 민족을 압박하는 일은 없어요. 소련에서는 어떤 책이 나오면 70여 소수민족의 언어로도 번역되어서 따로 인쇄를 해요. 물론 조선어도 그중 하나죠. 각 민족은 고유의 언어와 문화를 그대로 유지하게 되어 있고, 정치와 교육에서도 독자적인 자율권을 가지고 있어요. 소비에트는 이러한 각 민족이 협력해 만들어진 거죠. 연방회의에 가면 각 인종 대표들이 다 와 있어요. 소련이 소수민족을 억압한다는 건 듣지도 보지도 못했네요."

묘한 시선으로 듣고 있던 임씨가 말했다.

"이론상으로는 소련의 헌법과 제도가 인류 역사상 가장 완벽한 민주주의라 훌륭하다고들 하더라고요. 그렇지만 실제로는 아름다운 이상과는 너무나 먼 일들이 벌어지고 있는 게 분명해요. 곧 석방된다니 김명시 씨도 진실을 알게 되겠지요."

"언니가 거짓말을 한다는 게 아니에요. 무슨 이유가 있으리란 거지요. 코민테른 문제도 그래요. 세계의 공산당이 하나인 건 세계의 노동자가 하나가 되어야 한다는 것이지 민족이나 국가를 통합하겠다는 게 아니에요. 조선공산당이 코민테른의 지도와 도움을 받는다는 것과 조선인의 나라를 세우는 것과는 별개의 문제죠. 공산당은 장차 독립해 세워질 조선인 국가의 여러 정당 중 하나에 불과해요."

임씨는 고개를 갸웃해 보였다.

"그 말은 믿을 수가 없군요. 소련에는 오직 공산당 하나가 일당독재를 하지 않나요? 장차 조선도 그렇게 되는 것 아닌 가요?"

상해 시절, 부녀 모임에서 여러 번 나왔던 질의응답이었다.

"그렇지 않아요. 조선과 같은 식민지 반봉건 사회에는 먼저 부르주아 민주주의 정부를 세우는 게 우리의 목표예요. 다당제를 통해 아직도 신분적 예속에 눌려 사는 조선인들에게 민주주의를 훈련하고, 인구의 대다수가 농민인 경제를 산업화하는 등 할 일이 너무 많아요. 소련과 같은 수준의 사회주의는 머나먼 이야기죠."

임씨는 엷은 웃음을 거두지 않은 채 김명시를 빤히 바라보며 말했다.

"시기가 언제냐일 뿐 결국은 소련식 공산주의 국가를 만들자는 게 맞잖아요? 김명시 씨, 여기 이 형무소를 봐요. 밥도 나오죠, 잠자리도 보장되죠, 옷도 나오고 아프면 치료도 해줘요. 비록 푼돈이지만 노역을 하면 돈도 벌어 간식도 살 수 있어요. 소련이 바로 이렇지 않나요? 기본적인 의식주와 의료비가 전부 무료이고 누구나 정부가 정해준 직장에서 일할 수 있다면서요? 담배까지 무료로 지급된다고 들었어요.

월급으로는 극장에 가거나 반찬을 사면 된다고 하더라고요. 그런데 왜들 그렇게 소련에서 도망쳐 나오려 하나요? 얼마나 소련을 싫어하는 이가 많기에 그렇게 수십만 명을 죽여야만 체제가 유지가 되는 건가요? 그건 마치 이 형무소에서 나가고 싶은 마음과 같지 않을까요? 빵보다 더 귀한 게 자유와 민주주의이니까요."

"언니가 소련의 진정한 모습을 보지 않아서 그래요. 저는 그곳에서 여러 해 공부를 하고 왔어요. 내가 수감된 사이 공산당 내부에 무슨 문제가 발생한 것 같은데, 설사 그렇다 해도 사회주의 공화국에 대해 언니가 들은 이야기들은 많이 왜곡되어 있어요. 거짓 선전에 속고 계신 것 같아요."

김명시가 해줄 말은 그것밖에 없었다. 임씨는 그러나 수긍하지 않았다. 그녀는 논리적이었다.

"맞아요. 나는 러시아 가보지 못했어요. 그런데 소련을 방문했던 앙드레 지드 같은 유럽의 지식인들은 왜 돌아선 걸까요? 얼마 전 잡지 『삼천리』에 소련을 탈출해 귀화한 적위군 병사들이 대담한 걸 봤어요. 소련이 좋은 점도 꽤 많더군요. 그런데 왜 나왔냐니까 자유가 없기 때문이래요. 여행도 맘대로 할 수 없고, 친구들과 맘대로 정치 이야기도 할 수 없고, 이사도 맘대로 못 가고 직장도 내 맘대로 선택하지 못하기 때문이라더군요."

공산대학 2년 차에 벌어졌던 일들이 떠올랐다. 어쩌면 소련에서 지금 벌어지는 일들이 스탈린 개인의 오류가 아니라 공산주의 이론 자체의 모순일지도 모른다는 생각이 들었다. 하지만 임씨 앞에서 인정하고 싶지는 않았다.

"확실한 건요, 세계 모든 강대국이 약소국을 침략해 식민지로 만드느라 혈안인데 소련만이 유일하게 약소국의 독립운동에 막대한 자금을 지원하고 있다는 거죠. 또한 유럽에서 히틀러의 파시즘에 맞서 싸울 유일한 국가가 소련이라는 거죠."

김명시의 반박에 임씨는 눈을 크게 뜨며 놀라워했다.

"아직 그 소식도 몰랐군요? 바로 얼마 전에 소련이 독일과 손잡았다는 소식요."

이건 또 무슨 소리인가, 뜨악한 기분이 들었다.

"그럴 리가 있나요? 반파시즘 투쟁의 사령탑인 소련이 히틀러와 손을 잡았다고요?"

임씨는 퍽 안쓰러운 눈빛으로 김명시를 바라보았다.

"그뿐이면 다행이죠. 한 달 만에 소련군이 독일군과 함께 폴란드를 침공해 수만 명을 학살했답니다. 정말 아무것도 모르고 있었군요?"

"……."

믿을 수가 없었다. 정확한 정보를 알지 못하니 어떤 대답도 할 수가 없었다. 임씨는 말했다.

"그러니까 우리는 어떤 외국도 믿어서는 안 된다는 거예요. 이번에 석방되거든 부디 옳은 판단을 하길 바라요."

눈 덮인 감방의 지붕 위에는 흐릿한 겨울 해가 떠 있었다.

새파란 하늘에 작은 구멍이 뚫린 듯, 조금도 따뜻하지 않은 차가운 빛처럼 보였다. 김명시는 한참이나 침묵을 지키다가 말했다.

"저는 일본 수상이 중국을 침략하면서 발표한 내용을 기억해요. 자본주의를 대변하는 아주 솔직한 발언이었죠. 세계 대공황을 이겨내기 위해서는 전쟁을 해야만 한다는 거였어요. 소련이 무슨 잘못을 하든 간에 그것이 공산주의 자체의 잘못은 아니라고 믿고 싶네요. 이 악마 같은 자본주의를 타도할 유일한 대안이 공산주의이니까요."

임씨는 김명시의 손등을 다정하게 다독였다.

"과연 어느 제도가 더 악마적인지, 과연 공산주의가 인류의 대안이 될 수 있을지는 두고 봅시다. 서로 토론하고 경쟁해서 우열을 가려보는 것, 그것이 진정한 민주주의 아닌가요?"

임씨의 형기는 5년이나 남아 있었다. 그때까지 살아서 감옥 문을 나설 수 있을지는 아무도 장담할 수 없었다. 김명시도 그녀의 손을 감싸 쥐고 웃어주었다.

"언니, 건강 잘 챙기세요. 여기서는 살아남는 게 투쟁이에요. 죽지 않고 살아남는 게 저놈들과의 싸움에서 이기는 거예요. 저는 나가자마자 다시 항일 전선에 뛰어들 거예요. 공산주의를 하든 자본주의를 하든 그건 독립된 뒤의 머나먼 이야기죠. 언니도 부디 건강히 살아 나와서 함께해요."

일본인 여자 간수가 요란하게 호루라기를 불어댔다.

"잡담 금지! 저 둘 떼어놔!"

두 사람은 공장에서 더는 같은 자리에 앉을 수 없었다. 방도 서로 멀리 떨어져 간간이 복도에서 웃음이나 주고받는 정도였다. 이야기를 나눌 수 있었다면, 석방되자마자 중국으로 건너가 무장투쟁을 할 거라는 말까지 해주었을 테지만 그럴 기회가 없었다. 석방의 인사도 나눌 수가 없었다. 마치 강제로 찢어진 형제처럼 두 여자는 그렇게 헤어졌다.

보름 뒤, 신의주형무소 철문을 나선 김명시는 그날로 얼어붙은 압록강을 건넜다. 가진 것이라곤 감옥에서 7년간 노역한 대가로 받은 10원이 전부였다. 그녀가 사랑하거나 존경했던 사람들은 다 죽거나 감옥에 있었다. 이상훈은 말 한 마디 없이 떠났으니 역시 죽은 거나 마찬가지였다.

얼음의 강을 건넌 그녀 앞에는 전쟁의 참화가 기다리고 있었다. 만주뿐만 아니라 내륙까지 일본군의 공격을 받아 중국 대륙 전체가 거대한 전쟁의 불길에 휩싸여 있었다.

14. 초원의 노래

밤은 중국군의 시간이었다. 일본군의 공격은 주로 낮에 이루어졌다. 대포에 비행기까지 동원해 중국군 전진기지에 무차별 폭격을 해댔다. 그러나 밤이 되면 겹겹 철조망에 둘러싸인 참호 속에 숨어 촛불조차 켜지 않고 숨을 죽였다. 중국군의 야간 기습 때문이었다. 중화기가 부족한 대신 지형지물을 잘 아는 중국군은 흐린 밤이나 그믐날을 이용한 작전을 선호했다.

밤 10시, 국민당 정부군의 주둔지로 쓰고 있는 학교 운동장에 집결한 병사는 5백 명이 넘었다. 횃불도 밝히지 않고 담뱃불 빛 하나도 보이지 않는 야간 침투였다. 병사들은 총구와 대검에 숯을 바르고 얼굴에도 진흙을 칠해 가까이 가지 않으면 사람인지도 잘 알 수 없었다. 긴장으로 팽팽한 침묵 속에서 영장이 소리쳤다.

"호남성의 명운이 오늘 밤 우리의 싸움에 달렸다. 저 고지의 왜적들을 궤멸시키지 못하면 돌아오지 못한다. 후퇴하는 자는 일률로 총살이다. 만일 후퇴하는 자가 있으면 사병은 반장을, 반장은 패장을, 패장은 영장을 총살할 권리를 가진다. 만일 영장인 내가 도망치면 누구라도 나를 쏴라!"

어느 때보다도 짧고 비장한 훈시였다. 1940년 10월, 중국 정부군이 일본군과 결사 항쟁을 하던 시기였다. 군벌들로 갈가리 찢어졌던 중국군이 일본군의 본토 침략에 맞서 하나가 되어 있었다. 영장은 어둠 속의 병사들을 둘러보고는 소리쳤다.

"결사대에 자원할 병사들은 내 앞에 서라!"

대열이 술렁이더니 병사들이 검은 물결처럼 앞으로 밀려나가며 사방에서 소리쳤다.

"제가 가겠습니다!"

"저도 가겠습니다!"

왼쪽 맨 끝에 따로 한 줄로 정렬해 있던 20여 명의 조선의용대원들도 일제히 앞으로 내달았다. 김명시와 나란히 달리던 이화림이 외쳤다.

"이러니 중국은 망하지 않아. 절대 망하지 않는다구! 중국이 일본을 쳐부숴야 조선도 살아나는 거야."

이날 전투에 참가한 5백여 병사 중 여성은 이화림과 김명시뿐이었다. 김명시보다 한 살 많은 이화림은 윤세주를 빼고는 조선의용대원 중 제일 연장자였다. 앞뒤로 중국인 자원자들 사이에 갇힌 조선인 지원자들은 함께 입을 모아 중국어로 소리 질렀다.

"결사! 항쟁!"

"조선의용대도 전원 결사 항쟁에 자원합니다!"

여자들의 목소리가 섞여 있어 귀에 들어온 모양이었다. 영장 옆에 서 있던 참모장이 소란이 가라앉기를 기다렸다가 말했다.

"아, 전선 공작에 배치된 조선의용대원은 결사대에 나올 수 없습니다."

"왜 안 됩니까?"

이화림이 중국어로 항의하자 참모장은 웃는 목소리로 말했다.

"전선공작대는 대적 선전의 귀한 자원이니 보호하라는 상부의 특별명령입니다. 더욱이 여성 전사들은 안 됩니다."

낮은 웃음소리가 일었다. 이번엔 김명시가 중국어로 따졌다.

"여자는 왜 특별히 안 된다는 겁니까? 우리도 똑같이 싸울 수 있고 지금까지 그래 왔습니다."

"그건 상부의 명령이 아니라 우리 모두의 결정입니다. 두 여성 전사의 용기와 기백은 높이 사는 바입니다."

사방에서 박수가 터져나왔다. 영장은 국민당 장교였지만, 참모장은 중국공산당 당원이었다. 1937년 일본군의 중국 본토 침략에 맞서 체결된 제2차 국공합작으로 중국군 총사령부에 파견된 공산당 지도자 주은래의 지시를 따르는 사람이었다.

"자, 여성 전사들의 뜻은 알았으니 제자리로 돌아가시오.

다른 사람들은 앞으로! 제비뽑기로 결사대를 뽑겠다!"

참모장은 연단 앞에 몰려든 병사들을 진정시키고 즉석에서 갈대를 베어 제비뽑기에 들어갔다. 선봉 결사대로 뽑힌 열다섯 명의 병사들은 참모장의 선창에 따라 선서문을 읽었다.

"내가 적을 죽이지 않으면 적이 나를 죽일 것이다!"

"고지를 수복하지 않고서는 절대 돌아오지 않겠다!"

철조망 절단기를 든 결사대가 앞장서고, 본진 병사들은 조금 떨어져 어두운 밤길을 걷기 시작했다.

조선의용대는 본진 중간에서 걸었다. 거의 매일 밤 양철 확성기 하나씩 들고 주머니에는 전단을 담은 채 최전선 최후의 참호까지 진출해온 조선의용대에게는 모처럼 안전한 행군이었다.

반 시간쯤 걸으니 정상 부근에 벙커와 일본군 막사가 지어진 동산이 보였다. 일본군은 산기슭부터 주둔지까지 나무와 풀을 제거하고 세 겹이나 철조망을 둘렀는데 참호 깊숙이 숨은 채 등화관제를 하고 있어 불빛 하나 보이지 않았다.

몇 갈래로 나뉘어 낮은 포복으로 접근한 결사대는 소리 안 나게 철조망을 끊기 시작했다. 철조망에 구멍이 나면 뒤따라 본진 병사들이 납작 엎드려 경사지를 기어올랐다. 뾰족한 돌들과 가시덤불, 잘라낸 잡목의 날카로운 절단면이 널린 언덕을 배밀이로 기어가는 일은 고역이었다. 기침 소리도 내서는 안 되었다. 병사들은 두세 겹씩 옷을 껴입었는데 추위 때문이 아니라 가시덤불로부터 몸을 보호하기 위해서였다. 그래도 가시가 옷을 파고들어 살점을 뜯어내고 팔꿈치며 무릎이 까지고 멍드는 것을 막을 수는 없었다. 때로는 앞사람의 몸에 걸렸다가 튕겨나온 나뭇가지가 뒷사람의 얼굴을 찢어놓기도 했다.

일본군은 결사대가 두 번째 철조망을 해체하고 마지막 철조망을 끊을 때까지도 눈치를 채지 못했다. 예기치 못한 폭음이 터진 것은 선두 공격조가 마지막 철조망을 넘을 때였다. 중국군 병사 하나가 팔굽으로 지뢰를 누른 것이었다. 날아오른 병사의 시신과 흙가루가 가라앉기도 전에 일본군 참호에서 기관총탄이 불을 뿜었고 수류탄이 쏟아져 내렸다. 철조망 언덕은 작렬하는 불꽃과 비명 소리로 순식간에 수라장이 되어버렸다.

"돌격하라!"

결사대는 일제히 일어나 수류탄을 던지며 달려 올라갔고 뒤따라 본진 병사들도 함성을 지르며 뛰기 시작했다. 사방에서 사상자를 내면서도 압도적인 숫자로 밀고 올라간 중국군은 나무와 천막으로 지어놓은 막사들을 순식간에 점령해버렸다. 곳곳에서 도망치던 일본군이 사살되거나 총검에 찔려 죽어 넘어졌다.

김명시와 조선의용대가 일본군 막사를 지나 고지를 향해 올라가고 있을 때였다. 숲속에서 일본군 하나가 툭 튀어나오는 것이었다. 어딘가 숨었다가 중국군이 지나간 것으로 알고 달아나려던 참인 듯했다. 의용대와 마주친 일본군은 당황한 나머지 총을 버리지도 못하고 쏘지도 못한 채 얼어 붙었다. 타오르기 시작한 일본군 천막에서 나온 불빛에 앳된 얼굴이 언뜻 드러났다. 누군가 일본어로 소리쳤다.

"손들어! 항복해라!"

어린 일본군은 그러나 총을 든 채 몸을 돌려 달아나려 했다. 의용대원들은 장총을 격발했다. 그런데 20미터도 안 되는 거리인데도 한 발도 맞지 않은 것 같았다. 일본군은 그대로 숲속으로 달아나버렸다.

"잡아라!"

대원들이 숲속으로 뛰어들어 찾아보니 일본군은 큰 소나무 밑동에 무릎을 꿇고 머리를 박은 채 꼼짝 않고 있었다. 마치 사냥꾼에게 쫓기다가 눈 속에 머리를 박고 숨어 있는 짐승 같았다.

"손들어! 총 버리고 일어나!"

대원들이 총구를 겨눈 채 다가가며 일본어로 소리쳤으나 일본군은 꼼짝도 하지 않았다. 총구로 등을 쿡쿡 찔러도 마찬가지였다. 발로 어깨를 밀어보니 옆으로 그대로 쓰러졌다. 총을 맞고도 도망치다가 피를 너무 많이 흘려 죽은 것이었다.

살아남은 일본군들은 8부 능선에 축성해놓은 토치카로 도망쳐 숨어버렸다. 토치카에는 중기관총이 두 정이나 걸려 있었다. 경기관총과 달리 둔중한 총성을 울리며 총알이 날아올 때마다 중국군은 맥없이 쓰러져나갔다. 굴러 내려오는 수류탄도 위력적이었다. 고지를 점령하지 못하면 돌아오지 말라는 영장의 말이 아무리 무서워도 더는 접근하기가 어려웠다. 병사들에게 공포가 없다면 후퇴하면 총살한다는 명령도 내릴 필요가 없었을 것이다. 일본군과 중국군은 서로 먼저 포기하기를 기다리며 총알을 주고받았다.

이제 조선의용대의 시간이었다. 간간이 총탄과 수류탄이 오가는 가운데 함화라 불리는 선전 선동이 시작되었다. 최대한 정중하고 유창한 일본어로 적군을 설득하는 작업이었다. 진광화라는 가명을 쓰고 있던 김창화가 먼저 나섰다.

"우리는 조선의용대입니다! 강제로 이 머나먼 타향까지 끌려온 일본 청년과 조선 청년 여러분 들어보십시오! 일본의 중국 침략에 대해 일본 국내에서는 동아시아의 평화를 위한 성전이라고 선전합니다. 그러나 평화롭게 살아가던 중국인들을 비행기와 대포로 도살하는 것이 어떻게 평화를 위한 성전입니까?"

김창화는 양철 확성기에 대고 일본 경제가 어떻게 붕괴되고 있는지, 중국인들의 저항이 얼마나 거세지고 있는지 통계 숫자를 나열해 보였다. 일본군 쪽에서도 장교인 듯한 자가 고함으로 맞섰다.

"중국의 평화를 파괴한 것은 국민당 정부와 공산당이다. 두 세력이 내란을 일으켜 중국을 전쟁터로 만들어오지 않았는가? 우리 일본은 동아시아의 영구적인 평화를 위해 평화의 파괴자인 국민당과 공산당을 타도하기 위해 성전을 벌이는 것이다. 우리는 중국인을 위한 군대이자 동양인 모두를 위한 평화의 사도다!"

김창화에게는 반가운 도전이었다. 그는 흥이 나서 소리쳤다.

"좋습니다. 당신들이 진심으로 동아시아의 영구 평화를 위해 중국공산당과 장개석 정권을 타도하고 있다고 칩시다. 그렇다면 어째서 일본공산당과 군부 파쇼 정권은 가만히 내버려두는 겁니까? 왜 자기 나라의 파괴자들은 가만히 놔두고 엉뚱한 중국에 와서 성전을 한다며 남경 대학살 같은 잔인무도한 짓을 벌이는 겁니까? 일본의 아까운 젊은이들을 이 먼 이국 땅에 제물로 바치는 겁니까?"

답할 말이 없는 듯, 토치카에서는 한바탕 중기관총이 울어댔다. 이쪽에서도 잇달아 수류탄을 던졌으나 토치카까지 날아가기 전에 중간에서 터지거나 능선을 따라 굴러떨어졌다. 서로가 화력을 아끼기 위해 사격은 곧 중단되고 다시 함화가 시작되었다. 이번에는 석정이라는 가명으로 불리던 윤세주가 확성기를 이어 받았다.

"장병 여러분! 지금이라도 늦지 않았습니다. 총을 버리고 항복하십시오. 여러분의 처자식과 부모님이 고향에서 눈물을 흘리며 여러분이 살아 돌아오기를 기다리고 있습니다. 사랑하는 가족을 생각하십시오. 왜 여러분이 군수산업 무기업자들과 그들의 충실한 동맹인 군벌을 위해 아까운 목숨을 바쳐야 합니까? 당신들의 주검이 늘어날수록 상관들의 가슴에는 훈장이 늘어날 뿐입니다. 총부리를 당신들의 상관에게 돌리십시오. 총을 버리고 나오면 절대 해치지 않을 것입니다. 중국군은 포로를 우대합니다."

일본군 장교의 고함이 메아리가 되어 돌아왔다.

"빠가야로! 우리 대일본제국의 병사들은 천황 폐하께 충성을 맹세한 몸이다. 대일본제국 군대에 항복은 없다. 지원군이 오기 전에 어서 철수하지 않으면 너희들은 비행기 공습으로 산산조각이 나고 말 것이다."

그의 말대로 날이 밝으면 일본군 비행기가 뜨고 야포 사격이 시작될 것이었다. 윤세주는 이번에는 경상도 억양이 담긴 조선어로 소리쳤다.

"토치카 속에서 떨고 있을 불쌍한 조선 청년들은 들으십시오! 지금 즉시 총구를 당신들의 상관인 일본인들에게 돌리십시오. 가난하고 힘없는 조선 백성들을 죽음으로 몰아넣는 일본인 장교들을 쏘아 죽이고 조선의용대로 넘어오십시오! 조선 민족의 품으로 돌아오십시오!"

조선의용대의 함화에 감동되어 탈영을 해 오는 일본군 말단 사병은 종종 있었지만 즉결 처형 권한을 가진 장교들이 감시하고 있는 토치카를 탈출할 사병을 기대할 순 없었다.

"빠가!"

일본군 장교의 욕설과 동시에 일본군 기관총 두 대가 다시 불을 뿜어대기 시작했다. 김명시 바로 앞에 엎드려 있던 영장이 고함치며 외쳤다.

"돌격! 우리 모두가 결사대다! 다 같이 돌격하라!"

중국군은 일제히 일어나 앞으로 내달았다. 사방에서 픽픽 쓰러져나가는 가운데 의용대원들도 수류탄을 뽑아 들고 달려 올라가기 시작했다. 가파른 경사지를 오르느라 목에서 피 냄새가 나고 온몸은 순식간에 땀에 절었다. 총탄이 잇달아 쉿쉿 소리를 내며 귓전을 스쳐갔다. 시신인지 부상자인지 알 수 없는 물컹한 육신들을 밟고 넘으며 얼마나 올라갔을까, 토치카 안에서 수류탄 터지는 소리와 함께 중기관총 소리가 뚝 끊겼다. 잇달아 몇 방의 수류탄이 토치카 안으로 날아가면서 전투는 종료되었다. 새벽 3시였다.

날이 밝을 무렵 일본군 비행기 편대가 날아와 수십 발의 폭탄을 떨구고 갔으나 자신들이 쳐놓은 철조망을 끊어주는 역할만 했을 뿐이었다. 미명 속에서 확인해보니 일본군 시신은 수십 구나 되었다. 포로도 여러 명이었다. 중국군은 그보다 훨씬 많이 죽고 다쳤으나 밑에서 치고 올라가는 고지전이란 점에서는 큰 승리였다.

일본군 사상자로부터 수거한 소총과 권총이며 무기고에 있던 총탄은 수를 헤아릴 수 없었다. 10여 필의 말과 독일제 망원경, 카메라, 일본도까지 노획했다. 죽은 병사들의 주머니나 가방에서 나온 손목시계, 금반지, 만년필 같은 개인 소지품은 찾아내는 대로 각자가 챙겼다.

중요한 전리품은 상부에 올리는 게 원칙이었다. 그러나 영장은 조선의용대가 수거한 전리품은 자체적으로 분배하도록 '특수한 지위'를 허용했다. 대원들은 주머니에 들어가는 귀중품 말고도 장교 외투, 가죽 구두, 가죽 장화, 총과 탄알을 가질 만큼 나눠 가져 전리품을 들지 않은 이가 없었다. 일본군 장교의 군도는 광서성 계림의 본부에 있는 김원봉 대장에게 보내기 위해 따로 챙겨두었다.

영장은 전투 참가자 전원을 구두로 표창하고 직급에 상관없이 5원씩 상금을 하사했다. 조선의용대도 똑같이 받았다. 참모장은 말 몇 필과 함께 적정이 담겨 있을지도 모르는 일본군의 군인수첩들을 모아서 조선의용대에 가져왔다. 일본어로 되어 있어 중국어로 번역을 해서 상부에 보고하기 위해서였다.

일본어와 중국어, 러시아어까지 할 줄 아는 김명시가 번역을 맡았다. 일본군 사병들의 개인 수첩에 적힌 기록들은 그들의 심리를 생생히 보여주었다.

'월급 2원 85전을 받아 고향의 늙은 어머니에게 2원을 부쳤다. 그러나 어머니가 배고픈 고생을 면하고 있을까?'

'세코다 대대가 전멸당했다.'

'공급받은 담배를 중국 백성에게 팔고 그 돈으로 과자를 사 먹었다.'

'중국의 정황은 국내에서 듣던 바와는 완전 다르다. 언제나 고국으로 돌아가려는지 앞날이 막연하다.'

일본 본토의 가족에게서 온 편지들도 있었다. 그 속에도 전쟁의 고통이 스며들어 있었다.

'봄갈이가 시작되었건만 일손이 모자라 곤란이 막심하다.

그러나 해결할 방법이 없다.'

'나는 네가 하루속히 돌아오기를 고대하고 있다. 신문에서는 매일 승전을 한다면서 계속 징병을 하고 있으니 이것은 도대체 무엇 때문인가?'

남의 나라에 와서 남의 나라 백성을 죽여야 하는 일본군은 사기가 오를 수 없었다. 나라를 지키는 군대는 달랐다. 외적과 싸우는 한 중국인들은 자국의 군대를 지지했다. 고지를 점령했다는 승전 소식이 알려진 그날은 주변 마을의 중국인들까지 모두 길가에 나와 박수를 치며 환영했다.

마을 뒷산 중턱의 작은 절이 조선의용대의 임시 숙소였다. 습기 많은 중국 남방의 건물들 특유의 우중충한 검은 때와 곰팡내가 찌든 낡은 건물이었다. 피와 흙과 땀에 전 옷을 빨고 각자 챙긴 전리품을 정리하다가 하나둘씩 쓰러져 잠들었다 깨어나니 벌써 늦은 오후였다.

야간 선전전이 없는 날이라 다들 느긋하게 잘 사람은 더 자고 취사 담당은 밥을 하고 있을 때였다. 어둑어둑한 마을 길로 트럭 한 대가 먼지를 날리며 달려와 절까지 곧장 올라왔다. 목발을 짚은 중국군 고위 장교가 조수석에서 내렸다. 모두에게 익숙한 연장이었다. 지난번 전투 때 수류탄 파편에 허벅지 부상을 당한 것을 조선의용대원 셋이 번갈아 업어서 구출해준 적이 있었다. 다들 반갑게 인사하며 마중 나가니 그는 짐칸에서 커다란 보따리 몇 개와 술 항아리를 내리게 했다.

"다가오는 겨울에 우리 조선의 전사들 깔고 덮으라고 군용 담요를 가져왔습니다. 홍고량도 잔뜩 가져왔으니 마음껏 평화의 밤을 즐기십시오!"

삶은 양 갈비 세 짝까지 있었다. 목발을 짚은 채 대원들 앞에 선 연장은 감격에 젖은 음성으로 말했다. 중국어를 잘 못 알아듣는 대원들을 위해 김명시가 통역을 해주었다.

"나는 군대 생활을 10년이나 한 사람입니다. 그런데 지난번 다리에 부상당했을 때만큼 따뜻한 동지애를 느껴본 적은 처음입니다. 총탄이 빗발치는 사선을 뚫고 조선 동지들이 나를 구해주지 않았다면 나는 오늘 이 자리에 서 있지 못했을 것입니다. 여러분 조선의용대가 내 생명을 구해주었으니 나는 일생을 두고 이 은혜를 잊지 못할 것입니다. 오늘의 선물은 너무나 조촐하지만 마음으로 받아주시고, 또 어디로 전선 공작을 가실지 모르겠지만 서로 잊지 마십시다."

연장은 대원들의 손을 한 사람씩 잡아주거나 부둥켜안았다. 김명시와는 손을 잡아 흔들며 반가워했다.

"아, 용맹한 여성 전사! 이름이 김명시라고 했지요? 대단한 여전사라고 소문이 자자합니다. 대체 어디 군사학교를 다녔기에 그리 용감무쌍한 겁니까?"

중국 정부군 장교에게 모스크바 공산대학 출신이라는 말을 하기는 어려웠다. 김명시는 곁에 서 있던 이화림의 손을 잡아 올리며 말했다. 이화림은 김명시보다 한 살 많았으나 친구로 지내는 사이였다.

"조선 여성은 본래부터 다 용맹합니다. 여기 이화림도 있습니다!"

"아! 이화림 전사! 김명시 전사가 오기 전부터 잘 압니다, 잘 알아요! 어젯밤 고지 전투에서도 두 여성 전사가 큰 공을 세웠다고 들었습니다. 조선의 여성들은 과연 위대합니다!"

연장이 격려사를 남기고 병원으로 돌아간 뒤, 절간 마당에서는 작은 잔치가 벌어졌다. 모닥불 주위에 모인 스무 명 남짓한 전사들은 초가을 시원한 바람을 들이마시며 술과 고기에 취해버렸다.

용맹했던 전사들은 술이 들어가면 가수가 되고 춤꾼이 되었다. 몇 명의 대원이 빙글빙글 모닥불 주위를 맴돌며 흥겹게 조선 춤을 추자 다른 대원들은 가슴에 장총을 부여안고 앉아 어깨를 흔들며 박자를 넣었다. 멀리서 또 다른 전투가 시작된 모양이었다. 은은히 들려오는 쌍방의 총성이 흥을 더욱 돋우어주었다.

절간 구석에는 낡은 풍금이 버려져 있었다. 평양에서 유치원 교원을 했던 이화림이 조선 민요를 치자 역시 평양에서 온 김창화가 양철 밥그릇을 젓가락으로 두드리며 흥을 돋우었다.

"얼씨구 좋구나! 왜놈들의 대포 소리가 반주까지 해주니 한판 걸판지게 놀아보세!"

호리호리한 몸매에 둥그스름한 턱선이며 눈매가 귀엽기까지 한 김창화는 양손을 치켜올려 장단을 맞추며 덩실덩실 춤을 추었다.

"야아, 우리 유치원 큰 학생이 춤을 자알 춘다!"

이화림이 더 세게 페달을 밟으며 소리치자 김창화도 맞장
구쳤다.

"야아, 우리 누님 풍금 자알 친다!"

폭소와 박수가 터지고, 다른 사람들도 우르르 몰려나가
덩실덩실 몸을 흔들어댔다. 한바탕 춤사위가 지난 뒤에는
장기 자랑이 벌어졌다.

술자리의 대장은 김무였다. 전국을 떠돌며 남의 집 머슴살
이로 나이가 먹은 그는 작은 키에 뾰족한 턱이 볼품없는 사
내였지만 배포나 주량은 수호지의 영웅 무송 못지않다 해서
김무송이라 불렸다. 술에 취해 늘어놓는 만담이 일품이었다.

"얼씨구씨구 들어간다, 절씨구씨구 들어간다. 작년에 왔
던 각설이 올해도 또 왔네……."

각설이타령으로 한바탕 웃음을 자아낸 김무가 자리에 앉
으려 하자 사방에서 난리가 났다.

"쥐똥! 쥐똥!"

여럿이 외치는 소리에 할 수 없다는 듯 모닥불 앞에 나선
그는 벌써 수없이 우려먹은 이야기를 처음 하는 양 재미있
게 늘어놓기 시작했다. 쥐똥에 참기름을 발라서 일본인 부
자에게 보약이라고 팔아먹은 이야기였다. 다들 대사를 외울
만큼 반복해 들었음에도 숨이 끊어지도록 웃어댔다.

다음으로 등장한 이는 밀양 사람 윤세주였다. 의열단부터

무장투쟁을 해온 왕고참 투사였음에도 아이처럼 순수하고 선해서 모두에게 사랑받는 사람이었다. 대원들은 무슨 어려움만 생기면 그를 찾아가 상의했다. 오락 시간에는 어릿광대 못지않게 대원들을 즐겁게 해주었다. 조선에서 도피 생활을 할 때 극장에서 변사 노릇을 했던 그는 아직도 나운규의 영화 「아리랑」의 대사를 그대로 외우고 있었다. 이 역시 수도 없이 들었지만 아무도 싫증을 내지 않았다.

"오늘도 영진은 오기호를 만나자 덤벼들었다. 마치 사나운 개처럼 오가를 만나기만 하면 달려드는 것이었다. 오기호는 동네 제일의 지주인 천가의 앞잡이로 갖은 악랄한 짓을 감행하는 자였다. 그런데 미쳐서 정신이 나간 영진은 용케도 오가를 알아보고 만나기만 하면 달려드는 것이었다. 영진은 대학을 다닐 때 독립 만세를 부르다가 그만 왜경에 붙들려 갖은 고문을 당한 끝에 정신 이상이 생긴 청년이다. 그러자 학교도 그만두고 고향에 돌아와 있게 되었다. 동네 사람들은 그런 영진에게 무한한 동정을 베풀었다. 영진에게 쫓기다 못해 오가는 마침내 천가의 집으로 도망쳐 들어갔다……."

대원들은 기침도 참아가며 몰입했다. 대학생 영진이가 천씨네 하인들에게 잡히는 장면이며 여동생이 천씨에게 강제로 시집을 가야 한다는 대목에서는 욕설과 탄식을 퍼붓다가 윤세주가 대본에 따라 아리랑을 부르자 모두들 눈물을 흘리며 낮게 따라 부르기 시작했다.

"아리랑 아리랑 아라리요, 아리랑 고개로 넘어간다……."

아리랑 소리는 점점 흐느낌으로 변해버리고 다들 눈물을
닦고 코를 푸느라 제대로 따라 부를 수가 없게 되었다. 후렴
이 끝난 뒤에도 한참 동안이나 침묵에서 깨어나지 못했다.
김명시가 참지 못하고 일어났다.

"동지들! 눈물을 거두고 제 노래를 들어보시겠어요?"

김명시가 애창곡인 「초원의 노래」를 시작하자 분위기는
일시에 반전되었다. 본명이 김일곤인 문명철이 하모니카로
반주를 해주었다.

> 나는, 나는 듯이 광활하고
> 황량한 초원을 지나네
> 정열은 나의 마음 불태우고
> 준마는 질풍신뢰와도 같이
> 광명한 머나먼 곳으로 달려가네

누군가 선창하면 다 같이 다시 한번 부르는 게 전통이었
다. 김명시의 노래가 끝나자 모두 입을 모아 「초원의 노래」
를 부르기 시작했다. 멀리서 들려오는 총소리는 불꽃놀이
축포처럼 귀를 간지럽혔다. 칼날처럼 날카로운 초승달은 잊
고 있던 고향의 밤을 떠올리게 하고 밤이슬에 젖은 차가운
공기는 살인으로 더럽혀진 마음을 씻어내는 듯했다. 구슬픈
듯 비장한 듯 묘한 문명철의 하모니카 소리가 가슴속을 파

고들었다.

회식 끝 무렵, 이화림과 김명시는 야간 보초를 자원했다. 본인들 차례가 아니었지만 남자들이 대부분 술에 취했기 때문이었다. 일본군에게 빼앗은 긴 소총에 권총까지 허리에 차고 연장이 선물한 새 담요까지 들고 가니 한 짐이었다.

절과 마을 사이의 나직한 바위 절벽에 앉아 있으려니 들판을 가로질러 흐르는 개천 위로 피어오르는 밤안개가 손에 잡힐 듯 밀려 올라왔다. 이화림은 주머니에 넣어온 땅콩을 한 줌 집어 건네며 혼잣말처럼 중얼거렸다.

"이토록 아름다운 세상에 전쟁이 끊이지를 않다니…… 하긴 내가 일본말만 유창했어도 벌써 죽어서 이 멋진 풍경을 보지 못했겠지."

의용대에 자원한 사람들은 누구나 사연이 있었다. 이화림은 김명시가 조선으로 파견되기 전까지 여러 해를 상해에서 함께 지낸 사이였지만 그때는 서로 이름도 얼굴도 몰랐다. 본명이 이춘실인 그녀는 조선공산당 당원 출신이었음에도 임시정부 산하 한인애국단에 소속되어 김구와 활동하고 있었기 때문이었다. 한인애국단은 일본인을 처단하기 위한 암살 단체로, 이봉창과 윤봉길의 폭탄 투척으로 유명했다.

"일본어를 못해서 살아났다고?"

김명시의 물음에 이화림은 땅콩을 깨물며 답했다.

"윤봉길의 거사 때였지. 윤봉길이 홍구 공원에서 열릴 천장절 축하식장에 폭탄을 던지기로 했는데, 검문이 심해서 내가 나이가 좀 많지만 부인으로 위장해 같이 가기로 했었거든. 근데 일본말을 할 줄 알아야 말이지. 결국 윤봉길 혼자 가서 일본군 상해 파견군 대장과 일본 거류민단장을 죽이고 처형당했지."

윤봉길 사건이 터진 것은 김명시가 조선에 들어가 있을 때였다. 몇 달 전에 있던 이봉창의 일본 왕 암살 시도와 함께 이름만 남아 있던 임시정부를 다시 세상에 알린 사건이었다.

"윤봉길은 어떤 사람이었니?"

"아주 다부지고 호협한 사내였어. 처음 만났을 때는 좀 놀랐다니까. 상해 불란서 조계지에서 하오리를 걸치고 게다짝을 끌고 다니며 채소 장사를 하던 사람이거든. 일본말만 쓰기에 일본인인 줄 알았어. 물론 위장이었지. 그 사람은 철저한 민족주의자였어. 아무리 공산주의 얘기를 해도 통하지 않았지. 하지만 공산당원이라면 치를 떠는 김구 선생하곤 달랐어. 항일만 한다면 공산주의자들과도 격의 없이 친구가 되어주었지."

"화림이는 조선공산당 당원이었는데 어떻게 김구 같은 사람 밑에서 살아남았어?"

이화림은 소리 내어 웃었다.

"그게 참 이상한 인연이었어. 1928년 12월에 조선공산당이 해산되었잖아. 나는 계속 싸우고 싶은데 조직이 없으니 임시정부를 찾아가서 항일운동을 하겠다고 했어. 이동해라는 가명으로 갔지. 김구 선생은 처음엔 여자라서 안 된다더니 계속 간청을 하니까 애국단에 끼워주더라고. 이봉창이 폭탄을 숨기고 가도록 훈도시를 만들어준 게 나의 첫 임무였어. 부부도 아닌 남자의 속옷을 만들라는 말에 처음엔 어찌나 부끄럽던지."

이화림은 이봉창에 대한 그리움을 절절이 묘사했다.

"이봉창은 윤봉길하고는 또 달라. 사내 중의 사내였어. 얼굴은 적동색인데 짙은 눈썹 아래 두 눈은 정기가 펄펄 넘쳤지. 툭 튀어나온 광대뼈와 우뚝한 콧마루, 갸름하면서도 선이 굵은 얼굴 생김새가 잊히지 않아. 패기 있고 담찬 대장부였어. 아무튼 이봉창과 윤봉길이 의거를 성공시킨 덕분에 조선인에 대한 중국인들의 인식이 많이 바뀌었지. 명시는 조선에서 감옥살이를 하느라 몰랐겠지만, 그 사건 이후 중국인들은 조선인을 보면 엄지손가락을 치켜올리며 격려를 했지. 그 두 사람이 우리 조선의용대 140명 전원도 감당하지 못할 일을 해낸 거야."

김명시는 궁금했다.

"그런데 왜 애국단을 나와서 의용대로 온 거야?"

"명색이 사적 유물론을 배운 견결한 공산주의자인 내가 개인적인 테러 방식을 계속 지지할 수는 없었지. 애초에 애국단이란 게 우리 김원봉 대장이 만든 의열단을 모방한 건데, 막상 김원봉 대장은 개인 테러에 한계를 느끼고 조선의용대를 창설하잖아? 나도 김구 선생의 애국단 노선은 맞지 않다는 생각이 들었지. 뭣보다도 김구 선생의 반공주의에

염증이 났어. 누가 공산당원이라는 게 밝혀지면 소련이 보낸 첩자라며 쥐도 새도 모르게 죽여버린다는 소문도 있었지."

김명시는 눈을 치뜨며 놀랐다.

"실제로 공산당원을 다 죽였어?"

"내 눈으로 본 건 아니지만, 상해에선 다들 아는 이야기인 걸 뭐. 김구 선생하고 둘이서 일본 경찰의 밀정이라는 사람을 죽인 적은 있지. 내게는 첫 살인이었어. 끔찍한 기억이야. 노인네가 얼마나 힘이 장사인지 그 사람의 목을 조이고 다리로 몸통을 찍어 눌러 죽이더라고. 나는 버둥대는 다리를 누르기만 했지만 정말 무서웠어."

김명시는 놀라움에 벌린 입을 다물지 못했다.

"그런 양반이 너를 공산당 구역에 가게 놔주던가?"

"광주 군관학교에 들어가 여군이 되겠다고 거짓말을 했지. 계림으로 김원봉 대장을 찾아가 조선의용대에 합류하니까 막혔던 숨통이 터지는 것 같더라고. 나중에 중경에서 김구 선생을 사적인 자리에서 만났는데 나한테 그러더라고. 내 가명이 이동해였잖아. 이러는 거야. '동해야, 너 공산당 맞지? 우리 다시는 보지 말자.' 소름이 오싹하더라고."

이화림의 수다를 듣고 있으면 시간이 화살처럼 흘러갔다. 거의 일방적으로 이야기를 들으며 맞장구를 치는 사이, 초승달은 서쪽 하늘 너머로 가라앉고, 밤안개는 들판을 덮어갔다.

며칠 뒤였다. 멀리서 비행기 프로펠러 소리가 앵앵거렸다.

매일 반복되는 전선 공작으로 지쳐 다들 절간 바닥에서 쓰러져 잠을 자고 있던 한낮이었다. 비상종 소리가 그치기도 전에 비행기는 마을 상공에 날아와 폭탄을 떨어뜨렸다.

쾅! 꽈광!

소형 폭탄 몇 개가 떨어져 폭발하더니 비행기 소리가 멀어져 갔다. 흔한 일이라 의용대원들은 폭탄이 터지거나 말거나 계속 누워 있었다. 적정을 살피러 나갔던 대원이 들어오며 하품을 했다.

"소경 같은 놈들! 눈이 멀어가지고 아무 데나 폭탄을 던지고 가버리는군. 불 끄러 갈 일도 없어."

그는 절간 바닥에 요 대신 깔린 콩깍지 위에 누우며 투덜댔다.

"이놈의 강낭콩 껍질은 삶아 먹으면 먹었지 깔고 눕지는 못하겠네. 등판이 따가워 죽겠어. 조짚이나 볏짚만 돼도 좋겠구먼."

이럴 때면 꼭 이화림이 나섰다.

"불평들 마러. 지금도 조선의 형무소에서 피투성이가 되어 고문받고 있을 동지들을 생각하면 어디 그런 엄살이 나와? 7년이나 옥살이를 하고 나오자마자 전선으로 달려온 김명시 동지한테 좀 배워!"

"아이고, 여성 전사들 무서워 엄살도 못 피우겠네."

싱거운 농담을 주고받을 때였다. 말발굽 소리가 나더니 보초를 서던 대원이 들어와서 김명시를 찾았다. 선잠에서 깨어 일어나 나가보니 낯선 젊은이가 기다리고 있었다.

"김명시 여사님이십니까? 마산 태생에 배화여고를 다녔다고 하시던데요?"

"맞는데, 왜 그러지요?"

"혹시 무정 장군님을 아십니까? 함경도 경성 태생에 중앙고보를 다니신 분입니다만……."

뜨악했다. 죽은 지 벌써 10년이 넘은 사람의 이름을 듣다니 기분이 이상했다.

"김무정 씨요? 잘 알지요. 상해 폭동을 주도한 후에 국민당 군대에 희생되지 않았습니까?"

청년은 환히 웃으며 김명시에게 힘차게 경례를 붙였다.

"반갑습니다! 무정 장군께서 여사님을 모셔오라고 저를 보내셨습니다."

"김무정 씨가 살아 있단 말인가요?"

그녀가 놀라는 모습에 청년은 소리까지 내며 웃었다.

"물론입니다! 지금 팔로군 총사령부 포병 대장으로 맹활약하고 계십니다."

나이를 먹을수록 주변에 죽음으로 이별하는 사람이 늘어났다. 그러나 죽었다가 살아 돌아온 사람은 처음이었다.

"장군님께서 여사님을 무척 찾으셨습니다만, 두 분 다 변성명을 해서 돌아다니니 알 수가 없었답니다. 그런데 얼마 전에 키가 자그마하고 이러저러하게 생긴 여자가 조선의용대에서 대활약을 하고 있다는 말을 들으시고 혹시 여사님이 아닌가 하고 자세히 물으셨답니다. 발에 동상이 걸려서 겨울이면 발에 약을 바르더라는 보고를 듣자 맞구나 하셨답니다. 마침 이 근처에 나와 있던 저에게 연안으로 돌아올 때 꼭 여사님을 모시고 오라고 전보로 명령하셨습니다."

"김무정 씨가 나를 부른다고요?"

"그렇습니다! 저는 곧 업무를 마치고 돌아가야 하니 서둘러 저와 함께 연안으로 가시지요!"

어느새 의용대원들이 전부 마당에 나와 있었다. 의용대원들 중에도 공산주의자들은 중국공산당 본부가 있는 연안에 가보는 게 꿈이었다. 누구보다도 이화림이 좋아했다.

"우리 명시를 데리러 왔다고? 부럽다야! 나도 같이 가면 안 되나?"

선망과 아쉬움이 엇갈리는 가운데 대원들은 청년을 절 안에 들어오게 해서 먹을 것을 주며 김무정에 대해 들었다.

전사했다는 소문과 달리 김무정은 상해 폭동이 실패한 후에도 무사히 살아남아 중국공산당 홍군에 들어갔다. 얼마 후 국민당 정부와 공산당의 제1차 국공합작이 파기되면서 국민당의 대대적인 공격으로 공산당은 서북쪽 변방인 산서성 연안까지 굽이굽이 만 킬로미터의 후퇴 길에 올랐다. 김무정은 이때 뛰어난 포 사격술로 무수한 공을 세워 홍군 최초의 포병 사령관이 되었다. 또한 1938년 팔로군이 창설된 후에는 총사령부의 작전 과장도 맡고 있었다.

"팔로군 백만 대군의 작전 과장이 조선인이란 말인가?"

다들 놀라워하자 청년은 자랑스레 답했다.

"그렇습니다. 포병 사령관을 겸임하고 계십니다."

"대단하군요! 팔로군 장성 중에 조선인이 또 있나요?"

김명시의 질문에 청년은 아쉬운 표정으로 말했다.

"대장정을 함께했던 양림 동지가 홍군 대대장으로 활약하셨는데 제2차 국공합작 직전에 국민당 군대와 싸우다가 전사하셨습니다."

양림은 김명시가 만주총국을 해산시키러 갔을 때 만났던 당원 중 한 사람으로, 5·30 무장 폭동을 이끈 유능한 작전가였다.

"저런!"

다들 안타까움을 표하는데 청년은 열띤 음성으로 말했다.

"지금 공산당은 다시 국민당과 손을 잡고 있지만, 지난날 장개석이 자행한 범죄들은 결코 잊지 않을 것입니다. 더구나 장개석은 요즘 항일 전쟁을 통해 공산당이 부흥하는 것을 저지하려고 일본과 화해 음모를 꾸미고 있다는 정보입니다. 일부 국민당 군대는 아직까지는 결사 항전을 하고 있지만 머지않아 일본군 대신 공산군에게 총부리를 돌리게 될 것입니다. 이 점은 여러분께서 더 잘 아시겠지요."

윤세주가 고개를 끄덕였다.

"김원봉 대장도 그 점을 고민하고 있소. 조선의용대가 일본군과 제대로 싸우려면 팔로군 지역으로 넘어가야 한다는 주장이 벌써부터 제기되고 있습니다. 아마 지금쯤 계림 본부에서는 결정이 났는지도 모르겠습니다만."

"조선의용대가 팔로군 지역으로 넘어간다면 국민당 정부
군이 가만히 있겠어요?"

누군가의 의문에 이화림이 답했다.

"간다면 극비리에 가야지. 지금까지 장개석이 해오던 짓
으로 봐서는 의용대원 전체를 학살해버리고도 남지. 김구
선생 같은 임시정부 완고파나 장개석이 군벌이나 똑같아.
그네들은 일본보다 공산당을 더 증오하니까."

새로운 근심이자 새로운 희망이었다. 대원들은 조선의용
대가 공산당에 합류할 것인지, 국민당 정부군에 남을 것인
지를 두고 이야기를 나누었으나 어떤 결정이 나든 김원봉
대장의 명령에 따르기로 했다. 다른 지대들은 허정숙, 최창
익 같은 공산주의자들이 사사건건 김원봉과 대립하고 있다
지만 윤세주가 이끄는 지대는 김원봉 편이었다.

다음 날 새벽, 김명시는 청년을 따라나섰다. 중국군 측에
는 중경의 대한민국 임시정부에 업무차 간다고 말해 통행증
을 발급받았다. 중경으로 가는 건 사실이었다. 상해의 프랑
스 조계지에 있던 임시정부는 상해가 함락되면서 장개석 정
부와 함께 중국 내륙 깊숙한 중경으로 피신해 있었다. 연안
으로 가기 위해서는 어차피 중경을 통과해야 했다.

국민당 정부군 복장으로 나란히 두 마리의 당나귀를 타고
가는 하염없는 여정이었다. 긴 여행 끝에 도착한 중경은 장
강 기슭에 자리 잡은 고도였는데, 온종일 탁한 강 안개로 덮

인 풍광이 중화민국의 암울한 현실을 상징하는 것 같았다.

두 사람은 팔로군 판사처부터 찾았다. 아직 국공합작이 공식적으로 깨지지는 않은 시기였다. 책임자를 찾으니 팔로군 장교가 맞이했다. 얼굴이 시커멓게 탄 데다 턱과 귀밑에 깊은 상흔이 있는 그는 씩씩한 음성으로 돌아가는 정세를 설명했다.

"두 동무는 각별히 안전에 조심해야 합니다. 국민당은 벌써부터 국공합작의 정신을 어기고 일본과의 전쟁을 기피한 채 공산당을 없애려 들고 있습니다. 놈들은 지난해부터 산동, 호북, 호남, 하남 등 각지에서 팔로군 유격대와 후방 기지, 신사군 부대들을 불의에 습격해 팔로군 간부와 전사들을 무차별 학살해왔습니다. 다른 한편으로는 상해, 홍콩, 오문 등지에서 일본 대표들과 얼굴을 맞대고 앉아 이른바 평화 담판을 하며 투항 활동을 하고 있습니다. 만일 놈들이 여러분의 정체를 알게 되면 가차 없이 암살해버릴 것입니다. 특히 이곳 중경을 어서 떠나기 바랍니다. 이곳에는 삼청단이니 부흥사니 하는 특무 조직들이 몰려다니며 애국 인사와 청년들을 잡아다 집중영에 가두고 있습니다. 집중영에 끌려가면 모진 혹형으로 살아나오지 못합니다."

팔로군 간부는 커다랗고 투박한 손으로 직접 차를 따라주고 여비를 봉투에 담아주며 말을 이었다.

"국민당 정부군의 장군이란 자들은 일본군에게는 야금야금 국토를 내주면서 중국인 한간 무리들과 결탁해 아편과

차, 금은보석을 밀매해 돈벌이하기 바쁩니다. 김무정 같은 조선인들도 제국주의와의 투쟁에 저토록 헌신하는데 말입니다."

"김무정 동지를 아시는군요?"

김명시의 말에 그는 호탕한 웃음을 터뜨렸다.

"무정 장군을 모르면 대장정을 하지 않은 사람이지요. 무정 장군이 아니었으면 악양호로 밀고 들어온 제국주의 함대에 홍군이 엄청난 피해를 입었을 겁니다. 나도 그 자리에 있었습니다. 무정 사령관은 포 사격 때 종이나 삼각대가 필요 없습니다. 한쪽 눈을 감고 자기의 엄지와 검지로 대포와 목표물을 가늠한 다음 격발시키면 백발백중입니다. 모택동 주석과 주덕 총사령관이 늘 하는 말이 있습니다. 무정 같은 사람이 백 명만 있으면 전쟁은 승리할 거라고 말입니다."

팔로군 간부는 두 사람의 안전을 위해 국민당 군사위원회 정치부에 찾아가보도록 했다. 팔로군 판사처 명의로 된 통행증은 나중에 팔로군 지역에서 쓰고 국민당 지역에서는 국민당 통행증이 필요했기 때문이다. 그가 시키는 대로 국민당 군사위원회 정치부에 찾아가 조선의용대라 밝히고 낙양의 국민당 전선에 파견 간다고 하니 별다른 의심 없이 통행증과 함께 낙양의 국민당 제1전구에 보내는 소개 서신까지 써주었다.

두 사람은 중경 부두에서 기선을 타고 장강을 거슬러 오르는 길을 택했다. 여객선은 바다처럼 수평선이 보이는 드넓은 강물을 거슬러 한없이 올라갔다. 뱃머리에서 양편의 들과 산을 바라보고 있으려니 벌써 10여 년 전 압록강을 거슬러 오르던 때가 떠올랐다. 7년간의 감옥살이를 빼고 나면 그녀에게 주어진 젊음의 시간은 얼마 되지 않았지만, 그사이 세상이 얼마나 더 나쁘게 변했는지, 대체 어떤 세상이 인간의 종점이 될지, 언제까지 대륙을 떠돌아야 할지, 서글픈 잡념이 물결처럼 맴돌았다.

세상은 조금도 나아지지 않고 오히려 암울해지고 있다는 우울한 단상은 배가 장강삼협에 접어들면서 잠시 수그러들었다. 거칠게 소용돌이치는 강물 양편으로 치솟은 절벽의 꼭대기는 아득히 구름에 감싸여 있었다. 소용돌이치는 물살을 힘겹게 거슬러 오른 기선이 절벽의 한 굽이를 돌아가면 또 다른 절벽이 기다렸다. 조금만 키를 잘못 돌리면 바위에 부딪쳐 수장될 듯 위태로우면서도 장엄한 골짜기에 시선을 뗄 수 없었다.

봉절현에서 하룻밤 묵고 다음 날 새벽 다시 출발한 기선은 장강삼협보다도 더 물결 사나운 구당협으로 접어들었다. 무산십이봉이라 불리는 아름다운 산봉우리들이 역시 구름 속까지 솟아 있었다. 하늘나라 여신이 변하여 봉우리가 되었다는 신녀봉이 절정이었다. 새하얀 명주솜 같은 구름에 휘감긴 신녀봉은 이제껏 본 것 중 가장 우아한 산줄기였다.

기선의 목적지인 의창은 일본군에 점령되어 있었다. 의창에 도착하기 전에 배에서 내려 홍산 줄기를 따라 이동해야 했다. 일본군과의 최전선이었다. 지나는 마을마다 폐허가 되어 있었다. 러시아에서 본 서양 건물들이 오래된 것일수록 아름다웠다면, 중국의 검정 기와집들은 고급이든 새로 지은 집이든 어둡고 우중충했다. 어느 가옥이나 중국 고유의 형태를 지니고 있어 촌락 전체로 보면 통일된 질서가 주는 맛이 없지 않으나 아름답다고 하기는 어려웠다. 우중충한 마을들이 전쟁의 참화를 입어 더욱 음울해 보였다.

일본군과 마주한 최전선 마을은 더욱 스산했다. 본래 낡은 집들이 사람의 손을 타지 못해 여기저기 허물어지고 지붕이며 마당에 잡풀이 자라나 있었다. 집 안에는 사람이 사는 흔적이 엿보였으나 거리에 나다니는 사람은 거의 없었다. 어쩌다가 한둘이 지나가는데 국민당 군복을 입은 두 사람을 보고는 눈도 마주치지 않고 고개를 숙인 채 피했다. 그곳의 국민당 군대는 일본군 못지않게 폐해가 심한 탓이었다.

통행증은 낙양까지이니 이후에는 국민당 군복을 입고 가다 붙잡히면 탈영병 취급을 받을 것이었다. 두 사람은 군복을 팔아 짱산으로 갈아입고 서북 방향으로 계속 나아갔다. 중경에서 타고 온 당나귀는 돈을 얹어주고 튼튼한 놈과 바꾸었지만 사람이 종일 타면 당나귀가 버티지를 못했다. 언덕길을 만나면 내려서 끌고 가고 평지에서 다시 타는 식으로 가니 하루에 백 리를 가기도 힘들었다.

도중에 몇 차례나 일본군 비행기의 공습을 피해 숨고 군벌 군대의 검문을 통과해가며 팔로군 지역에 들어섰을 때는 초겨울이었다. 붉은 물감을 뿌려놓은 듯 아름답던 단풍 물결은 사라지고, 앙상한 가지들이 바람에 흔들리며 매서운 바람 소리를 냈다. 운 좋게 민가의 방을 빌릴 때도 있었지만 버려진 사당이나 다리 밑에서 자는 날이 더 많으니 체력은 엉망이 되어버렸다.

마침내 중국공산당 본부가 있는 연안 분지에 도착한 것은 모래바람이 부는 몹시도 추운 날이었다. 골짜기 안쪽의 보탑산을 중심으로, 붉은 절벽이 양팔을 벌리고 있는 듯 길고도 넓은 골짜기였다.

골짜기 입구의 경비소에서 신분과 목적을 밝히고 분지로 들어가니 한가운데를 직선으로 흐르는 연하강 양편으로 마을과 경작지들이 펼쳐진 모습이 한눈에 들어왔다. 붉은 절벽 너머는 황토 사막이었다. 공산당 본부와 팔로군 총사령부가 있으니 제법 큰 건물이나 군사기지가 있으리라 생각했는데, 당 기관 간부들의 숙소는 대부분 붉은 연암으로 이루어진 경사지나 절벽을 파고 들어가 있었다. 청년이 말했다.

"지금은 초라해 보입니다만, 이따가 밤중에 나와보십시오. 저 높은 곳까지 파고 올라간 석굴마다 불이 밝혀지면 경성이나 동경의 빌딩 숲에 온 것 같습니다. 밤이 되면 내가 정말 혁명의 성지에 왔구나, 하실 겁니다."

연하강 변을 따라 걸어갈 때였다. 멀리서 말을 탄 네 명의 팔로군이 매서운 바람을 헤치며 달려왔다. 회색 군복의 팔로군들은 흰말과 누런 말을 타고 있었는데 맨 앞에 달려오는 이의 말은 흑갈색 광택이 번들거리는 흑토마였다.

두 사람은 때마침 불어오는 거친 모래바람에 고개를 숙인 채, 당나귀를 길 옆에 세우고 팔로군들이 지나가기를 기다렸다. 그런데 말들이 갑자기 그 앞에서 멈추는 것이었다. 흑토마에 탄 팔로군이 소리쳤다.

"김명시! 김명시 맞지!"

깜짝 놀라 올려다보니 김무정이었다. 본 지가 오래된 데다 코밑에 짧고 가는 수염을 길러 언뜻 누구인지 알아보지 못했다. 말에서 훌쩍 뛰어내린 그는 성큼성큼 다가오더니 불쑥 손을 내밀었다. 상해 영마대로에서 헤어질 때만 해도 반쯤 존대를 했는데 오랜 시간이 지나 오히려 더 친해진 듯 스스럼없는 반말이었다.

"잘 왔네, 잘 왔어! 전초기지로부터 두 사람이 온다는 무전 보고를 받고 마중 나왔지. 먼 길에 고생 많았지?"

콧수염이 낯설었지만 틀림없는 김무정이었다. 죽었던 사람을 만나는 게 바로 이런 것일까, 하도 반가워 악수만으로는 부족했다. 김명시가 양팔을 활짝 펴자 김무정은 몸을 구부려 그녀의 작은 가슴을 힘껏 안아주었다.

1940년 겨울이었다.

15. 적구공작대

연기를 빼낼 굴뚝도 없이 거실 가운데에서 불을 때는 화덕
이 온방 장치의 전부인 중국식 농가였다. 사람의 발길로 반
질반질한 흙바닥에는 나무 침상과 까만 탁자와 의자 두 개
가 놓여 있었다. 조그마한 육각형 창문으로 들어오는 빛만
으로는 좁은 방 안도 밝히지 못해 한낮인데도 어두침침했
다. 벽에 걸린 달력은 1942년 6월을 가리키고 있었다.

청년은 긴장 어린 표정으로 스탈린이 쓴『레닌주의의 제
문제』일어판을 무릎 위에 올려놓은 채 얌전히 침상에 걸터
앉아 있었다. 옆에는 모택동의 논문 「중국 사회 각 계급의
분석」 일어판이 놓였다.

김명시는 어깨 부분에 모란꽃이 그려진 보라색 짱산에 가
죽신 차림이었다. 머리도 중국 여자처럼 묶어 올리고 얼굴
에는 약간의 분도 발랐다. 주전자를 들고 들어와 맞은편에
앉은 김명시는 청년의 잔에 뜨거운 차를 따라주며 물었다.

"잠자리는 어땠나요? 식사는 잘 했지요?"

청년은 군인처럼 씩씩하게 답했다.

"팔로군 장관님들이 잘 대해주셔서 아주 편안합니다!"

중국인들은 장교를 장관이라 불렀는데, 팔로군은 계급장 없이 모두가 똑같은 회색 군복을 입고 있으니 사병들도 장관이라 불리곤 했다.

"어떤가요? 책을 읽어본 소감이."

청년은 모택동의 책을 먼저 집어 들고 말했다.

"여사님, 그런데 이 모택동이란 분은 어느 대학의 교수입니까? 저서가 어찌 이리 많습니까?"

일본으로 유학까지 갔다가 학비 부족으로 돌아온 똑똑한 청년인데 모택동이라는 이름조차 모르는 것이었다. 1940년 들어 전시체제가 되면서 모든 정보가 통제된 사회에 사는 보통 젊은이의 모습이었다. 김명시는 웃음을 자제하고 차를 한 모금 마시며 조용히 말해주었다.

"중국공산당의 주석입니다."

꽤나 놀라리라 예상하고 말했던 것인데, 청년은 놀라지도 않고 감동하는 기색도 없었다. 공산당과 국민당도 구별하지 못하는 것이었다. 오로지 독립운동을 하겠다는 열정만으로 팔로군 지역까지 인도되어온 청년이었다.

"어때요? 모택동 씨가 쓴 책의 내용은 이해가 되던가요?"

청년은 난감한 표정을 지어 보였다.

"솔직히 말씀드려서 아무리 읽어봐도 잘 모르겠습니다. 지금까지 본 적도 없는 단어가 너무 많습니다. 계급이란 단어는 안 배워도 어렴풋이 알겠는데 생산수단, 생산관계, 변증법적 유물론, 사적 유물론이니 하는 단어들은 두세 번씩 읽어봐도 잘 이해가 안 됩니다. 무슨 글이든 백 번 읽으면 저절로 뜻을 알게 된다는 옛 성현들의 말씀대로 그저 반복 학습만 하고 있을 뿐입니다."

공산주의자들끼리 쓰는 사회과학 용어들이 많다는 건 김명시도 인정했다. 일종의 혁명가 사투리 같았다.

"단어들이 생소하다는 건 나도 이해해요. 그래도 뭔가 배운 게 있지 않나요?"

"네. 한 가지 확실히 얻은 것은 중국은 반식민지이고 조선은 완전한 식민지라는 것입니다. 또한 모택동 교수님의 말씀대로 조선도 중국처럼 다섯 가지 계급으로 나눌 수 있겠다는 그런 생각이 들었습니다."

김명시의 입가에 미소가 떠올랐다.

"옳게 분석했군요. 아주 잘했어요. 또, 그 밖에 더 느낀 것은 없나요?"

청년은 기다렸다는 듯 되물었다.

"여사님, 실은 궁금한 게 생겼습니다. 사람을 대자산가, 소자산가, 무산계급 등 다섯 계급으로 나눈다면 학자들은 어느 계급에 속하는 겁니까?"

문득 모스크바 공산대학 시절이 떠올랐다. 취침 시간이 되어 불을 끄고서도 침상 여기저기서 러시아어며 사회주의 용어를 외우느라 웅얼거리던 소리가 다시 들리는 듯했다. 창문 밖 새하얀 눈밭 위로 떠오른 달이 혁명의 열정으로 가득한 학생들을 비추던 그 긴 밤들이 다시 찾아오는 것 같았다.

"좋은 질문이네요. 지식인 계급이 따로 있는 게 아니에요. 지식인은 각자의 입장에 따라 어떤 계급에 종속되느냐가 결정됩니다. 즉, 자본가와 대지주의 입장에서 그들의 편에 서면 자산계급의 일원이 되는 것이고, 노동자와 농민 계급을 대변하면 무산계급의 일원이 되는 것이죠."

설명은 별 효과를 보지 못했다. 고개를 끄덕이며 듣던 청년은 또다시 엉뚱한 질문을 했다.

"그러면 저는 일본에서 공부를 했으니 자산계급이라고 해야겠군요?"

김명시가 모스크바에 갔을 때가 이 청년보다 어린 열아홉 살 때였지만 배움에는 별 어려움이 없었다. 공부하지 않으면 이해할 수 없는 게 사회주의 이론이지만, 또한 배우고자 하면 그보다 쉬운 것이 없는 게 사회주의 이론이었다. 자신에게 그토록 감동적으로 다가왔던 논리들이 이 젊은이를 조금도 납득시키지 못하고 있다는 사실이 조금은 놀랍기도 했다.

"굳이 사상적으로 보자면 그렇게 볼 수도 있겠지요. 그런데 학생 동무는 일본에서는 어떤 공부를 했습니까?"

청년은 자랑스레 답했다.

"동경에서 정치경제학은 꽤 많이 읽은 편입니다. 철학 서적으로는 소크라테스와 칸트, 니체를 탐독했습니다. 일본어로 된 세계 사상 전집은 거의 안 읽은 책이 없다고 해도 될 정도인데 이런 종류의 서적은 난생처음이라 잘 이해가 안 됩니다. 죄송합니다."

지식을 암기하는 것과 그것을 이해하는 것은 다른 일이었다. 실망을 드러내어 청년을 의기소침하게 만들지 않으려고 김명시는 남은 차를 마저 따라주고 차분하게 말했다.

"많이 공부했군요. 그러나 구시대 동서양의 철학 서적을 읽었다고 해서 오늘의 세계를 올바로 해석할 수는 없지요. 오히려 혼란이 많이 생길 것입니다. 동무의 마음을 이해하니 서둘지 말고 천천히 읽어보도록 해요."

김명시는 모택동의 『모순론』과 『실천론』을 건네주고 일어났다. 훨씬 대중적으로 쓰인 스탈린의 저서도 이해하지 못하는 그가 동양적 세계관까지 가미된 두 논문을 이해할 것 같지 않았지만 달리 방법도 없었다. 방에서 나오려는데 청년이 간절하게 말했다.

"여사님! 잠깐만 이야기를 더 나눌 수는 없을까요?"

다시 마주 앉으니 청년은 좀 더 솔직한 마음을 털어놓았다. 북경이 옛 지명 북평으로도 불릴 때였다.

"저는 여러 장관님들의 호의가 잘 이해가 안 갑니다. 반일운동을 하고 싶다는 마음으로 여러분을 따라나선 건 사실이지만, 저는 보잘것없는 가난한 집 고학생에 불과합니다. 왜놈 치하의 북평에 간 것도 본래는 공부를 더 하기 위해서였습니다. 그런데 저를 북평에서 이곳 팔로군 진영까지 데려오기 위해 교대로 안내해주신 분이 다섯이 넘습니다. 미천한 저를 데려오기 위해 몇 번이나 왜놈들의 사격을 받아가며 목숨을 아끼지 않은 그분들께 너무나 송구스럽습니다. 제가 과연 그럴 가치가 있는 사람인지 의문스럽습니다."

병사를 강제 징집할 권력이 없는 조선의용대는 한 명 한 명을 설득해야 했다. 중국에 온 조선 청년들 중에 인맥이 닿는 이가 있으면 적 점령지에서 활동한다고 해서 적구공작대라 불리는 당원이 접근해 몇 달을 두고 관찰했다. 그가 어떤 생각을 하고 있는지, 위험한 일을 감수할 만한 용기가 있는지 보고 적합하다고 판단되면 자신의 정체를 밝히고 항일운동에 동참하자고 권했다.

본인이 동의하더라도 팔로군 지역까지 데려오려면 무수한 위험을 감수해야 했다. 사방에 깔린 검문소와 밀정의 눈을 피해 이동시키고, 도중에 체포되었을 때 지역별 책임자까지 드러나는 일을 막으려면 점조직으로 몇 사람이 자기가 맡은 구역만 호송해야 했다. 아직 아무 글자도 쓰지 않은 백지 상태나 다름없거나 혹은 자본주의 사상으로 오염되어버린 젊은이 한 사람을 데려오기 위해 수 년간 감옥살이를 한 쟁쟁한 투사들이 목숨을 걸었다.

이 지난한 과정을 거쳐 의용대원으로 편입되는 청년들이 나날이 늘어나고 있었다. 김명시가 책임진 북경 지구가 가장 많아 반년 동안 스무 명 넘게 초모되었다. 모스크바 공산대학 동기인 안병진이 맡고 있는 천진 지구도 상당한 성과가 있었다. 김명시가 말했다.

"우리가 동지 하나를 획득하기 위해 이 많은 노력을 기울이는 것은 조선의용대원 한 사람의 역할이 그만큼 크기 때문이에요. 총은 누구나 쏠 수 있지만 일본군 수백 수천 명을 정신적으로 무장해제시키는 선전 활동은 아무나 할 수 있는 일이 아니죠. 단순히 군인 하나를 양성하자면 이런 공부 다 필요 없이 사격술만 가르치면 돼요. 그러나 의용대원은 일당백, 일당천의 역할을 해야 해요. 우리가 동지 한 명을 전취하기 위해 그 많은 위험을 감수하는 이유예요."

청년은 고개를 끄덕이며 감동을 표했다. 그때, 팔로군 전령이 문을 두드리고 들어와 본부로 오라는 전갈을 전했다. 본부래야 마을의 다른 농가였다. 몇 집 건너 팔로군 본부로 가는 골목에서 중국 아이들이 뛰어놀고 있었다. 아이들이 노는 모습은 조선이나 다름없었다. 북경과 천진이 있는 화북 지역에만도 일본 관동군 70만과 팔로군 백만 대군이 격돌하고 있었지만 드넓은 대륙을 다 불사르지는 못했다. 전쟁의 와중에도 장사꾼은 장사를 하고 농민은 농사를 지었다. 사랑은 이루어지고, 아이들은 태어나 흙바닥에서 뒹굴며 자라났다.

인구가 많은 중국에는 천재도 많았다. 팔로군 북경 지구 대장은 엽검영의 참모 출신으로, 이립삼 시절에 일어났던 무장 폭동에서 위기에 빠진 당 지도부를 구출해낸 뛰어난 군인이었다. 등소평만큼이나 작고 보잘것없는 체구였지만 뛰어난 두뇌의 소유자이자 인품으로 팔로군의 유력한 실권자로 인정받고 있었다. 그는 차를 권하며 대뜸 물었다.

"김명시 대장, 태항산에 가본 적 있습니까?"

태항산맥은 북경과 연안의 중간쯤에 있는 험준한 산악 지대로 팔로군 전선사령부가 있었다.

"이야기는 들었지만 가본 적은 없습니다. 저는 연안의 중앙당에서 북경 지구의 적구공작대 대장으로 임명되어 왔습니다."

"그래요? 그러면 안내원이 필요하겠군요. 김명시 대장을 태항산으로 보내라는 명령이 내려왔소."

김명시는 뜨악한 표정을 했다.

"이곳에서도 할 일이 많은데 갑자기 왜 부르는지 아십니까?"

"조선의용대를 조선의용군으로 개편하면서 김명시 동무를 총정치위원으로 내정했다고 하오. 축하합니다."

공산당의 군대는 전투를 맡은 장교와 사상 담당 정치위원이 동급의 권한을 가지고 지휘했다. 정치위원은 당성이 강하고 이론에 충실한 당원 중에서 선발했다. 총정치위원은 조선의용군 전체의 정치위원이니 체계상으로는 사령관과 같은 위치였다.

"그런데 조선의용대가 조선의용군으로 명칭이 바뀐다는 말씀입니까?"

김원봉이 대장을 맡은 조선의용대는 국민당의 지원으로 설립되었으나 국민당 정부가 일본과의 평화협정을 추진하자 팔로군으로 이동하자는 요구가 커졌고, 김원봉도 이에 찬성했다. 다만 장개석 정부가 이 계획을 눈치채면 몰살될 수도 있기 때문에 김원봉을 포함한 본부 대원 수십 명은 그대로 국민당 치하의 계림에 남아 의용대 사령부를 유지하기로 했다.

조선의용대원 140여 명이 팔로군 전선사령부를 찾아 태항산맥으로 이동한 것은 김명시가 연안에서 김무정과 활동하던 1941년 봄이었다. 대원들은 계림의 사령부를 의식해 자신들을 화북 지대라 부르기는 했으나 사실상 주력이 옮겨 간 셈이었다. 이후 대원도 3백여 명으로 늘어났다. 신입 대원의 대다수는 안병진과 김명시의 책임 아래 활동해온 북경과 천진의 적구공작대 대원들이 조직하고 교육한 청년들이었다.

이름이나마 의용대로 남아 있던 화북 지대를 의용군으로 바꾼다면 이제 국민당이나 김원봉과는 완전히 결별한다는 뜻이었다. 팔로군 북경 지구 대장은 자신이 아는 정보를 털어놓았다.

"국민당 지역에 남은 김원봉의 조선의용대는 대한민국 임시정부에 합류하게 될 거라는 정보요. 임시정부 산하에도 무장 부대를 만들게 될 거라고 합니다."

"그러면 태항산의 조선의용군은 누가 사령관을 맡게 되나요?"

"팔로군 포병 사령관 무정 장군으로 내정되어 있다고 들었소."

김무정의 본명은 김병희였다. 무정이라는 이름은 국민당 군대에서 포병 장교로 근무할 때 군벌과의 포격전에서 큰 공을 세우자 중국인 장교들이 빼어난 장수라는 뜻으로 붙여 준 별명이었다. 그런데 홍군과 팔로군에서 포병 사령관으로 명성을 떨치면서 다들 성을 빼고 무정이라고만 부르고 있었다. 그래서 성이 '무'요 이름이 '정'인 줄 아는 이도 있었다.

"아! 김무정 동무가 사령관을 맡았습니까?"

"그렇소. 무정 장군은 우리 중국인들도 존경하는 조선인 최고의 영웅 아니오? 김명시 동무는 총정치위원이 되었으니 무정 장군과 쌍두마차가 되어 부대를 이끌게 된 거요. 대단한 영광으로 아시오. 축하하오."

"물론입니다! 저도 매우 기쁩니다."

진심이었다. 김무정과 일하는 것처럼 즐거운 건 없었다. 연안에서 계속 함께하려 했는데 김명시의 중국어와 조직가로서의 능력을 높이 산 중국공산당 중앙당 간부들이 북경 적구공작대 대장으로 추천하는 바람에 반년 만에 헤어질 수밖에 없었다. 이제 실전이 벌어지고 있는 태항산에서 다시 함께하게 되었으니 여간 흥분되지 않았다.

이튿날, 태항산으로 같이 갈 대원들과 마구간에서 마구를 손보고 있는데 전날의 조선 청년이 들어왔다. 손에 종이 한 장을 들고 있었다. 청년은 김명시가 빗질을 해주고 있는 늘씬한 흑갈색 호마를 보며 감탄부터 했다.

"장관님은 여성이신데 이 큰 말을 타십니까?"

처음 듣는 감탄사는 아니었다. 김명시는 미소를 띠며 익숙해진 답변을 했다.

"소비에트 러시아에 가봐요. 여성들이 전차도 몰고 트럭도 몬답니다. 학생 동무가 먹고 마시는 모든 농산물도 다 여성들의 손으로 만든 거 아닌가요? 저 넓은 중원의 경작지에서 일하는 이들이 거의 다 여성들이니까요."

청년은 겸손했다. 금방 얼굴이 빨개졌다.

"그렇군요. 제가 장관님께 실언을 했습니다."

김명시는 웃으며 손을 내밀었다.

"그 종이는 뭔가요? 이리 줘봐요."

"상부에 제출할 제 이력서인데 혹시 잘못 쓴 게 없나 봐주십시오."

간부등기표라는 제목으로 간단히 개인의 이력을 기록한 서류였다. 훑어보던 김명시는 깔깔대며 웃어댔다.

"출신란에는 노동자로 썼는데 성분란에는 대자산계급이라고 썼군요? 동무가 대자산계급이라니? 부모님이 논을 수만 평쯤 가지고 있어요? 일본에 갔지만 학비가 없어 학교도 졸업하지 못하고 공장에 다녔다면서요?"

청년은 어리둥절해하며 그녀를 쳐다보았다.

"뭐가 잘못되었습니까? 여사님께서 어제 그렇게 말씀하지 않았습니까? 일본 유학생은 자산계급이라고요."

김명시는 웃음을 멈추고 진지하게 답했다.

"일반적으로 그렇다는 거지요. 동무의 집은 소농이니 계급은 소자산계급이라 쓰고 직업은 학생이라고 써서 제출하도록 해요."

말하는 그녀의 머릿속에 문득, 머지않아 전쟁이 끝나 조선이 독립하면 이런 사람들이 조국을 이끌게 되리라는 생각이 스쳐갔다. 두뇌 좋고 영리한 청년들이 일제의 고등문관시험이나 일본 육군사관학교로 빠져나가 친일파가 되고, 마음만 민족주의 정서를 가진 이런 답답한 젊은이들이 도덕적 우월성을 내세우며 권력을 차지하면 나라 운영이 어떻게 될까 하는 엉뚱한 상상이 들었다. 조금은 엄하게 물어보았다.

"이 간부등기표를 보니 동무가 아직도 책 내용을 이해하지 못하고 있는 것 같네요. 모택동 동지의 책을 읽기는 읽은 건가요?"

청년은 잔뜩 풀이 죽었다.

"읽기는 읽었습니다. 죄송합니다."

"죄송하기는! 일본의 패전이 멀지 않았어요. 친일 매국노들을 처단하고 여러분이 새 나라를 이끌어야만 해요. 그러기 위해서는 그들보다 더 많이 공부하고 더 노력해야만 합니다. 그네들은 나라를 운영해보았지만 우리는 싸움밖에 해보지 못했으니까요. 동무에게 이런 기회를 준 공산당에 감사하는 마음으로 더 열심히 공부하도록 해요."

"네, 감사합니다. 잘 다녀오십시오!"

조선의용군 본부는 태항산맥 대협곡 중에서 하북성 쪽 섭현이란 곳에 있었다. 길을 떠난 일행은 암초처럼 버티고 선

일본군 초소들을 피해 끝없는 들길을 지나고, 산을 넘고, 하천을 건넜다. 갑자기 일본군 토치카로부터 기관총 세례를 받기도 하고, 한간의 밀고로 밤중에 쳐들어온 일본군을 피해 밤새 달아나기도 했다. 말이 있다지만 전속력으로는 반 시간도 달릴 수 없었다. 말이 지쳤을 때는 내려서 고삐를 잡고 걸어야 했다. 3주일 만에야 공포가 느껴지도록 웅장한 태항산 대협곡에 안길 수 있었다.

팔로군 전선사령부는 상당히 넓은 분지 마을 중앙의 기와집에 자리 잡고 있었다. 작전 과장에게 전입을 신고하려고 들어가보니 바로 옆이 사령관실이었다. 마침 팽덕회 사령관이 출타 중이라서 슬쩍 들여다보니 작고 평범한 방이었다. 방 가운데 넓은 탁자에는 모래로 만든 지형도에 적군과 아군을 표시하는 조그만 깃발들이 수십 개 꽂혀 있었다. 한쪽에는 책상이, 반대편에는 침상이 놓여 있었는데 가난한 중국인들이 쓰는 딱딱한 나무 침상이었다. 백만 대군을 지휘하는 사령관실이라 하기에는 무척이나 소박했다.

조선의용군 본부는 팔로군 전선사령부에서 평지를 따라 4킬로미터쯤 떨어진 중원촌에 있었다. 2백 가구쯤 될 농가가 모여 있는 농촌 마을 입구의 작은 사당을 본부로 쓰고 있었다. 사당 바로 아래 좁은 개울은 마을의 빨래터라 여자들이 웃고 떠들며 빨래하는 모습이 평화롭기만 했다.

대원들은 여러 지대로 나뉘어 팔로군과 함께 전선에 가 있고, 김무정은 팔로군 포병 사령관직을 인수인계하느라 아직 오지 않아 본부에는 20여 명만 남아 있었다. 그중에는 이화림도 있었다. 그녀는 김명시를 보자마자 달려나와 와락 끌어안았다.

"명시! 살았구나!"

말하는 이화림의 표정이 어쩐지 이상했다. 별일 아니어도 깔깔대며 웃고 큰 소리로 떠드는 여장부였는데 단 한 마디뿐, 아무런 수다도 늘어놓지 않는 것이었다. 표정이 몹시도 우울해 보였다.

"표정이 왜 그래? 무슨 안 좋은 일이라도 있었어?"

이화림은 말없이 김명시의 손을 잡아 사당 앞 개울가로 데려가 앉았다. 그러고도 잠시 뜸을 들였다가 입을 열었다.

"우리 부대는 지금 초상집이야. 한 달 전 일본군 4만 명이 비행기에 장갑차까지 동원해 공격해 왔거든. 팔로군 사령부까지 다 피해야 했는데 우리 의용대가 사령부를 보위하기 위해 싸우다가 열세 명이 전사했어. 네가 잘 아는 대원도 여럿 죽었지."

"어머나, 누가 죽었어?"

"윤세주, 김창화, 그리고……."

"어쩜 좋아! 이를 어떡해!"

이화림이 계속 불러주는 전사자 명단에는 아는 이름이 절반이 넘었다. 국민당 산하에서 함께 싸웠거나 북경에서 초모해 보낸 대원들이었다.

"너는 모르겠지만 글 재주꾼인 김학철이란 동무는 다리에 총상을 입고 포로로 잡혀갔는데 즉결 처분됐을 거야."

이화림은 치밀어오르는 슬픔을 못 이겨 잠시 말을 멈추었다가 이었다.

"내가 김창화의 죽음을 보지 못했어. 함께 싸웠어야 하는데, 내가 곁에서 지켜주지 못한 게 이리 한이 될 수가 없어. 지난 3월에 창화가 나를 불러 말하는 거야. '누님, 조직에서 누님을 간부훈련반에 보내기로 했어요. 가서 공부 잘해야 해요.' 화북에 간부사회과학훈련반이 만들어졌거든. 창화는 내게 맑스주의 철학과 중국 혁명의 경험을 배울 기회를 주려고 했던 거지. 그래서 감사한 마음으로 간부훈련반에 가서 공부를 하고 있는데 창화가 전사했다는 소식이 들려온 거야. 마진 전투에서 영웅적으로 싸우다가 죽었다는 거야. 얼마나 울었는지 몰라. 막냇동생 같아서 얼마나 좋아했는데……."

윤세주와 김창화에 대한 애정은 이화림만의 것이 아니었다. 의용대원이라면 누구나 두 사람을 좋아했다. 두 사람은 같은 전투에서 사망한 팔로군 총사령부의 부참모장 좌권 장군과 나란히 묻혔고, 묘비에는 석정과 진광화로 새겨졌다고 했다.

태항산에 도착한 다음 날 저녁이었다. 김명시는 우연히 이화림이 마을 입구에 세워진 2층 건물에 기대서 있는 모습을 발견했다. 성문을 겸한 건물에는 조선의용군이 써놓은 글씨들이 선명했다. 글자 순서가 오른쪽에서 왼쪽으로 되어 있어 좀 이상했지만 오랜만에 보는 한글이었다.

'왜놈의 상관을 쏴 죽이고 총을 메고 조선의용군을 찾아
오시오!'

국민당 밑에서 싸울 때나 팔로군 밑에서 싸울 때나 조선
인들의 구호는 똑같았다.

망연히 들판을 바라보고 있던 이화림은 나직한 음성으로
노래를 시작했다. 김원봉과 함께 의열단을 만든 윤세주가
잘 부르던 「의열단가」였다. 김명시는 발길을 멈추고 가만히
귀를 기울였다.

이중교와 총독부에 흘린 피가 얼마인가
악마 같은 원수 쳐 물리치는
우리는 삼천만 대중 앞에서
힘차게 걷고 있는 선봉대다
만리이역 이 땅에서 원한 품고 쓰러진 동지
나의 희망 너를 위해 최후까지 싸우리라

본래 힘찬 군가풍이었는데 어찌나 처연하게 부르는지 다
가가 위로해줄 용기도 나지 않았다. 마음이 언짢아 조용히
뒤돌아서고 말았다.

16. 태항산

김무정은 조선의용군 결성식이 끝나고도 한 달 뒤에야 연안에서 비행기를 타고 날아왔다. 팔로군가를 비롯해 수많은 혁명 가요를 작곡한 유명한 음악가 정율성과 함께였다. 연안에서 함께 살던 중국인 아내 등기와 딸은 데려오지 않았다.

팔로군 전선사령부 근방 하천 가에 닦아놓은 활주로에 내려앉은 쌍엽기에서 내린 김무정은 기다리던 사람들에게 멋진 정치 연설 대신 구김 없는 너스레를 떨었다.

"비행기가 말보다 더 흔들리누만? 멀미가 나서 혼났네. 하도 흔들리니까 왜놈들이 대공포를 쏴대도 한 발도 맞히지를 못하더라니깐?"

약간 주걱턱이 나온 각지고 마른 얼굴에 짧고 가는 코밑수염, 작고 까만 두 눈의 광채가 여전했다. 누구를 만나든 고개를 빳빳이 젖히고 내려다보듯이 말하는 모습도 변하지 않았다. 목덜미에 힘을 주지 않으면 중풍에 걸린 사람처럼 고개를 끄덕이는 신경병 때문이었는데, 모르는 사람은 건방지다고 말했고, 아는 사람은 그가 말을 너무 많이 타서 목을 다친 거라고 말했다.

김무정은 근엄한 일장 연설 대신 마중 나온 대원들과 일일이 악수를 나누며 이름과 출신지를 묻고 격려와 덕담을 건넸다. 반가움에 눈물을 흘리는 대원도 있었다. 김무정은 김명시를 보자 아이처럼 활짝 웃었다.

"명시 동무! 북경에서 놈들에게 잡혀갈까 봐 내가 엄청 걱정했다야! 태항산에서 다시 만나니 참 좋지? 내가 정치위원으로는 반드시 김명시를 불러야 한다고 주장했다. 명시 동무, 나를 생각해서라도 절대 죽으면 안 된다, 알았지?"

어느 부하에게나 건네는 김무정 식 덕담이지만 김명시에게는 더욱 각별하게 들렸다. 김명시도 웃으며 말했다.

"세상을 하도 떠돌아다녀서 안 가본 데라고는 천국밖에 없으니 죽는 것도 두렵지 않습니다."

김명시의 대답에 김무정은 호탕하게 웃으며 어깨를 두드려주었다.

"다른 남자들 다 쓰러져도 우리 명시는 쓰러지지 않을 거다. 내가 믿는다."

김무정이 태항산에 도착하고 며칠 뒤, 팔로군을 따라 선전전에 나갔던 대원들이 돌아와 조선의용군 사령관 취임식을 열었다. 참석한 대원은 백 명쯤 되었다. 나머지 대원 2백여 명은 선견지대로 편성되어 멀리 북경과 천진 주변의 팔로군 유격대에 합류해 있었다.

마을의 공회당 마당에서 열린 취임식에는 팽덕회 사령관

을 비롯한 팔로군 고위 간부들과 일본, 베트남, 필리핀에서 온 공산당원들도 참석했다. 외국인들은 팔로군 전선사령부에서 선전원으로 일하는 이들이었다.

김무정보다 여섯 살이 많은 팽덕회는 밑으로 처진 두터운 눈썹에 통통한 뺨이 호떡집 주인이나 찐빵집 주인으로밖에 보이지 않는 평범한 인물이었다. 다른 팔로군 장성들과 마찬가지로 사병들과 똑같은 회색 군복에 계급장도 달지 않았다. 환영사는 그러나 커다란 중국 북을 두드리는 소리처럼 박력이 넘쳤다. 대부분 중국어를 알아들었지만, 못 알아듣는 신입 대원들도 있어 김명시가 팽덕회와 나란히 서서 통역을 해주었다. 중국공산당 기관지 신화일보와 의용대 신문인 조선의용대통신 기자들은 열심히 받아 적었다.

"본인은 제18집단군 70만 장병을 대표해서 무정 장군의 조선의용군 사령관 취임을 축하드립니다. 무정 장군의 용맹무쌍함과 탁월한 군사 능력은 중국공산당 중앙과 팔로군 병사들에게 너무나 잘 알려져 있습니다. 무정 장군은 저 간고한 대장정 때 적군의 포를 빼앗아 홍군 최초의 포병단을 창설한 맹장입니다. 또한 팔로군 작전 과장으로서, 포병 사령관으로서 무정 장군이 보여준 능력은 실로 제갈공명을 능가합니다."

박수 소리가 일자 팽덕회는 잠깐 쉬었다가 말을 이었다.

"바로 얼마 전 일입니다. 소비에트연방의 스탈린 수상이 무정 동지를 소련으로 초빙해 대독전의 포병 대장에 임명하려고 연안까지 항공기를 보내왔습니다. 그러나 모택동 주석이 결사반대하여 무정 장군을 보내지 않았습니다. 무정 같은 유능한 군인이 백 명만 있어도 일본군은 벌써 물러갔을 거라는 것이 모 주석의 말씀입니다. 여러분이 무정 장군을 사령관으로 두게 된 것은 커다란 행운입니다. 자, 그럼 무정 사령관을 소개합니다. 이리 나오십시오."

열렬한 박수가 끝나고, 역시 대원들의 열띤 함성 속에 등장한 무정의 연설은 팽덕회만큼이나 간결하고 소탈했다.

"보잘것없는 일개 포병을 넘치도록 과찬해주신 팽덕회 장군께 감사드립니다. 내가 팔로군 총사령부의 포병 대장과 작전 과장을 사임하고 조선의용군으로 온 이유는 오로지 하나입니다. 우리 조선인의 힘으로 일본군을 쳐부수자 이겁니다. 우리 손으로 일본군을 때려 부수지 못하고 타국의 힘만으로 해방이 된다면 죽어서 무슨 염치로 후손들의 절을 받겠습니까? 일본 군대는 무기도 많고 병사도 많습니다. 그러나 우리는 싸워 이길 것입니다. 2천5백만 조선인과 4억 중국인이 우리를 후원하기 때문입니다. 빨치산 투쟁은 간고합니다. 그러나 총에 맞아 죽고, 배고파 죽고, 얼어 죽을 각오로 임한다면 우리 앞을 막을 자는 아무도 없습니다. 저 간악한 제국주의 군대를 중원과 조선반도에서 완전히 축출할 때까지 여러분과 이 무정이 하나가 되어 끝까지 싸웁시다!"

"만세! 무정 사령관 만세!"

만세 함성에 이어 일본과 베트남에서 온 혁명가들이 축사를 마친 뒤 간소한 연회가 열렸다. 대원들에게는 오랜만의 성찬이지만, 팔로군의 만찬은 두 전쟁 영웅의 연설만큼이나 간결했다. 술은 일체 없고, 쌀이 거의 들어가지 않은 샛노란 조밥에 볶은 야채와 양고기가 네 사람 앞에 한 접시씩 나왔다. 국민당 군대는 가는 동네마다 식량과 가축을 빼앗아 장교들은 술과 고기에 묻혀 살았다. 사병들도 이 정도 음식을 술도 없이 내놓으면서 회식이라고 하면 욕을 퍼부을 것이었다. 하지만 여기서는 누구도 음식 타박을 하지 않고 서로 양보해가며 맛있게 먹었다.

무엇보다도 팔로군은 사령관부터 말단 병사까지 식기와 젓가락을 각자 지참했다. 팽덕회와 김무정도 자기 가슴 주머니 속에서 젓가락을 꺼내 다른 병사들과 나란히 앉아 웃고 떠들며 밥을 먹었다.

이 광경에 감동한 신입 대원 하나가 일어났다. 의용대의 선전전에 감화되어 일본군에서 막 도망쳐 나온 청년으로, 어려서 부모를 따라 일본에 건너가 살았기 때문에 조선말을 잘 못했다.

"여러 장관님들께 제가 감히 한 마디만 해도 되겠습니까? 제가 죄송스럽게도 조선말을 잘 못합니다만……."

"괜찮소. 일본어로 해도 좋습니다. 우리 대원들은 세 나라 말을 다 알아듣는 사람들이니까."

김무정의 격려에 힘을 얻은 청년은 일본어로 소감을 말했다.

"저는 지금 백만 대군을 지휘하는 팽덕회 장군과 무정 사령관께서 저희와 나란히 앉아 식사하는 장면이 현실인가 믿어지지 않으면서도 또한 눈물이 납니다. 제가 강제로 끌려가 복무했던 일본군의 상관들은 치열한 전투의 와중에도 전용 식기구까지 정렬해놔야 겨우 밥을 먹습니다. 일본군은 장교나 사병 할 것 없이 자기 밑의 병사에게는 무조건 반말을 하고, 조금만 잘못을 해도 주먹과 발길을 날립니다. 전투가 없는 날은 한밤중에도 불려나가 기합을 받고 매를 맞습니다. 그런데 대장군님들께서 이렇게 사병과 똑같이, 계급장도 없이, 존댓말을 쓰며 함께 생활하는 모습을 보니 감동으로 목이 멥니다. 의거 귀순하기를 정말로 잘한 것 같습니다. 이제야 진정으로 조선 해방 전쟁에 참가한 기분입니다. 저를 받아주신 여러 동지들과 장군님들께 다시 한번 감사드립니다."

통역을 통해 들으며 고개를 끄덕이던 팽덕회는 젓가락을 내려놓고 일어났다. 호떡집 아저씨 같은 둥글고 선한 얼굴에 웃음을 가득 띤 그는 이번에는 소리를 낮추어 친구들과 대화하듯 편안하게 말했다. 역시 김명시가 통역을 해주었다.

"나도 처음부터 이랬던 것은 아닙니다. 나도 한때 국민당 군대의 지휘관으로 호의호식하며 권력을 누려도 보았습니다. 내 사상이 바뀐 것은 위대한 중국공산당의 당원이 되고부터입니다. 나는 어려서 부모를 잃고 고아가 되어 아홉 살 때부터 광부, 막노동자로 일한 노동계급이기에 중화인과 조선인, 나아가 세계의 모든 피억압자들에게 필요한 게 무엇인지를 잘 알고 있습니다. 우리의 목표는 민족해방이 전부가 아닙니다. 우리의 궁극적인 목적은 사람 사이의 모든 억압과 착취를 근절한 계급해방입니다. 일본제국주의와의 전쟁은 우리의 긴 투쟁의 첫걸음일 뿐입니다. 자, 말이 길어졌군요. 높은 자리에 앉은 자일수록 말을 적게 해야 존경을 받습니다. 용감무쌍한 우리의 조선 동지들! 그리고 일본과 베트남, 필리핀에서 오신 혁명가 여러분! 고기 식기 전에 어서들 드십시오!"

팽덕회가 박수를 받으며 자리에 앉자 무정이 일어나 한마디를 보탰다.

"지금 이 자리뿐 아니라 앞으로 그 누구도 여러분보다 더 높은 자리에서 더 맛있는 음식을 먹을 권리는 없습니다. 여기 있는 우리들만 아니라 세상의 모든 사람은 평등한 인간이고, 또 평등해야만 합니다. 우리는 그러한 평등 세상, 너나없이 골고루 잘 사는 세상을 위해 싸우려고 이 자리에 왔고, 또 목숨을 바쳐 싸울 것입니다!"

백여 명의 대원 하나도 빠짐없이 목청을 높여 힘차게 대답했다.

"네!"

선한 열정이 그 자리를 감싸고 있었다. 모든 인간의 평등을 위해서라면 아낌없이 목숨을 바칠 수 있다는 종교적인 신념이 스스로를 신비로운 존재로 만들고 있었다. 적어도 그 자리에서만큼은 개인적인 욕망이나 질투 같은 건 사라지고 서로를 아끼고 사랑하는, 가족이나 연인보다도 더 깊은 정으로 뭉친 사이였다. 그것은 파시즘이 추구하는 몰개성적인 단결과는 달랐다. 일본의 군국주의 사상가들은 서구식 자유와 평등을 제일의 적으로 삼고 전체를 위한 복종과 사상의 통일을 주장했다. 그에 비하면 공산군은 누구나 자신의 자유의지에 따라 그 자리에 와 있었고, 싫으면 언제든 자유롭게 떠날 수 있었다. 소련과 달리 중국과 조선에서는 아직 공산주의가 어떠한 권력도 가지지 못한 채 오로지 이타적인 자기희생을 위한 진리가 되어 있던 시대였다. 스스로 선택한 구속은 진정한 자유의 한 형태였다.

이날부터 시작해 조선이 해방되기까지 3년간 조선의용군 안에는 어떠한 파벌이나 당파적인 파쟁도 없다는 것이 공식적인 입장이요, 공식적인 발표였다.

논쟁이 없지는 않았다. 허정숙과 그의 남편 최창익이 문제의 근원이었다. 조선의용대 시절, 김원봉이 공산주의자가 아니라는 이유로 사사건건 비판을 하고 조직을 분해하려고 애썼던 두 사람은 태항산에 와서는 끊임없이 김무정에게 시비를 걸었다. 맨 먼저 내세운 요구는 조선의용군을 데리고 만주로 가서 일본군과 교전해야 한다는 것이었다.

연안의 팔로군 총사령관 주덕은 팽덕회 전선사령관에게 조선의용군을 보호하라는 특명을 내리고 있었다. 모택동 주석의 거듭된 지시이기도 했다. 조선의용군의 생명을 보호해

장차 조선이 해방되었을 때 고국에 돌아가 공산당을 이끌게 하라는 것이었다. 이에 따라 팔로군은 조선의용군의 안전에 각별히 신경을 쓰고 있었다. 그래도 자꾸 전사자가 생기자 아예 전투 투입을 줄이고 군정학교를 세워 정치사상 교육만 받도록 했다.

허정숙과 최창익은 군정학교 건립을 위한 준비회의에서도 또다시 조선의용군이 화북 지대에서 팔로군과 함께하는 것은 비겁한 짓이며, 즉시 만주로 이동해 독자적인 전투를 벌여야 한다고 주장했다. 그런데 그 두 사람은 계림의 의용대 시절에도 본부대에만 있었고, 태항산에 와서도 정치 조직인 독립동맹의 간부로 있어 전투에 투입된 적이 없었다.

김무정은 속내를 숨기거나 좋은 말로 바꾸어 표현하는 사람이 못 되었다. 그는 허리에 찬 권총을 꺼내 탁자 위에 쾅 소리 나게 내려놓고는 공박했다.

"당신들 지금 제정신이오? 중국공산당 산하 동북항일연군도 버티지 못하고 해산한 게 언제인데, 허형식 대장도 전사하고 김일성 부대도 소련으로 달아나버린 마당에 고작 3백 명밖에 안 되는 의용군을 70만 관동군의 아가리에 갖다 바치자는 거요? 좌익 모험주의도 어느 정도지, 당신들 총 한 방 제대로 쏴봤소? 여기 이화림 동무나 김명시 동무처럼 일본군을 죽여봤느냔 말이오!"

형식상 조선의용군의 상부 정치 조직인 독립동맹의 실무자인 두 사람은 김무정을 어려워하지 않았다. 깐깐하고 완고한 최창익은 계속 동북행의 당위성을 주장했고, 허정숙은 김무정이 부하들의 생명을 보호하는 데 급급한 온정주의자이며 자기 측근들만 싸고돈다는 비판까지 했다. 뒷말은 김명시를 겨냥한 발언이었다. 허정숙은 국내에서 여성운동을 할 때 신랄함을 넘어 야비함에 가까운 글로 남자들을 비난해 지나치다는 비판을 받았던 인물이었다. 이날도 비아냥 가득한 발언을 쏟아냈다.

"여러분은 우리를 파벌주의라 하는데, 진정한 파벌주의자가 누구입니까? 연안에서부터 독단적인 결정과 폭력적인 언사로 단결을 저해해온 사람이 바로 무정 사령관 아닙니까? 또한 무정 사령관을 우상시하며 무조건 충성을 바쳐온 김명시 동무 같은 맹동파들 아닙니까? 요즘 김명시 동무가 정치위원이라는 직위와 무정 사령관과의 친분을 이용해 인사 배치 문제 같은 데에서 횡포를 부린다는 불만들이 있던데, 본인도 알고 있나요?"

허정숙은 구체적인 예로 얼마 전에 태항산 본부에 찾아온 고려공산당 출신의 원로 운동가에게 김명시가 어떤 자리도 배분하지 않았던 사례를 들었다.

"그 동무는 조선공산당이 세워지기도 전부터 공산주의 운동을 한 원로인데 김명시 동무가 무슨 권위로 그를 배제한 겁니까? 그 사람이 지금 우리 조선의용군이 화요계에 지배되고 있다고 팔로군 사령부에까지 상신을 올린 걸로 알고 있습니다. 김명시 동무의 오만 때문에 일어난 이 일을 본인은 어떻게 생각하나요?"

과거 코민테른의 인정을 받지 못하고 해소된 고려공산당 출신의 원로 공산주의자 하나가 태항산에 찾아와 간부직을 요구한 일이 있었다. 인사 문제는 정치위원에게 최종 결정 권이 있었다. 김명시는 박정하게 거절해버렸다. 이때부터 그 원로는 독립동맹 간부들을 만나고 다니며 무정과 김명시를 비난하고 있었다. 김명시는 오히려 차분해졌다.

"우선 여러분은 아셔야 합니다. 고려공산당은 실천력은 전무한 데다 자기 파벌의 이익만 추구한 관계로 코민테른으로부터 인정받지 못했던 조직입니다. 더욱이 이번에 문제가 된 그 동무는 1925년 4월 17일 조선공산당이 창당되자 자기네 고려공산당을 배제했다는 이유로 모스크바까지 쫓아가 항의하다가 코민테른에서 쫓겨난 대표적인 종파주의자입니다. 심지어는 제가 상해에서 조봉암, 홍남표 동지와 활동할 때 거기까지 쫓아와 상해 거류민들 사이에 화요계를 비난하러 다녀서 우리는 그가 일제의 밀정이 틀림없다고 단정한 적도 있습니다. 이런 정신병적인 출세주의 타락 분자에게 어떻게 당무를 맡길 수가 있습니까? 저는 정치위원으로서의 정당한 업무를 수행한 것일 뿐 어떠한 잘못도 없습니다."

이화림이 김명시를 거들기 위해 일어났다. 누구보다도 열정적이고 수다스러운 여자였지만 공식 발언 때의 음성은 차분했다.

"동무들! 지난봄 호가장 전투에서 분사한 석정 윤세주 동무를 생각해봅시다. 석정 동무야말로 지금 당장이라도 조선 의용군의 지도자가 되기에 차고도 넘치는 인물이란 걸 여기 있는 누구나 인정할 겁니다. 그런데 그의 직급은 무엇이었나요? 없었습니다! 그렇다고 석정이 언제 간부직을 달라고 요구한 적 있나요? 없습니다! 도대체 고려공산당 출신이라는 그분은 왜 자기를 봐달라고, 자기에게 간부직을 달라고 그렇게 요구하는 겁니까? 평당원으로 활동하면 무슨 큰일이라도 난답니까? 제발 총을 들고 싸워보세요. 매일 목숨이 오가면 그따위 사리사욕이 들어올 틈이 없을 겁니다. 미안하지만 이 말은 허정숙 동무와 최창익 동무에게도 적용되는 말입니다."

용맹한 전사의 상징인 이화림의 발언으로 최창익과 허정숙은 더는 말을 하지 못했다. 이날 회의의 의장인 독립동맹 주석 김두봉이 회의를 정리했다.

"자, 그러면 다수의 찬성에 따라서 조선의용군 혁명군정학교를 설립하기로 의결합니다. 다시 한번 강조하자면 군정학교를 세우라는 것은 모택동 주석과 주덕 총사령관으로부터 내려온 제안입니다. 더 따지고 싶은 사람은 무정 사령관이 아니라 모 주석에게 따지시기 바랍니다. 이상입니다."

한글학자였던 김두봉은 더없이 온순하고 심약한 사람이었다. 원칙대로라면 김무정이 맡았어야 할 독립동맹 주석에 그를 앉힌 것도 사람들을 화합시키는 그의 인품 때문이었다.

회의가 끝난 뒤, 김무정은 김명시와 함께 지난번 전투에서 부상당해 민가에서 가료 중인 대원을 문병하기로 했다. 그는 본부를 나오면서도 화가 덜 풀려 투덜댔다.

"책상머리에 앉아서 혁명의 그림이나 그리는 관념론자들 같으니라구! 비현실적인 원리 원칙만 내세워서 열심히 일하는 동지들을 물고 뜯는 게 혁명가야? 재수 없는 것들! 누가 뭐라 해도 우리는 이기는 싸움을 할 거야. 무슨 일이 있어도 우리 대원들을 살아서 고향 땅에 돌아가게 하는 것이 나의 임무라고. 내가 사령관으로 있는 한, 전우의 품에서 피 흘리며 죽는 동무는 절대 없을 거야."

중국식 농가의 어두침침한 침상에는 젊은 대원 하나가 누워 있었다. 지난번 전투 때 수류탄 파편을 맞은 가슴과 허벅지에 붕대를 감은 데다 각기병까지 겹쳐 얼굴이며 손발이 퉁퉁 부었다. 김무정은 일어나 앉으려는 그를 눌러 앉히며 물었다.

"강 동무, 좀 어떻소?"

"괜찮습니다, 사령관님! 곧 털고 일어날 겁니다."

"당연히 곧 털고 일어날 수 있지! 일어나고말고! 이깟 병으로 쓰러질 강 동무가 아님을 내가 잘 알아요. 그렇지만 아픈 걸 숨기면 안 돼. 강 동무는 그놈의 옹고집이 문제요. 각기병으로 다 죽어가면서도 왜 지난번 전투에 선봉을 자원해서 이 지경이 된 거요? 어디가 어떻게 아픈지 솔직히 말해보시오. 이건 명령이오!"

김무정이 다그치자 대원은 겨우 속마음을 털어놓았다.

"수류탄 파편에 다친 곳은 통증이 가라앉았는데 온몸이 녹작지근하게 녹아내려서 땅바닥에 몸이 달라붙은 것처럼 움직거리지도 못하는 형편입니다. 방 안의 물건들이 두세 개로 겹쳐 보이다가 눈앞이 노래지기도 하고 그렇습니다. 죄송합니다, 사령관님! 어서 일어나서 싸워야 하는데, 죄송합니다."

김무정은 버럭 음성을 높였다.

"죄송하긴 뭐가 죄송하오? 여러분은 우리 조국의 자랑스러운 보배들이오. 보석처럼 고귀한 자원들이란 말이오. 자기 몸을 함부로 하는 것은 조국을 함부로 하는 것과 같소. 죽더라도 싸우다 죽어야지 병으로 죽으면 되겠소? 각기병이란 것은 비타민 부족으로 생기는 거요. 내가 군의관에게 비타민제를 충분히 보급하도록 했으니 곧 털고 일어날 수 있을 거요."

본부인 사당으로 돌아온 김무정은 먼저 식당에 들어갔다. 넓지 않은 공간에서 조리를 맡은 대원이 넓적하고 무거운 중국 칼로 양파를 토막 내고 있었다.

"조리원 동무, 손에 든 그 칼 크기만큼 큼직하게 썰어 푹 삶은 양고기 한 접시 부탁하오."

조리원이래야 따로 조리복을 입은 것도 아니고 모자도 쓰지 않은 대원으로, 돌아가며 근무를 하고 있을 뿐이었다. 그는 의아한 얼굴로 물었다.

"사령관님 명령이라니 마련해보겠지만, 어데 쓰시려구요?

아시다시피 요즘 먹을 게 귀해놔서 양고기 구하기가 여간 어렵지 않습니다요."

김무정은 주머니에서 지폐 몇 장을 꺼내 건넸다.

"어떻게든지 준비해주시오. 내가 먹으려는 게 아니오. 병실의 강 동무에게 갖다 주란 말이오. 각기병에 총상까지 입어서 사경을 헤매는 강 동무에게는 양고기 한 접시가 보약 열 첩보다 낫지 않겠소?"

"아, 병실의 강 동무요? 알겠습니다, 사령관님!"

대원들은 고기는커녕 텐깡도 제대로 먹지 못하던 때였다. 말린 감을 가루 내어 옥수수나 깻묵에 섞은 텐깡은 맛도 없거니와 변비로 고생하기 일쑤였는데 그나마도 귀한 식량이었다. 김무정은 부엌 바닥에 놓인 자루 속에 든 말린 옥수수 알들을 손으로 만져보며 말했다.

"조리원 동무, 이 옥수수를 사람이 먹을 수 있게 가공하는 방법을 좀 연구해보시오. 텐깡을 만들면 자꾸 변비가 생기고, 그냥 삶아서 먹으라고 내놓으면 대원들이 턱이 아파 씹기도 힘들단 말이오. 무슨 방법이 없겠소?"

"예, 다들 불만이 많아서 가루를 내려 조리해 먹는 방법을 연구 중입니다."

식당을 나온 김무정은 사령관실에 들어가며 말했다. 그는 공식적인 회의 석상이 아니면 김명시를 이름으로만 불렀다.

"명시도 폐가 나쁘니 잘 먹어야 하는데 말이야. 전에는 온 산천에 노루 천지였는데 전쟁터가 되니 다 어디로 도망가버렸어. 우리 음악가 정율성이가 불세출의 명사수라 노루만 있다면 얼마든 잡아올 텐데 말이지."

"내 걱정 말고 사령관님 위장병이나 고치세요. 왜놈들 기지에서 양약을 노획하면 부하들만 챙기지 말고 제발 사령관부터 좀 복용해요."

김무정은 고질적인 위장병으로 고생하고 있었다. 연안에서도 위장병 때문에 밥을 못 먹고 다 죽어가면서도 전투에 나갔다가 쓰러지자 주덕 총사령관이 강제로 입원시켜 치료하게 한 적도 있었다. 그는 허허 웃었다.

"내 병은 고향에 돌아가면 그냥 나을 병이야. 왜놈 하나도 더 죽일 생각은 않고 관념적인 논쟁만 하는 꼴들이 보기싫어서 낫지를 않는 거지."

"부하들에게만 자상하지 말고 간부들과도 원만하게 지내도록 노력해보세요. 아까만 해도 차분히 설명하면 그만인것을 권총을 내려놓고 화부터 터뜨리니 사태가 커졌던 것아니에요? 머지않아 해방이 되면 독립된 조선의 지도자가되어야 할 분이니 하나라도 더 내 편을 만들어야죠."

김무정은 소리 내어 웃었다.

"나는 조선이 독립되면 우리 군대를 만들어 훈련이나 시키며 살 거네. 다시는 외적에 짓밟히는 일이 없도록 최고의 군대를 양성할 거야. 정치 따위는 남의 트집이나 잡고 서로죽이지 못해 안달인 놈들끼리나 하라지."

밖에서 바이올린 소리와 함께 중국 아이들의 노랫소리가

들렸다. 내다보니 사당 대문 앞에서 몇 명의 아이들이 바이올린에 맞춰 동요를 부르고 있었다. 껑충한 키에 잘생긴 바이올린 연주자는 연안에서 김무정과 한 비행기를 타고 온 작곡가 정율성이었다. 정율성이 사령부로 오는 것을 본 아이들이 바이올린 연주를 해달라고 매달린 것이었다. 정율성은 아이들과 한참 놀아주고서야 사령부로 들어왔다.

"사령관님! 제가 조선의용군가를 작곡했는데 한번 들어보시겠습니까? 가사는 여기 이득산 동무가 붙여주었습니다."

"좋지요! 어서 불러보시오!"

김무정의 말에 정율성은 바이올린을 켜고, 이득산은 노래를 시작했다.

중국의 광활한 대지 위에
조선의 젊은이 행진하네
발맞춰 나가자 다 앞으로
지리한 어둔 밤 지나가고
빛나는 새날이 닥쳐오네
우렁찬 혁명의 함성 속에
의용군 깃발이 휘날린다

김명시는 연주하는 정율성과 노래하는 이득산을 보며, 마을을 뒤덮은 쥐떼를 바다에 빠뜨려 죽인 피리 부는 사나이를 떠올렸다. 마치 일본인들이 앞다투어 동해 바다로 뛰어

들어 자기 나라로 도망가는 동화의 주인공들 같았다. 이제
그날이 멀지 않았음을, 김명시와 동지들은 알고 있었다. 최
전선에서 싸우는 누구라도 중국인들의 저항은 거세지고 일
본군의 사기는 나날이 위축되고 있음을 알았다.

17. 불멸

일본군 병사들은 팔로군을 악귀라고 불렀다. 대공세를 만나면 흩어져 숨고, 가만히 있으면 집요하게 괴롭히고, 후퇴하면 벌 떼처럼 몰려가 맹타하는 팔로군의 유격 전술은 일본군을 미치게 만들었다. 천황의 군대라며 스스로 황군이라 부르던 자부심은 사라지고, 병사들은 밤마다 울려 퍼지는 팔로군의 공격 나팔 소리에 수면 부족과 신경쇠약에 빠져들었다. 일본군은 결정적인 패배를 향해서 끊임없이 작은 매를 얻어맞는 권투 선수와도 같았다.

일본군을 포위한 더 무서운 적은 증오심이었다. 일본군은 중국 어디서나 중국인들의 저주에 찬 시선과 비협조에 부딪혀야 했다. 미움을 받는 병사들의 사기는 떨어지고 정신은 병들기 마련이었다.

반면에 침략자를 지옥으로 끌고 가는 팔로군은 어느 마을에 가나 환영을 받았다. 지나는 마을마다 자원하는 젊은이들이 줄을 이었고, 끓인 물과 수수떡이며 삶은 옥수수를 들고 나오는 아녀자들로 행진을 멈추어야 했다.

일본군은 팔로군을 도와준 마을들을 불사르고 주민을 학살해 협조를 막으려 했다. 일본군 대본영은 1941년 초부터 수만 병력을 동원해 팔로군과 조선의용군의 근거지인 태항산맥을 몇 차례나 공격했고, 그 과정에서 반가옥 마을 등 곳곳에서 주민을 학살했다. 그러나 중국인은 더는 일본군을 두려워하지 않았다. 오히려 마을마다 팔로군의 지원을 받는 복수단이 세워져 밤마다 일본군을 괴롭혔다.

망망대해 같은 대륙에서 항일 유격전의 늪에 빠진 일본군은 수성 작전에 들어갔다. 군인 대신 국민당 부총재였던 왕정위를 내세워 유화정책을 시도했다. 하지만 이 역시 계획대로 되지 않았다. 일본에 협조한 지주나 한간들은 언제 복수단의 기습을 받을지 몰라 전전긍긍했다.

조선에서의 식량 징발이 한계에 이르자 일본은 북경과 천진 주변에 대규모 농장들을 세워 군용 식량의 보급처로 삼고 있었다. 백각장농장, 로태농장, 창례농장마다 수천 명의 조선인 이민자들이 고용되어 일했다. 그러나 대농장들은 거꾸로 조선의용군의 활동 기지로 발전해갔다.

적의 후방 깊숙이 들어가기 때문에 선견지대라 불리던 조선의용군 제1지대는 대농장들을 활동 목표로 삼았다. 농장마다 무기를 든 경비대가 지키는 데다 비상이 걸리면 곧바로 인근의 일본군이 트럭으로 몰려들었지만 대다수의 조선인 농부들은 조선의용군 지지자였다. 농장마다 비밀공작원으로 조직된 농부들이 늘어났다. 이들은 팔로군에게 습격당

한 것처럼 가장해 식량과 우마들을 빼돌렸고 농장을 탈출해서는 의용군에 자원입대했다. 대농장들은 의용군에게 인력과 식량, 때로는 무기까지 제공하는 훌륭한 보급 창고가 되었다.

정치위원으로서 이런 상황을 잘 알고 있던 김명시는 좀이 쑤셔 견딜 수가 없었다. 전선공작대든, 적구공작대든, 선견지대든 광야로 달려나가고 싶었다. 나날이 쇠약해지는 일본군의 숨통을 끊는 결정적인 역할을 하고 싶었다. 그러나 팔로군 사령부는 조선의용군의 전투 투입을 억제하고 있었다. 김명시에게도 군정학교 교관 일만 맡겼다.

팔로군과 의용군은 식량을 자급자족하기 위해 1943년 봄부터 자력갱생의 구호를 내세워 직접 농사를 지었다. 농민들의 경작지는 건드리지 않았다. 협곡의 절벽 중턱에 버려진 황무지를 개간해 옥수수도 심고 감자도 심었다. 절벽의 돌이 풍화되어 쌓인 한두 뼘 두께의 흙은 영양분도 없고 너무 건조해 계곡에서 물을 길어다 붓지 않으면 싹이 트지를 않았다. 남자들이 한곳에 총을 세워놓고 밭일을 하고 있으면 여자 대원들은 밥을 지어 날랐다. 함께 점심을 먹고 나서는 여자들도 밭일을 돕거나 주변 절벽을 돌아다니며 나물을 캤다.

백각장농장이나 로태농장 같은 일본인이 운영하는 대농장에서 농사를 짓다가 무장투쟁을 하겠다고 온 대원들은 여기까지 와서 또 농사를 지어야 하느냐고 불만을 터뜨렸다.

김무정은 누차 설득해야만 했다.

"피가 끓는 젊은 대원들이 총싸움 대신 농사나 짓고 있으려니 얼마나 갑갑할까 나도 충분히 심정을 이해하오. 하지만 이 전쟁은 하루아침에 끝날 전쟁이 아니오. 또한 우리가 아무리 훌륭한 목적을 가지고 있더라도 백성들에게 피해를 주어서는 그 뜻을 이룰 수 없습니다. 우리가 백성의 재산과 인명을 수탈한다면, 왜놈들이나 국민당, 군벌, 비적들과 하등 다를 게 없지 않소? 우리가 먹을 양식은 우리 스스로 만들어야 합니다. 팔로군도 인민에게 피해를 주지 않기 위해 직접 농사를 짓고 있지 않습니까?"

그래도 만족하지 않는 대원들에게 그는 더 강력하게 말했다.

"농사도 전쟁의 일부라는 걸 잊어서는 안 되오. 왜놈들이 몇 번이나 대병력을 동원해 태항산 기지를 공격해 오는 이유가 무엇이겠소? 우리의 존재 자체가 두려움이기 때문이오. 이곳 근거지를 토대로 우리의 용맹한 전사들이 놈들의 고지를 때려 부수고 적후 공작을 할 수 있기 때문이오. 이곳이 무너져버리면 전선도 무너집니다. 아시겠소?"

무정은 감자 한 알 심는 것이 조선 백성 한 명을 구하는 길이요, 미나리 한 뿌리 캐는 것이 조선 백성 한 명을 구하는 길이라고 입버릇처럼 말했다. 그러다 보니 태항산 골짜기에는 때 아닌 '미나리타령'이 유행하게 되었다. 여성부장에 임명되어 여자 대원들을 데리고 바위틈의 돌미나리를 캐러 다니던 이화림이 전래 민요 '도라지타령'에 도라지 대신 미나리를 넣은 노래였다. 이화림은 후렴으로는 "공산당과 모택동 주석의 영도 아래 굳게 단결해 왜놈 제국주의 때려 부수자"는 가사를 붙였다. 여자 대원들이 산비탈에서 나물을 캐며 낭랑한 음성으로 미나리타령을 합창하면 남자 대원들은 괭이질을 하면서도 흘끔흘끔 흐뭇한 눈길을 던지며 따라 불렀다.

일본군의 7월 공세가 시작되던 날도 그랬다. 아침부터 멀리서 은은히 대포 소리가 들려왔으나 포성에 익숙한 대원들은 하던 일을 계속했다. 군정학교에서 조선공산당사를 가르치던 김명시도 별 걱정 않고 수업을 계속했다.

학교래야 대원들이 직접 손으로 지은 한 칸짜리 교실이 전부였다. 넓지 않은 공간에는 신참 대원들이 총을 벽에 기대놓은 채, 걸상이랄 것도 없는 납작한 나무 의자에 앉아 수업을 들었다. 나무 의자는 목공 기술이 있는 대원이 장마 때 떠내려가는 통나무들을 건져서 만든 것으로, 작지만 제법 튼튼했다.

조선공산당의 노선과 역사를 가르치는 시간이었다. 대원들 중에는 자칭 공산주의자로서 꽤나 오래 항일투쟁을 했다면서도 조선공산당의 강령조차 모르는 이들이 많았다.

"여러분은 장차 조선이 해방되면 어떤 나라를 세워야 한다고 생각합니까?"

김명시의 질문에 청년 대원 하나가 손을 번쩍 들었다. 공부나 농사일에 대단히 모범적이어서 칭찬받는 대원이었다.

"소비에트연방과 같은 제도가 되어야 한다고 생각합니다."

자랑스럽게 말하는 그에게 되물었다.

"소련식 제도라면 어떤 걸 말하는 건가요?"

"우선 모든 토지와 공장을 국유화하고, 식량을 비롯한 생활필수품은 모든 인민에게 무상으로 공급하는 제도를 말합니다. 물론 학비는 대학교까지 전액 무료이고, 병원비도 일체 개인 부담 없이 국가가 책임지게 됩니다."

여기저기서 고개를 끄덕였다. 김명시는 더 물어보았다.

"정치 구조는 어떻게 해야 옳습니까? 정당과 정부 같은 기구들은 어떻게 구성해야 옳습니까?"

"정당은 공산당 하나만 허용해야 합니다. 부르주아 사상이 인민을 현혹하지 못하도록 프롤레타리아 일당독재를 실시해야 합니다."

예상했던 답변이었다. 김명시가 물었다.

"여기 앉은 대부분의 대원들이 그렇게 생각할 겁니다. 맞지요?"

"네!"

김명시는 손가락을 저어 보이며 말했다.

"아닙니다. 여러분은 크게 잘못 알고 있습니다. 여러분이 생각하는 제도는 사회주의를 위한 경제적, 문화적 토대가 충분히 발달한 소련 같은 나라에 해당되는 것입니다. 조선과 중국처럼 반봉건적인 나라는 혁명이 성공한다 해도 곧바로 사회주의 단계로 넘어가는 것이 아니라 인민민주주의 단계를 거치게 될 것입니다."

다들 의아한 표정으로 변했다.

"특히 조선처럼 완전한 식민지였던 나라는 아직 사회주의를 할 만한 충분한 물적 토대가 없기 때문에 생산력을 발전시키기 위해 자본주의적인 요소를 대폭 도입해야 합니다. 이를 위해서는 공산당 일당독재가 아닌 다당제 민주주의를 도입할 것입니다. 또한 양반과 상민, 남존여비 같은 신분제도로부터 정신적으로 해방되기 위한 문화적인 각성의 시간도 필요합니다."

몇 사람이 손을 들었다. 대원 하나를 지목하자 그는 불평스러운 태도로 말했다.

"지난번 변증법 시간에 최창익 동무는 김명시 동무와 다르게 말했습니다. 혁명은 단계적으로 이루어질 수 없으며, 단계론은 혁명의 배신자들이 내세우는 핑곗거리라고 말입니다. 조선은 해방되자마자 프롤레타리아트 권력을 세워서 모든 자본가를 타도하고 곧바로 소련식 사회주의 국가를 세워야 한다고 말입니다."

언제나 최창익이 문제였다. 김명시는 감정을 억제하며 되물었다.

"여러분은 최창익 동무의 개인적인 의견을 들은 것입니다. 만일 최 동무의 말대로라면 스탈린 동지가 혁명의 배신자가 될 것입니다. 조선과 중국의 혁명 단계를 규정한 것은 다름 아닌 스탈린 동지이기 때문입니다. 현실을 바로 보지 못하고 자기가 원하는 것만 주장하는 좌경적이고 맹동적인 발언은 우리 혁명에 도움이 되지 못합니다."

대원들은 서로의 얼굴을 쳐다보며 눈치를 보았다. 김명시는 단호히 말했다.

"나는 20년 전 코민테른의 지원 아래 만들어진 조선공산당의 창립 당원입니다. 나는 언제나 그 사실에 긍지를 가지고 있습니다. 그렇다고 해서 해방된 조국이 공산당 일당독재와 즉각적인 사회주의 제도로 가야 한다고 주장하지는 않습니다. 공산주의 사회는 더욱 머나먼 이상입니다. 생산력과 생산관계가 밑받침이 되지 않는데, 당장 공산주의를 실현하자고 한다면 공상가에 지나지 않습니다. 우리는 좀 더 멀고 지루할지라도, 자본가 놈들이 밉더라도, 혁명으로 가는 올바른 계단을 밟아 올라가야 합니다. 해방 조선은 산업 생산력을 높이는 한편으로 인민들에게 진정한 민주주의를 설득하고 교양하는 인민민주주의의 지난한 과정을 거쳐서야 사회주의로 이행될 것입니다. 또 언제 끝날지 알 수 없는 기나긴 사회주의 과정을 거쳐서 자연스럽게 공산주의가 될 것입니다. 우리의 최종 목표는 공산주의이지만 그것이 지금의 목표는 아닙니다. 지금은 생각할 필요도 없는, 머나먼 미래의 일입니다. 무슨 말인지 알겠습니까?"

충분히 납득한 표정들은 아니었다. 김명시는 수십 개의 조선공산당 강령을 적어놓은 공책을 펼쳤다.

"조선공산당은 조선 역사 4천 년 이래 최초로 모든 인간의 완전한 평등을 주장한 정당입니다. 과거에 여러 차례 인민 봉기가 있었지만 체계적으로 인간 평등을 주장한 세력은 조선공산당이 최초입니다. 비록 많은 시행착오를 겪고 있을지라도 지금까지 인류 역사가 낳은 최선의 길이 바로 사회주의입니다. 오늘은 그 강령을 보도록 합시다."

갑자기 마을의 종이 요란하게 울려댔다. 공습경보였다.

"오늘 수업은 여기서 중단합니다. 각자 총을 챙기도록 해요."

김명시의 말에 대원들이 서둘러 총을 챙기는데 천진에서 온 젊은 대원이 볼멘소리를 했다.

"교관님! 우리는 언제 선제공격을 해봅니까? 적정만 터지면 달아나기 바쁘니. 향당포 전투처럼 한바탕 놈들을 족치면 안 됩니까?"

김명시가 대답하기도 전에 다른 대원이 핀잔을 주었다.

"야, 군사학 시간에 배우지 않았나? 적이 강할 때는 피하고, 적이 약점을 드러냈을 때 공격하는 게 유격 전술의 기본이야. 적의 압도적인 전력 앞에 왜 아까운 혁명 전사들의 목숨을 갖다 바치나?"

또 다른 대원도 말했다.

"너 총알 있어? 총알이 있어야 쏘아 죽이든 말든 하지."

투덜댔던 대원은 자기 탄띠를 두드려 보이며 익살스러운

표정으로 말했다.

"총알이 왜 없어! 여기 많잖아!"

대원들은 폭소를 터뜨렸다. 그의 탄띠에 꽂힌 것은 탄알이 아니라 수수깡을 잘라 만든 가짜 총알이었다. 다른 대원들의 탄띠에도 수수깡밖에 들어 있지 않았다. 일본군에게 노획한 무기로 버티는 팔로군이 일본군만큼 풍부한 탄알을 가질 수는 없었다. 며칠 전에 대원 한 사람당 다섯 발씩 배급받은 게 전부였다. 신입 대원과 독립동맹 사람은 빈총조차 소지 못한 이가 대부분이었다.

이번 공격에 동원된 일본군은 관동군 제36사단과 제26사단 일부에 제3독립혼성여단이 합친 3만 병력이었다. 매번 그랬듯이, 그들의 목표는 태항산의 팔로군 전선사령부를 일거에 소멸하는 것이었다.

일본군은 몇 갈래로 나뉘어 전선사령부를 포위해 들어오고 있었다. 팔로군 전투부대가 시간을 끄는 사이, 사령부 인원은 전원 철수 준비에 들어갔다. 조선의용군에게 후퇴 명령이 떨어졌을 때는 전선사령부의 비무장 인원들은 이미 철수에 나서고 있었다.

조선의용군 대열은 150여 명이었는데 총알이 있든 없든 무기를 가진 대원은 백 명 남짓했다. 나머지는 총이 없는 대원들과 김두봉 주석 등 독립동맹 간부며 그 가족들이었다.

상황이 긴박한 대규모 전투 때면 김무정은 꼭 팽덕회 사령관과 함께 전체 부대를 지휘했다. 이날도 김무정은 말을 타고 사령부로 달려가고, 조선의용군 대오는 박효삼 지대장이 이끌었다.

팔로군 본부대는 정치부 강사들, 위생부의 의료진, 방송사업단, 문화공작단, 노신예술학교 배우들 같은 비전투 요원들이었다. 대부분 비무장인 데다 총을 들었다 해도 전투력이 약했다. 게다가 수많은 서류와 인쇄 장비, 식기구며 이불 같은 살림살이까지 등에 지거나 당나귀에 실어서 줄을 세우니 긴 피란민 대열 같았다.

전선사령관 팽덕회가 직접 후퇴 대열을 이끌었다. 동쪽 방향이 비교적 약하다고 판단한 그는 김무정과 함께 전투부대를 이끌고 앞서 나가면서 비무장 대오는 멀찍이 뒤따라오게 했다. 각별히 조선의용군을 아끼는 팽덕회는 조선의용군은 전투병이라도 전선사령부 직할 경위대와 함께 맨 후미에 배치했다.

쿵! 쿠쿵! 쿵!

포성과 총성은 빠르게 가까워지고 있었다. 선봉대가 개척한 길을 따라 계곡을 빠져나가 청장하를 건너 마전을 지나는 사이 밤이 되었지만 포성은 그치지 않았다. 행군은 어둠 속에서도 계속되었다. 어쩌다 도랑물을 만나면 깨끗한지 더러운지 가릴 것 없이 우선 입맛이라도 다셔나 볼까, 사령관부터 말단 대원까지 출발 때부터 밥 한 술, 빵 한 조각 입에 넣어보지 못한 채 밤새워 걷고 또 걸어야 했다.

적의 대병력과 조우한 것은 다음 날 정오경이었다. 선봉대가 꽤 넓은 골짜기에 들어섰을 때였다. 일본군 3천 명의 기습 공격으로 골짜기는 순식간에 자욱한 포연과 화염에 휩싸였다. 요란한 기관총 소리와 함께 사방에 박격포탄이 떨어지기 시작했다. 하늘에서는 두 대의 비행기가 폭탄을 투하하고 급강하하면서 기총소사를 해댔다. 우박처럼 쏟아져 내린 기총탄은 무섭게 내리꽂히며 먼지를 일으키고, 바위에 맞아 불꽃을 튕겼다. 정면에서 날아온 탄알들은 쌩쌩 소리를 내며 귓가를 스쳐갔다. 팔로군도 박격포와 기관총을 쏘며 맞섰으나 화력에서 비교가 될 수 없었다. 대오는 큰 혼란에 빠졌다.

팽덕회와 김무정은 누렇게 밀려오는 일본군을 박격포와 소총으로 저지하며 조선의용군 쪽으로 후퇴했다. 비무장 대오가 위험한 상황이었다. 후미의 경위대를 이끌던 이는 전선사령부 정치주임 라서경이었다. 박효삼 지대장과 김명시는 라서경에게 달려갔다.

"우리도 팔로군과 생사를 같이하겠습니다. 조선의용군을 전투에 배치해주십시오!"

김명시도 총포 소리에 묻힐까 싶어 소리쳐 말했다.

"경위대가 무너지면 의용군도 죽습니다. 같이 싸워야 합니다!"

한족치고는 드물게 체격이 우람한 라서경은 두 조선인을 번갈아 내려다보더니 굳은 얼굴로 고개를 끄덕이고는 바로 앞 둔덕으로 뛰어올라 외쳤다.

"동지들! 우리는 생사를 같이합니다. 팔로군 경위대는 서쪽에 가서 적을 물리치고 조선의용군 전투 요원들은 동쪽에 가서 적을 막아 싸우시오! 그사이 비무장 요원들은 북쪽 산을 타고 넘어가시오!"

라서경의 명령이 떨어지자, 박효삼과 김명시가 이끄는 백여 명의 조선의용군은 일제히 동쪽으로, 라서경이 이끄는 경위대는 서쪽으로 달려 올라갔다. 그사이 비전투 요원들은 북쪽 산등성이를 기어오르기 시작했다. 산이라지만 조선에서는 구경도 하기 어려운, 나무 한 포기 없는 급경사였다. 노새도 힘겨워하는 길을 등짐을 지거나 머리에 짐을 인 채 기다시피 해서 올라야 했다.

보병들보다 먼저 날아온 적기가 민둥산을 기어오르는 수백 명의 행렬을 목표로 삼았다. 두 대의 프로펠러 전투기가 급강하하면서 기총소사를 해댔다. 짐을 잔뜩 진 노새와 말들이 총에 맞아 굴러떨어지고, 사람들도 곳곳에서 쓰러져갔다.

동쪽 고지에 엎드린 조선의용군 전투 요원들은 그 참혹한 광경을 지켜보는 수밖에 없었다. 당장 눈 아래 몰려오는 적들이 문제였다. 의용군이 가진 중화기라고는 경기관총 한 대뿐이었다. 박효삼이 고함쳤다.

"동무들! 총탄 하나에 적 한 놈이오! 마구 쏘지 말고 반드시 명중시키기요!"

움직이는 표적은 수십 미터 거리에서도 맞히기 힘들었다. 적을 몇 명 죽인다 해도 곧바로 백병전에 들어갈 수밖에 없고, 수적으로 상대가 되지 않았다. 고지전이라면 이미 패배한 거나 다름없었다. 그러나 의용군의 목표는 비무장 대오가 북쪽 산등성이를 타고 어느 정도 오를 때까지만 적을 저지하는 것이었다.

일본군 선두가 얼굴을 알아볼 수 있을 정도로 다가왔을 때 조준 사격이 시작되었다. 일본군의 탄알이 소낙비처럼 날아온다면 이쪽에서 날아가는 총탄은 비 그친 처마에서 간간이 떨어지는 낙수 방울 같았다. 아무리 숨을 고르고 잘 조준해도 총알은 신기하게 사람을 비켜갔다. 김명시 역시 한 명도 맞히지 못한 채 다섯 발을 다 써버리고 말았다.

공포는 쫓기는 자들만의 것이 아니었다. 팔로군의 화력이 형편없음에도 일본군 병사들은 겁을 집어먹고 납작하게 엎드리거나 나무 뒤에 숨은 채 쉽사리 전진해오지 못했다. 대신 박격포와 기관총탄이 날아왔다. 일본군 숫자는 점점 늘어났다. 단지 고지를 차지하고 있을 뿐, 시간을 끌수록 불리했다. 의용군은 비무장 대오가 북쪽 산등성이를 넘어가는 모습을 확인한 뒤 재빨리 퇴각했다.

일단 살아났지만 전투가 끝난 건 아니었다. 일본군의 대공세는 일주일 넘게 계속되었고, 조선의용군과 팔로군 본부대는 굶주림에 시달리며 한 시간도 마음 편히 쉬지 못한 채 태항산맥 일대를 떠돌아다녀야 했다. 비좁은 조선 땅이었다면 벌써 끝장이 났을 테지만 후퇴할 힘만 있다면 끝도 없이 달아날 수 있는 곳이 중국이었다. 일본군은 결국 제풀에 지쳐 물러섰다.

청장하를 건너 마전진의 주둔지로 돌아갈 때는 마치 고향에 돌아가는 기분이었다. 그러나 여덟 명의 대원이 함께 가지 못했다. 그보다 많은 숫자가 부상을 입었는데, 소독약이나 항생제가 제대로 공급되지 않으니 몇 명이 더 죽을 것이었다. 팔로군의 희생에 비하면 약소했으나 의용군에게는 큰 손실이었다.

시신은 본인이 쓰러진 들과 산에 묻었다. 묻어줄 수만 있어도 다행이었다. 포탄에 희생되어 수습조차 안 되는 전사자도 여럿이었다. 마전진의 공회당에서 열린 희생자 추모식에는 시신 대신 추모 글이 담긴 하얀 천이 드리워졌다.

'그대들의 희생은 중화민족의 생존을 위해서만이 아니라 전 세계 피압박 민족의 해방을 위함이어라.'

추모곡으로는 윤세주가 전사한 호가장 전투 때 일본군에 포로로 잡혀간 김학철이 작사한 「조선의용군 추도가」를 불렀다. 김학철은 이 무렵 일본 형무소에서 한쪽 다리를 절단하는 대수술로 불구가 되어 있었으나 이 소식은 아무도 알지 못했다.

사나운 비바람이 치는 길가에
다 못 가고 쓰러진 너의 뜻을
이어서 이룰 것을 맹세하노니
진리의 그늘 밑에 길이길이 잠들어라

불멸의 영령!

　전선사령부 보위 임무를 마치고 무사히 귀환한 김무정이 추도사를 했다.

　"이번 전투에서 우리는 또 고귀한 동지들을 여럿 잃었소. 그러나 우리의 투쟁은 멈추지 않을 것이오. 우리는 반드시 오늘 이 피의 대가를 왜놈들로부터 받아낼 것이오. 그러기 위해서는 화북에서 유랑하고 있는 조선의 청년들을 더 많이 불러들여야 하오. 동북, 화중, 화남에서 방황하는 조선 청년들을 모두 불러들여야 하오. 그러자면 중국공산당의 지원을 받아 팔로군과 함께 싸워야 하오. 중국 인민은 꼭 중국 땅에서 일본 제국주의를 쫓아낼 것이며, 우리는 중국 혁명을 통해 역량을 키워 반드시 조선을 해방시킬 것이오. 그것만이 오늘, 그리고 이전에 희생된 수많은 동지들을 진정으로 기리는 길이오."

　여기저기서 울음소리가 들렸다. 눈물이 잦아진 이화림이 목 놓아 우는 것을 보며 김명시도 눈물을 훔쳤다. 김무정도 눈물을 글썽이며 다시 한번 조선의용군의 의미에 대해 말했다.

　"우리 조선의용군은 단순한 군사 조직이 아니오. 하나의 대학이오. 앞으로 조선을 일본 침략자들의 손에서 해방시키고 자유 민주의 공화국을 건립하자면 우리에게 혁명적 사상과 군사기술이 필요하오. 인류에게 자유와 민주보다 더 큰 가치는 없소. 조선의용군은 바로 그것을 배우는 혁명의 학교인 거요. 우리는 이 혁명 대학에서 혁명 이론을 배우고 군사이론과 군사기술을 익혀 장차 해방된 조선을 이끌어가야 하오. 이제 해방의 날이 멀지 않았소. 그날이 왔을 때 부끄럽지 않도록 최선을 다해 싸웁시다!"

추모식이 끝난 뒤에는 소박한 음식상이 마련되었다. 의용군 주둔지를 지나간 일본군은 의용군이 농사지어 놓은 오이며 고추 같은 채소를 따 갔지만 밭을 망쳐놓지는 않았다. 팔로군에서 제공한 양고기와 야채볶음만으로 상을 차리는데 팽덕회의 부관이 붉은 종이로 밀봉된 술 항아리를 가져왔다.

"조선 동지들! 홍고량입니다. 슬픔을 몰아내는 데는 술이 최고입니다. 팽덕회 장군께서 오늘은 특별히 금주령을 해소했으니 한 잔씩 나눠 마십시다!"

붉은 고량주가 우울한 분위기를 풀어주었다. 한 사람 앞에 한두 모금밖에 안 되는 양이지만 빈속에 들어간 향기로운 독주가 금방 취기를 돌게 했다. 여성 대원들이 일어나 구성진 노래로 희생자의 넋을 위로했다. 악보도 없이 입에서 입으로 작곡하고 작사한 「그리운 조선」이었다. 김명시도 함께 불렀다.

조선 땅에 탯줄을 묻었건만
만리이역 중국 땅에서 자라났네
이역 노두에서 유랑하는
겨레들의 처량한 모습

가슴을 찢어내는 듯 비감한 가사에 여기저기서 훌쩍였다. 경성을 떠나 시베리아 횡단 열차를 탄 지 18년째 되던 해였다. 열아홉 소녀가 이제 서른일곱 아낙이 되었다. 그 기나긴 시간, 따뜻한 남쪽 바다 마산을 놔두고 왜 이 황량한 대륙을 유랑해야 했는지, 조상들이 4천 년이나 살아온 조국 땅을 놔두고 왜 망명살이를 해야 했는지, 생각할수록 분하고 슬펐다. 조국을 잃는다는 것이 어떤 것인지, 침략자 편에 붙어 호의호식하고 사는 자들도 알까? 해방된 조국에서 태어날 후손들은 이 비참한 시대를 느낄 수 있을까? 김명시는 눈물을 보이지 않으려고 눈을 감은 채 노래하며 생각했다.

'이 원수를 똑똑히 기억하리라. 만리타향 황무지에 흘린 동지들의 붉은 피를 잊지 않으리라. 뜨거운 피의 대가를 꼭 받아내리라. 반드시 이 원수를 갚아 적의 피로 물든 깃발을 해방된 조국의 깃발로 사용하리라.'

항전의 나날은 험난했다. 1944년 10월부터 태항산의 조선의용군과 독립동맹 주력이 중국공산당이 웅거한 연안으로 이동하기 전까지 계속해서 많은 대원이 전사하거나 부상당했다.

항전하는 조선인들을 연안으로 불러들인 것은 중국공산당 모택동 주석과 팔로군 총사령관 주덕이었다. 두 사람은 오래전부터 조선의용군을 보호하라는 각별한 지시를 거듭

해왔다. 세계대전의 전황이 연합군의 승리로 확고해지자 조선의용군을 더는 전선에 남겨둘 필요가 없다는 최종 결정을 내린 것이었다.

연안행에 나선 대원은 독립동맹 관계자와 가족 등 비전투요원을 포함해 3백여 명이었다. 일부는 태항산에 남았다. 나날이 늘어나는 의용군 입대자들을 조직해 연안으로 보내는 임무를 수행하기 위해서였다.

화북의 대농장과 북경, 천진의 적구공작대 대원들은 초모사업을 계속하고 있었다. 일본이 조선 청년들을 강제로 군대에 끌고 가는 징병제를 실시한 뒤로 적의 군복을 입고 죽느니 차라리 적과 싸우다가 죽겠다며 의용군에 입대하는 이들이 줄을 이었다. 북경의 북평상업학교에서만 80명의 조선 학생이 자원입대했고, 백각장 등 여러 농장에서 백 명이 넘게 들어왔다. 이들 중 일부는 별도로 연안에 합류했으나 대다수는 해방되는 날까지 태항산 아니면 현지에서 적구공작대의 지도 아래 항일전을 벌였다.

연안행에 오른 대원들은 여러 갈래로 나뉘어 적진을 돌파해야 했다. 김명시는 1944년 1월에 출발한 백여 명을 이끌었다. 대다수는 비무장 요원이었고, 출발할 때 받은 총알은 다 떨어진 형편이었다. 팔로군 대원들이 앞뒤로 호위를 해주기는 했지만, 총알 하나 없는 비무장 상태에서 직선거리로도 천 킬로미터가 훨씬 넘는 적진을 관통하는 일은 무모하기까지 했다. 일본군의 감시탑과 기관총을 피해 수없이 많은 위험한 고비들을 넘어 연안에 도착한 것은 1944년 4월 7일, 꼬박 석 달 동안의 행군이었다.

제대로 먹지도 자지도 못한 채 수천 리를 걸어온 대원들의 몰골은 거지나 다름없이 흉했지만, 멀리 보탑산이 보이자 다들 순식간에 되살아나 만세를 불렀다.

"보탑산이 보인다! 연안이다!"

"만세! 조선의용군 만세!"

내륙은 전화로 불타고 있었지만 서북쪽 끝 작은 마을 연안의 봄은 평화롭기만 했다. 파종기를 맞은 주민들은 산마루와 산중턱에서 부지런히 땅을 갈고 있었다. 새로 자라난 연녹색 풀밭에서 말과 양들이 풀을 뜯는 모습은 한가로웠다. 연안은 대원들이 꿈꾸어온 새로운 세상을 상징하는 듯했다.

조선의용군과 독립동맹은 연안 시가지에서 4킬로미터쯤 떨어진 라가평 산골짜기를 주둔지로 배정받았다. 지상에 지어진 건축물이라고는 두어 달 전에 도착한 신입 대원들을 가르치는 조선혁명군정학교 건물과 농가 두 채뿐이었다. 무정을 비롯해 먼저 도착한 대원들은 산허리의 토굴에서 살고 있었다.

연안은 토질이 딱딱해 곡괭이로 찍어봐야 고작 한 주먹 정도 떨어져나갔다. 대신 쉽게 무너지지는 않았다. 공산당이 약진하다 보니 연안 시가지 주변의 산등성이에도 무수히 많은 토굴이 만들어져 있었다. 의용군 대오도 도착하자마자 절벽을 파서 토굴을 만들어야 했다.

열 명이 하나를 맡아 파내는 데 꼬박 일주일이 걸렸다. 입구에 문과 창문을 달고 널빤지를 침상으로 삼아 양탄자를 깔아놓으니 훌륭한 집이 되었다.

김명시는 라가평의 군정학교에서도 정치학과 교관을 맡았다. 군정학교의 수업은 군사학과 정치학으로 나뉘어 있었다. 군사학은 전술 전략 등 군사이론 과목과 사격 등의 실습 과목으로 이루어졌고, 정치학 과목은 조선 역사, 조선 사회주의 운동사, 계급과 계급투쟁, 국가와 혁명, 변증법적 유물론과 사적 유물론 등이었다.

과목도 많고 학생도 2백 명으로 늘어나 정신없이 바쁜 나날을 보내던 1945년 8월 15일 밤이었다. 김명시는 라가평의 한 토굴에서 여자들과 생활하고 있었다. 다들 낮 동안 생산노동에 동원되어 밭일을 한 뒤라 곤하게 잠들어 있을 때였다.

"빨리 일어나시오! 왜놈들이 항복했소!"

문을 두드리는 요란한 소리와 함께 귀에 익은 남자 대원의 고함이 들렸을 때도 김명시는 꿈이려니 했다. 일주일 전 소련이 대일 선전포고를 한 뒤로 전쟁이 곧 끝나리라 예상은 하고 있었지만 이렇게나 빨리 종전이 될 줄은 몰랐다.

'이건 꿈이야. 꿈이 분명해. 더 자자.'

눈도 뜨지 못한 채 잠에서 깨어나지 못하는데 옆 토굴에 살던 이화림이 방문을 활짝 열고 들어와 사람들을 흔들어 깨웠다.

"명시야! 김명시 어디 갔니? 어서들 일어나! 우리가 이겼어! 전쟁이 끝났다구!"

김명시는 그제야 벌떡 일어나 이화림을 따라 밖으로 튀어나갔다. 벌써 토굴마다 쏟아져 나온 대원들이 군정학교로 달려가며 소리치고 있었다.

"만세! 조선이 해방됐다!"

"이제 고향에 갈 수 있게 됐어!"

군정학교에 모인 대원들은 서로 부둥켜안고 눈물을 터뜨렸다. 울지 않는 이가 없었다. 만세를 부르며 울고, 웃으며 울고, 땅바닥에 주저앉아 엉엉 울었다.

중국 주민들도 몰려나와 만세를 부르며 사방에 모닥불을 피웠다. 팔로군 총사령부에 숙소를 두고 있던 김무정이 말을 타고 달려왔을 때는 이미 횃불과 모닥불이 라가평 마을을 온통 뒤덮고 있었다. 붉게 치솟아오르는 화염에 둘러싸인 김무정은 말에 앉은 채 외쳤다. 불그스름한 열기가 그의 얼굴과 눈동자에 이글거렸다.

"동지들! 일본과의 전쟁은 끝났소. 그러나 우리의 임무는 아직 끝나지 않았소. 바야흐로 혁명이 시작됩니다. 자랑스러운 조선의용군 전사들이여! 동지들은 이제 혁명의 전사로 거듭 태어나게 됩니다. 혁명을 완수하는 그날까지, 오늘의 이 감동을 잊지 말고 끝까지 하나 되어 전진합시다!"

"만세! 조선 해방 만세!"

"중국공산당 만세!"

"무정 장군 만세!"

대원들의 열렬한 함성이 골짜기에 메아리가 되어 울려 퍼졌다. 김무정은 김두봉, 최창익, 허정숙 등 독립동맹 지도부와 총정치위원 김명시를 그날 밤 연안의 팔로군 사령부로 불러들여 조선의용군의 향후 진로를 상의했다.

연안 시가지도 깨어 있었다. 모든 가옥에 불이 밝혀지고 수많은 모닥불과 횃불이 붉은 물결을 이루었다. 폭죽 소리와 만세 소리, 축하의 총성이 메아리가 되어 울렸다. 횃불을 든 무리들이 연하강 변을 따라 오르내리는 모습은 붉은 용이 꿈틀거리며 지나가는 것 같았다. 한밤중에 시작된 경축 행사는 밤을 꼬박 새우고 이튿날 오전까지 계속되었다.

축제의 한복판에서 열린 긴급회의는 조선의용군의 만주행을 결정했다. 소련군이 조선 땅에 진주하면서 고립된 만주의 일본군을 무장해제하기 위해서였다. 조선인이 다수를 차지하는 만주를 해방시키는 일은 조선인이 앞장서야 한다는 것이 중국공산당의 뜻이었다.

며칠 뒤, 조선의용군은 뒷일을 처리할 몇 명만 연안에 남겨놓고 만주로 진군했다. 만주로 가는 동안 6천여 명의 조선 청년들이 자진해서 의용군에 입대했다. 청년 한 사람을 태항산으로 보내기 위해 고참 혁명가들이 목숨을 걸었던 시절은 끝나고, 일본군 장교복을 입고 의용군에게 총질을 하던 이들까지 애국자로 돌변해 몰려왔다. 붉은 깃발만 들면 누구나 혁명가가 되던 시절이었다.

무장해제는 순조롭게 이루어졌다. 제국의 꿈이 사라지면서 황군의 위세는 사라지고, 일본군은 무기력하게 굴복했다. 일부 저항하는 자들은 무참히 사살되고, 손들고 나온 자들은 소련군에 인도되어 시베리아로 끌려갔다. 그 숫자가 수십만에 달했다.

관동군에 대한 무장해제가 끝난 초겨울, 압록강 입구 요령성 안동에 모여 귀국을 기다리던 조선의용군은 6천 명이 넘었다. 소련은 그러나 이들이 무장한 채 조선 땅에 들어오는 것을 불허했다. 중국공산당도 다시 시작된 국민당과의 내전을 치르려면 이들이 필요했다. 김무정, 김명시 등 의용군 지도부 일부만이 무장을 해제하고 민간인 신분으로 압록강을 건너 조선 땅에 들어갈 수 있었다. 일반 대원들은 귀국하지 못하고 계속 중국에 남아 공산당 편에서 장개석 정부군과의 내전에 투입되었다.

1945년 12월 말, 함박눈이 내리는 오후, 단성사에서 '김명시 여장군 환영 대회'가 열렸다. 극장 안은 저명한 항일운동가들로 가득해 서 있을 자리도 없었고, 밖에서는 들어오지 못한 인파가 붉은 깃발을 흔들며 만세와 함성을 연호했다.

"김명시 장군 만세!"

행사가 끝난 뒤에는 눈 내리는 종로 거리에서 가두행진이 벌어졌다. 붉은 깃발을 든 청년들이 앞뒤로 호위하는 가운데 김명시는 서대문형무소에서 13년 옥살이 끝에 해방을 맞은 오빠 김형선과 나란히 늘씬한 호마를 타고 행진했다. 적의 피로 물들었던 그녀의 회색 군복에도, 양쪽 도로 연변에 늘어서서 손을 흔드는 흰옷들에도 새하얀 눈이 내려앉았다. 온 세상이 너무나 깨끗해져서 다시는 어둠이 찾아오지 못할 것 같은, 찬란한 순수의 순간이었다.

그날 행진에 참가했던 사람들은 그녀를 '백마 탄 여장군'이라 불렀다.

뒷이야기

해방은 기쁨보다 오히려 더 많은 슬픔을 안겨주었다. 적어도 김명시와 그의 벗들에게는 그러했다.

일본이 물러간 조선은 북위 38도선을 경계로 남쪽은 미국령, 북쪽은 소련령이 되었다. 김명시는 남쪽으로 내려와 재건된 조선공산당과 남조선로동당의 지도자로 활동했다. 여성으로서는 최고 서열이었다. 해방 직후 여러 신문과 잡지에 '백마 탄 여장군'으로 기사화되고 대담이 실렸던 김명시는 조선공산당이 불법화되면서 지하활동을 시작한 뒤 만 3년 만인 1949년 9월 2일 체포되었다. 그리고 10월 11일, 내무장관 김효석은 기자들을 불러 김명시의 소식을 전했다. 부평경찰서 유치장에 수감되어 있던 김명시가 전날인 10월 10일 새벽 5시 40분경 자기의 상의를 찢어서 유치장 안에 있는 약 3척 높이의 수도관에 목을 매고 죽었다는 내용이었다. 사망 당시 김명시의 나이 42세, 신문에 기재된 마지막 직책은 북조선로동당 중앙위원이었다.

김명시를 아는 사람들은 결코 그녀가 자살로 혁명가의 일

생을 마감할 리 없다고 생각했다. 경찰이 고문을 가하다 사
망하자 자살로 발표했으리라고 보았다. 그러나 다른 한편
으로는 정말로 자살했을지도 모른다고 생각했다. 수배 중인
남로당 총책 김삼룡과 이주하를 지키기 위해 경찰의 고문에
버티다가 자살을 택했을 거라는 추측이었다. 김명시가 끝까
지 두 사람을 보호한 것만은 확실했다. 김삼룡과 이주하가
체포된 것은 전혀 다른 경로를 통해서였다.

감옥살이 13년 만에 옥중에서 해방을 맞은 오빠 김형선은
조선공산당 최고 서열에 올랐으며, 김명시와 함께 남조선로
동당의 최고위 간부로 경성에서 지하활동을 했다. 1950년 한
국전쟁이 터질 때까지도 살아남았던 그는 석 달 뒤 후퇴하
는 인민군 대열에 합류했다가 미군의 폭격에 맞아 죽은 것
으로 알려졌다. 형무소와 경찰서를 제집처럼 드나들던 동생
김형윤은 해방되기 얼마 전에 행방불명이 되어 사라졌다.

김무정은 북쪽에 남아 인민군 군단장이 되었다. 인민군 제
2군단장으로 한국전쟁에 참전한 그는 인민군 후퇴 때 평양
을 사수하라는 김일성의 명령을 받았으나 불가능한 명령이
라고 거부하고 후퇴 명령을 내려 자신의 군단을 살린 죄로
체포되었다. 한편으로는 팔로군 시절부터 함께한 부하를 치
료해주지 않는다고 인민군 군의관을 쏘아 죽인 직권남용죄
도 있었다. 모든 보직이 박탈된 채 평양형무소에 수감된 그
는 주덕과 팽덕회의 압력으로 사형은 면했으나 고질병인 위
장병이 악화되어 1951년 8월 9일 병사했다. 북한은 사후 그

를 복권시켜 평양 외곽 신미리에 조성된 혁명열사릉에 안장했다.

김무정의 절친한 벗이던 팽덕회는 중국 국방부 장관까지 되었으나 모택동에게 숙청당하고 문화대혁명 때 모진 수모를 겪은 후 반혁명죄로 무기징역을 받고 수감 중 감옥에서 죽었다. 중국 정부는 사후에 그를 복권시켰다.

박헌영이 상해에서 체포되자 소련으로 돌아가 김단야와 결혼했던 주세죽은 김단야가 일제 간첩으로 몰려 처형당한 뒤 유형지 카자흐스탄에서 공장노동자로 살다가 폐병으로 사망했다. 첫 남편 박헌영이 북한에서 미제 간첩으로 몰려 처형된 지 얼마 지나지 않아서였다. 소련 정부는 반세기가 지나 공산당 일당독재가 무너진 뒤에 김단야와 주세죽을 복권시켜 억울한 죽음을 추모했다. 북한은 아직 박헌영을 복권시키지 않았다.

신의주형무소에서 7년 만에 출소한 조봉암에게는 외동딸 조호정만 남아 있었다. 상해에서 함께했던 첫사랑 김이옥은 그가 형무소에 있을 때 병사했다. 첫 부인 김조이는 모스크바 유학을 마치고 귀국했다가 체포되어 3년간 옥살이를 했다. 석방된 김조이는 다른 운동가와 재혼해 살았으나 조봉암이 상처한 후 돌아와 재결합했다. 그러나 행복은 오래가지 않았다. 김조이는 한국전쟁 중 인민군에게 강제 납북되었고, 조봉암은 죽을 때까지 독신으로 살았다. 소련의 대숙청을 보며 민주적 사회주의자로 전향한 조봉암은 해방 후 조선공산당과 결별하고 진보당을 창당해 사회민주주의 운동을 주창했다. 대한민국 초대 내각의 농림부 장관으로 토지개혁을 추진했던 인기로 두 차례 대통령에 출마해 상당한 표를 얻었으나 이승만 정권에 의해 북한 간첩으로 몰려 1959년 7월 서대문형무소 사형장에서 교수형되었다. 사후 반세기가 지난 2011년 재심 재판에서 간첩 혐의를 벗고 복권되었다.

김명시의 조선의용군 동료 이화림, 정율성 등은 중국에 남아 살면서 항일 유공자로 대우받았으나 문화대혁명 때 반혁명 분자로 몰려 감옥살이 등 극심한 고초를 겪다가 30년이 지나서야 복권되었다. 이화림은 재래식 화장실에 감금되는 치욕까지 당했으나 말년에는 존경받는 조선족 지도자로서 많은 사랑을 받았다.

고명자는 일제 말기 전향서를 쓰고 친일 활동을 했으나 해방 후 조선공산당에 돌아와 여성운동을 했다. 공산주의 운동이 불법화되면서 잠적했다가 한국전쟁이 터진 직후 인민군 치하 서울에서 잠시 사람들 앞에 모습을 드러냈으나 이후 행적은 알려지지 않았다.

가장 운이 좋았던 인물은 홍남표였다. 해방 후 북한에 올라가 여러 고위직을 누리던 그는 한국전쟁이 터지기 3주일 전에 노환으로 자연사했다.

조선의용군 시절 김무정과 빈번히 대립했던 최창익은 한국전쟁 직후 김일성 축출 기도 사건에 연루되어 숙청되었다. 아내 허정숙은 최창익이 숙청된 뒤 새로운 남자와 결혼했다. 적어도 네 남자에게서 성이 다른 다섯 자녀를 낳은 것으로 알려진 허정숙은 조선노동당 비서를 역임하는 등 북한 정권의 요직을 누리다가 1991년 자연사했다.

그밖에 수많은 김명시의 벗들이 남과 북의 역사 교과서 어디에도 흔적을 남기지 못하고 비극적으로 사라졌다.

마산의 진보적 시민단체인 열린사회희망연대는 2018년부터 김명시, 김형선, 김형윤을 독립운동 유공자로 등록하기 위해 직계 자손을 찾는 작업을 벌였지만 세 사람 다 결혼한 적도 없고 자녀도 없었다. 이에 김명시의 친족을 찾는다는 신문 광고까지 낸 결과 친사촌과 외사촌 등 20여 명을 찾아냈다.

2019년 8월 21일, 마산 오동동 문화광장에서 열린 기자 간담회에 참석한 김명시의 친족들은 모친 김인석까지 한 가족 네 명이 독립운동을 하느라 합계 25년에 이르는 감옥살이를 했음에도 공산주의자였다는 이유로 누구에게도 자랑을 못하고 오히려 숨겨왔다고 고백하며 슬픔을 감추지 못했다. 기자회견이 열린 오동동 문화광장은 김명시 일가가 살던 집 터였다.

작가의 말

김명시, 그가 살았던 시대는 어둠의 시간이었다. 그래서 그의 존재는 더욱 빛난다. 이제는 잊혀지고 사라져버린 그 빛을 희미하게나마 되살리려는 염원에서 이 책을 헌정한다.

다시, 첫새벽을 기다리며
안재성